COLLECTION « BEST-SELLERS »

NICHOLAS SPARKS

UNE BOUTEILLE À LA MER

roman

traduit de l'américain par Christine Bouchareine

LE GRAND LIVRE DU MOIS

Titre original : MESSAGE IN A BOTTLE

(édition originale : ISBN 0-446-52356-9 Warner Books, Inc., New York)
Publié avec l'accord de Warner Books Inc., New York

Pour Miles et Ryan

Prologue

La bouteille fut jetée par-dessus bord par une chaude soirée d'été, quelques heures avant l'arrivée de la pluie. Comme tout objet en verre, elle était fragile et se serait cassée si elle était tombée sur le sol. Pourtant, une fois scellée hermétiquement, elle devenait l'un des objets les plus résistants à la mer que l'homme connaisse. Elle pourrait, en toute sécurité, affronter cyclones et tempêtes tropicales et chevaucher la crête des déferlantes les plus dangereuses. C'était en fait l'habitacle idéal pour le message qu'elle portait, un message qui avait été envoyé pour tenir une promesse.

Livrée aux caprices des océans, sa course était imprévisible. Les vents et les courants jouent un grand rôle dans la direction d'une bouteille. Les tempêtes ou la rencontre de débris flottant à la surface de l'eau risquent également d'en altérer la course. Elle peut être prise dans un filet et entraînée sur des kilomètres dans une direction opposée à la sienne. En fait, deux bouteilles jetées ensemble à la mer peuvent atterrir sur des continents différents, ou carrément aux antipodes l'une de l'autre. Rien ne permet de prédire leur destination, et cela fait partie de leur mystère.

Ce mystère intrigue les hommes depuis que les bouteilles existent. En 1929, une équipe de scientifiques allemands décida de suivre la route de l'une d'entre elles. Elle fut mise à la mer dans le sud de l'océan Indien et contenait un message demandant à celui qui la trouverait de noter l'endroit où elle s'était échouée avant de la rejeter à la mer. En 1935, elle avait fait le tour du monde, parcourant environ vingt-cinq mille kilomètres, la distance la plus longue officiellement enregistrée.

Au fil des siècles, de nombreuses bouteilles chargées de messages ont fait parler d'elles. Certaines sont associées à de grands noms de l'histoire, comme celui de Benjamin Franklin, qui en a utilisé afin de réaliser une étude sommaire des courants de la côte est, au milieu du XVIIIe siècle. Et ces informations servent toujours actuellement. Aujourd'hui encore, la marine américaine en emploie afin de relever des informations sur les courants et marées et elles sont aussi fréquemment utilisées pour suivre la trajectoire des marées noires.

Le plus célèbre de ces messages fut jeté à la mer par un jeune marin japonais, Chunosuke Matsuyama, bloqué sur un récif corallien, sans nourriture ni boisson, après le naufrage de son bateau. Avant de mourir, il grava le récit de ses malheurs sur un morceau de bois qu'il enferma dans une bouteille. En 1935, soit cent cinquante ans après avoir été lancée à l'eau, elle échoua sur la plage du petit village natal de Matsuyama.

En cette chaude soirée d'été, la bouteille n'avait pas été jetée à la mer à la suite d'un naufrage ni dans le but de dresser une carte marine. Pourtant, le message qu'elle transportait changerait à jamais la vie de deux êtres, qui, sans lui, ne se seraient jamais rencontrés. Peut-être cet envoi était-il prédestiné. Pendant six jours, la bouteille flotta vers le nord, poussée par le souffle d'un anticyclone sur le golfe du Mexique. Le septième jour, le vent tomba, elle dériva vers l'est avant de repartir vers le nord, entraînée par le Gulf Stream. Sa vitesse s'accéléra pour atteindre cent dix kilomètres par jour.

Deux semaines et demie après son lancement, elle suivait encore le Gulf Stream. Le dix-septième jour, une nouvelle tempête, cette fois sur l'Atlantique, apporta des vents d'est suffisamment forts pour l'écarter du courant. Elle dériva vers la Nouvelle-Angleterre. Sans l'influence du Gulf Stream, elle perdit de la vitesse. Elle erra sans réelle direction le long des côtes du Massachusetts pendant cinq jours et se fit alors capturer dans le filet de John Hanes. Il la trouva au milieu d'un millier de perches frétillantes et la mit de côté le temps d'examiner sa pêche. Le hasard voulut qu'elle fût non pas cassée mais oubliée. Elle resta à l'avant du bateau jusqu'à son arrivée dans la baie de Cape Cod en début de soirée. Hanes retomba sur elle en fumant une cigarette. Il la ramassa. Comme le soleil baissait sur l'horizon, il ne remarqua rien de particulier à l'intérieur. Il la rejeta à l'eau sans l'ombre d'une hésitation, la condamnant à s'échouer sur l'une des petites plages des nombreux villages qui émaillaient la baie.

Elle n'était pas encore arrivée. Elle erra sur les flots quelques jours de plus, comme hésitant sur la direction à suivre, et finit par être drossée sur le sable près de Chatham.

Ainsi se termina son voyage, après vingt-six jours et mille cent quatre-vingt-sept kilomètres de traversée.

1.

Un vent glacial de décembre balayait la plage. Theresa Osborne contemplait la mer les bras croisés. Quand elle était arrivée le matin, quelques personnes se promenaient au bord de l'eau, mais, voyant le temps se couvrir, elles étaient reparties depuis longtemps. Elle se retrouvait seule sur la grève et regarda autour d'elle. L'océan, réfléchissant la couleur du ciel, ressemblait à de l'acier liquide. Les vagues déferlaient inlassablement sur le sable. De lourds nuages s'accumulaient lentement et le brouillard commençait à s'épaissir, cachant l'horizon. En un autre endroit, en d'autres temps, elle aurait été sensible à la beauté majestueuse du décor, pourtant, elle ne ressentait rien. Elle avait l'impression de ne pas être réellement présente, comme si tout cela n'était qu'un rêve.

Elle était arrivée en voiture le matin même et ne se souvenait déjà plus de son voyage. Quand elle avait décidé de venir, elle avait pensé dormir ici. Elle avait pris les dispositions nécessaires et s'était d'ailleurs réjouie de cette nuit tranquille loin de Boston. À présent, la vue de l'océan déchaîné lui ôtait toute envie de rester. Elle repartirait chez elle dès qu'elle en aurait terminé, quelle que soit l'heure.

Quand elle fut enfin prête, Theresa avança lentement vers l'eau. Elle tenait sous le bras un sac qu'elle avait soigneusement préparé le matin, veillant à ne rien oublier. Elle n'avait dit à personne ce qu'elle emportait, pas plus qu'elle n'avait évoqué ses projets de la journée. Elle avait annoncé qu'elle s'absentait pour faire ses courses de Noël. C'était une excuse parfaite. Si elle avait dit la vérité, on l'aurait très bien comprise, mais elle n'avait aucune envie de partager le secret de cette escapade. Elle était seule quand tout avait commencé, et elle voulait que cela se termine de la même façon.

Theresa regarda sa montre en soupirant. La marée serait bientôt haute, c'était le moment qu'elle attendait. Après avoir trouvé une place sur une petite butte qui lui parut confortable, elle s'assit sur le sable et ouvrit son sac. Elle fouilla quelques secondes avant de trouver l'enveloppe qu'elle cherchait. Elle respira profondément et la décacheta.

L'enveloppe contenait trois lettres, soigneusement pliées, des lettres qu'elle avait lues un nombre incalculable de fois. Elle les considéra fixement.

Le sac contenait d'autres choses, mais elle n'était pas encore prête à les regarder. Elle préférait se concentrer sur les lettres. Il les avait écrites au stylo plume et il y avait des taches là où l'encre avait coulé. Le papier, avec le dessin d'un voilier dans le coin en haut à droite, commençait à se décolorer par endroits, se fanant lentement au passage du temps. Elle savait que les mots finiraient par devenir illisibles, mais elle espérait, à partir d'aujourd'hui, ne plus éprouver le besoin de les relire aussi souvent.

Quand elle eut fini de les lire, elle les remit dans l'enveloppe aussi soigneusement qu'elle les avait sorties. Puis, après avoir rangé l'enveloppe dans son sac, elle observa la plage à nouveau. De là où elle était assise, elle apercevait l'endroit où tout avait commencé.

Elle était allée courir au lever du jour, se souvenait-elle, et elle revoyait parfaitement ce matin d'été. La journée s'annonçait magnifique. Tout en admirant le paysage qui l'entourait, elle percevait le cri aigu des sternes et le doux clapotis des vagues sur le sable. Bien qu'elle fût en vacances, elle s'était levée tôt car elle voulait courir sans avoir à regarder où elle mettait les pieds. D'ici à quelques heures la plage serait couverte de touristes allongés sur leurs serviettes, offerts aux rayons du soleil brûlant de la Nouvelle-Angleterre. Cape Cod était toujours bondé à cette époque de l'année, heureusement, les vacanciers avaient tendance à faire la grasse matinée. Elle adorait courir sur le sable dur et lisse que laissait la marée descendante car, contrairement aux trottoirs de sa ville, il avait une élasticité idéale. Ses genoux ne la feraient pas souffrir comme cela lui arrivait parfois après avoir couru sur l'asphalte.

Elle avait toujours aimé ce sport, un goût contracté à l'époque où elle pratiquait, à l'université, la course sur piste et le cross. Elle n'avait certes plus le niveau compétition et ne se chronométrait que rarement. Son jogging matinal restait néanmoins l'un des rares moments où elle était seule avec ses pensées. Elle le considérait comme une sorte de méditation, elle aimait donc le pratiquer à l'écart des autres. Elle ne comprendrait jamais pourquoi les gens tenaient tant à se regrouper pour courir.

Elle adorait son fils, pourtant, elle était ravie de ne pas l'avoir avec elle. Toutes les mères ont besoin d'une coupure de temps en temps, et elle avait l'intention de se ménager pendant son séjour. Pas de matches de foot le soir ni de compétitions de natation, pas de MTV beuglant en fond sonore, pas de devoirs à surveiller, pas de réveil au milieu de la nuit pour le consoler. Elle l'avait conduit à l'aéroport trois jours auparavant. Il partait rejoindre son père en Californie. Elle lui avait fait remarquer qu'il oubliait de l'embrasser et de lui dire au revoir.

— Je suis désolée, maman, lui avait-il dit en la serrant très fort dans ses bras. Je t'aime. Et ne sois pas trop triste sans moi, promis ?

Puis il s'était retourné pour tendre son billet à l'hôtesse et avait littéralement sauté dans l'avion sans un regard en arrière.

Elle ne lui en voulait pas. À douze ans, il était à l'âge où l'on considère que ce n'est pas « cool » d'embrasser sa mère en public. Et il avait d'autres préoccupations. Il attendait ce voyage depuis Noël. Il devait partir avec son père dans le Grand Canyon, où ils feraient une semaine de rafting sur le Colorado avant de terminer par Disneyland. C'était un voyage de rêve pour un enfant, elle s'en réjouissait pour lui.

Et, bien qu'il fût parti six semaines, elle savait que cela lui ferait du bien de passer du temps avec son père.

Elle était restée relativement en bons termes avec David depuis leur divorce, trois ans auparavant. Il n'avait pas été le mari idéal, mais c'était un bon père pour Kevin. Il n'oubliait jamais de lui envoyer un cadeau à Noël ou à son anniversaire, téléphonait toutes les semaines, et traversait le pays plusieurs fois par an juste pour passer un week-end avec lui. Il y avait aussi les visites prescrites par le tribunal, un mois et demi en été, un Noël sur deux, et les vacances de Pâques quand l'école fermait une semaine. Annette, la nouvelle femme de David, était un peu dépassée avec son bébé, mais Kevin l'aimait bien, et jamais il n'était rentré à la maison contrarié ou malheureux. En fait, il revenait toujours enchanté de ses visites et racontait en long et en large comme il s'était bien amusé. Elle en éprouvait d'ailleurs parfois un pincement de jalousie qu'elle lui cachait de son mieux.

Elle ralentit sa course. Deanna l'attendait pour le petit déjeuner. Brian serait déjà parti, elle le savait. Theresa s'était réjouie de ce séjour en leur compagnie. Ils avaient un certain âge, ils approchaient tous les deux la soixantaine, pourtant, Deanna était la meilleure amie qu'elle ait jamais eue.

Rédactrice en chef du journal dans lequel travaillait Theresa, Deanna passait ses vacances à Cape Cod avec son mari depuis des années. Ils descendaient toujours au même endroit, la villa Fisher. Quand Deanna avait appris que Kevin partirait une bonne partie de l'été avec son père en Californie, elle avait tenu absolument à ce que Theresa vienne les rejoindre.

— Brian passe ses journées au golf et je serais ravie d'avoir un peu de compagnie. Sinon, que vas-tu faire ? Il faut sortir de chez toi de temps en temps.

Theresa savait qu'elle avait raison et, après quelques jours de réflexion, elle avait fini par accepter.

— Que je suis contente ! lui avait dit Deanna, avec un sourire triomphant. Tu vas te plaire là-bas.

Theresa devait reconnaître que c'était un endroit agréable. La villa Fisher, une maison de capitaine magnifiquement restaurée, bâtie sur une falaise rocheuse, dominait toute la baie de Cape Cod. En l'apercevant au loin, elle réduisit encore son allure. À l'inverse des coureurs plus jeunes qui accéléraient en fin de parcours, elle préférait ralentir et se ménager. À trente-six ans, elle récupérait moins vite qu'autrefois.

Alors que sa respiration retrouvait son rythme normal, elle réfléchit à ce qu'elle allait faire du reste de sa journée. Elle avait apporté cinq livres qu'elle voulait lire depuis plus d'un an sans jamais en trouver le temps. Elle passait sa vie à courir, avec Kevin et son énergie inépuisable, le ménage à la maison et les montagnes de travail qui s'accumulaient sur son bureau. Journaliste d'agence au *Boston Times,* elle devait fournir trois chroniques par semaine. La plupart de ses confrères pensaient qu'elle avait réussi : trois cents mots à taper et sa journée était terminée ; malheureusement, ce n'était pas si simple. Trouver constamment des choses originales à écrire sur le rôle des parents n'était pas si facile, surtout si elle voulait étendre la publication de ses articles. Sa rubrique « Parents modernes » paraissait déjà dans soixante journaux du pays, même si certains n'en publiaient qu'une ou deux par semaine. Et, comme il n'y avait que dix-huit mois qu'elle recevait des offres de publication et qu'elle était une nouvelle venue pour la plupart des journaux, elle ne pouvait pas se permettre de prendre des jours de repos à l'improviste. Sans compter que, dans la majeure partie des quotidiens, l'espace restreint réservé aux rubriques était convoité par des centaines de chroniqueurs.

Theresa se mit au pas et finit même par s'arrêter. Un sterne tournait au-dessus de sa tête. Le temps était lourd. Elle essuya la sueur de son visage avec son bras, prit une profonde inspiration, bloqua quelques secondes son souffle et expira lentement avant de se tourner vers la mer. Il était tôt, l'océan était encore d'un gris terne, mais sa couleur changerait dès que le soleil serait plus haut. L'eau l'attirait. Elle enleva ses chaussures et ses chaussettes et s'avança dans les petites vagues qui léchaient le sable. C'était rafraîchissant, elle resta quelques minutes à patauger, brusquement heureuse d'avoir su trouver le temps d'écrire quelques rubriques d'avance ces derniers mois, ce qui lui permettrait d'oublier son travail toute cette semaine. Elle ne savait plus à quand remontait la dernière fois où elle s'était retrouvée sans ordinateur devant elle, sans réunion qui l'attendait, sans date limite à respecter. Elle se sentait libérée à l'idée de s'éloigner de son bureau quelque temps. Elle avait presque la sensation de reprendre le contrôle de son destin, c'était comme un nouveau départ dans la vie.

Bien sûr, elle aurait eu des douzaines de choses à faire chez elle. La salle de bains à rénover et à retapisser, les trous dans les murs à boucher. Le reste de l'appartement avait bien besoin d'un coup de pinceau lui aussi. Deux mois auparavant, elle avait acheté de la peinture et du papier peint, des porte-serviettes et des poignées de porte, un nouveau miroir et tous les outils nécessaires. Elle n'avait même pas ouvert les emballages, remettant toujours au week-end suivant, alors que ses week-ends étaient aussi occupés que le reste de la semaine. Tout le matériel était encore dans des sacs, derrière l'aspirateur, et chaque fois qu'elle ouvrait la porte du placard ils semblaient la narguer. À son retour, peut-être...

Elle tourna la tête et aperçut un homme un peu plus loin sur la plage. Il était plus âgé qu'elle, une cinquantaine d'années environ, le visage buriné comme celui d'un autochtone. Il était debout, les pieds dans l'eau, immobile, et elle remarqua qu'il fermait les yeux : il semblait apprécier la beauté du monde sans avoir besoin de la voir. Il portait un jean délavé, roulé jusqu'aux genoux, et une chemise large qu'il n'avait pas pris la peine de rentrer dans son pantalon. En le regardant, elle regretta brusquement de ne pas être différente : pouvoir se promener sur la plage sans autre souci au monde ou vivre dans un coin tranquille, loin du tumulte de Boston, en prenant la vie comme elle venait.

Elle s'avança dans l'eau et l'imita, espérant découvrir à son tour ce qu'il éprouvait. Mais, dès qu'elle ferma les yeux, ses pensées se focalisèrent sur Kevin. Dieu qu'elle aurait aimé passer plus de temps avec lui ! Elle aurait voulu aussi se montrer plus patiente. Trouver le temps de s'asseoir près de lui et de lui parler, jouer au Monopoly, ou simplement regarder la télévision en sa compagnie sans se dire que des tâches bien plus urgentes l'attendaient. Parfois, elle avait l'impression de mentir lorsqu'elle lui rabâchait qu'il passait avant tout le reste et que la famille était ce qu'il y avait de plus important au monde.

Malheureusement, elle était toujours bousculée. La vaisselle à faire, la salle de bains à nettoyer, la litière du chat à changer. La voiture devait être révisée, les lessives étendues et les notes payées. Même si Kevin l'aidait, lui aussi avait un emploi du temps chargé, entre ses copains, son école et toutes ses autres activités. En fait, les magazines partaient à la poubelle sans avoir été lus, la correspondance jamais mise à jour, etc. Parfois, dans des moments comme celui-ci, elle se désolait de voir la vie lui glisser entre les mains.

Comment faire pour enrayer le processus ? « Prends chaque jour comme il vient », répétait sa mère. Facile à dire pour elle qui n'était pas forcée de travailler ni d'élever, sans l'aide d'un père, un fils de douze ans, gentil, certes, mais plein de force et de vitalité. Elle ne se rendait pas compte des contraintes que Theresa subissait quotidiennement. Pas plus que sa jeune sœur, Janet, qui avait suivi les traces de leur mère. Elle était mariée depuis bientôt onze ans et heureuse avec son mari, comme en témoignaient leurs trois filles ravissantes. Edward n'était pas ce qu'on appelle un homme brillant, cependant, il était honnête et travailleur et gagnait suffisamment sa vie pour que sa femme puisse rester à la maison. Il arrivait à Theresa de penser que ce genre d'existence ne serait pas pour lui déplaire, quitte à abandonner sa carrière.

Hélas, ce n'était pas possible ! Pas depuis qu'elle avait divorcé. Trois ans déjà, quatre si l'on comptait l'année où ils s'étaient séparés. Si elle ne détestait pas David après ce qu'il lui avait fait, en revanche, elle ne le respectait plus. Elle ne pouvait admettre l'adultère, qu'il s'agisse d'une aventure d'une nuit ou d'une longue liaison. Qu'il n'ait pas épousé celle avec qui il l'avait trompée pendant deux ans ne l'avait pas consolée pour autant. Sa confiance avait été brisée à jamais.

David était retourné vivre dans sa Californie natale à la fin de leur année de séparation. Il avait rencontré Annette quelques mois plus tard. Sa nouvelle épouse, très croyante, avait réussi, petit à petit, à l'intéresser à l'Église. David, qui ne croyait en rien, avait toujours semblé chercher un sens à sa vie. Il était devenu pratiquant et, qui plus est, assistait le pasteur en qualité de conseiller conjugal. Que pouvait-il dire à ceux qui se conduisaient comme il l'avait fait, se demandait-elle souvent, et comment pouvait-il aider les autres alors qu'il avait été incapable de se contrôler ? Elle l'ignorait, et s'en moquait en fin de compte. C'était déjà bien qu'il s'intéresse encore à son fils.

Évidemment, une fois séparée de David, elle avait perdu la plupart de ses relations. Maintenant qu'elle ne faisait plus partie d'un couple, sa présence paraissait déplacée aux réveillons de Noël ou aux barbecues. Quelques amis restés néanmoins fidèles lui laissaient des messages sur son répondeur, proposant de la retrouver au déjeuner ou l'invitant à dîner. Il lui arrivait d'accepter, mais en général elle trouvait une excuse pour refuser. Elle pensait que leurs rapports n'étaient plus les mêmes et elle avait raison. Les temps changent, les gens évoluent et la vie continue.

Depuis son divorce, elle sortait peu. Elle n'était pas vilaine, loin de là. Elle avait des cheveux bruns, longs jusqu'aux épaules, raides comme des baguettes de tambour. Ses yeux marron, son principal atout disait-on, étaient constellés de petites paillettes noisette qui accrochaient la lumière. Comme elle courait tous les jours, elle était svelte et ne paraissait pas son âge. Elle ne se sentait pas vieille, d'ailleurs, pourtant, en se regardant dans le miroir ces derniers temps, il lui arrivait de découvrir de petites traces du passage du temps. Une nouvelle ridule au coin des yeux, un cheveu gris qui semblait avoir poussé en une nuit ou une mine fatiguée à force d'être toujours sur la brèche. Ses amis lui disaient qu'elle était folle.

— Tu fais bien plus jeune qu'il y a quelques années !

Elle remarquait encore des hommes qui la regardaient. Néanmoins, elle n'avait plus, et n'aurait jamais plus vingt ans. Elle ne regrettait pas cette époque et n'aurait pas souhaité y revenir, même si ç'avait été possible, à moins de garder l'expérience acquise avec les années. Sinon, elle risquait de se laisser séduire par un autre David, un beau garçon qui aimait profiter de la vie, quitte à faire quelques entorses aux règles. Mais, bon sang, les règles, ça comptait, surtout dans le mariage ! On ne devait pas les enfreindre. Ses parents les avaient respectées, sa sœur et son beau-frère aussi, ainsi que Deanna et Brian. Pourquoi David en avait-il été incapable ? Et pourquoi, se demanda-t-elle, debout dans les vagues, pourquoi ses pensées la ramenaient-elles toujours à cette question, après tout ce temps ?

Cela datait probablement du jour où elle avait reçu la notification du divorce. Elle avait eu l'impression de perdre une partie d'elle-même. Sa colère du début s'était transformée en tristesse, et, à présent, elle éprouvait un sentiment encore différent, une sorte de lassitude. Alors qu'elle n'avait pas une seconde à elle, elle avait l'impression que plus rien d'intéressant ne pourrait lui arriver. Chaque jour semblait calqué sur le précédent, et il lui était difficile de les distinguer les uns des autres. Une fois, il y avait un an environ, elle était restée assise un quart d'heure à son bureau à essayer de se souvenir de son dernier coup de tête. Elle n'y était pas parvenue.

Les premiers mois avaient été durs. Avec le temps, sa colère s'était estompée, elle n'avait pas éprouvé le besoin de harceler David ni de lui faire payer sa trahison. Elle était juste capable de s'apitoyer sur son propre sort. Malgré la présence constante de Kevin, elle s'était sentie totalement seule au monde. Pendant une courte période, il lui avait été impossible de dormir correctement la nuit, et, de temps en temps, quand elle était au journal, il lui arrivait de quitter son bureau pour aller pleurer dans sa voiture.

Trois ans après, elle ne savait pas si elle aimerait un jour un homme autant qu'elle avait aimé David. Quand il était apparu à la soirée de sa promotion au début de ses études, il lui avait suffi d'un regard pour savoir qu'elle voulait passer le reste de sa vie avec lui. Son jeune amour lui semblait tellement absolu, tellement puissant. Elle restait des heures allongée sur son lit à penser à lui, et, quand elle traversait le campus, elle souriait aux anges si bien que tous ceux qui la croisaient souriaient à leur tour.

Malheureusement, ce genre d'amour ne dure pas, tout au moins, pas dans son cas. Au fil des années, son mariage avait évolué. Ils avaient mûri en s'éloignant l'un de l'autre. Il devenait difficile d'imaginer ce qui avait pu les rapprocher. Rétrospectivement, Theresa s'apercevait que David avait totalement changé, tout en étant incapable de déterminer à partir de quel moment. Tout peut arriver quand la flamme de la passion s'éteint. Et David avait eu une aventure. Une rencontre dans un magasin de vidéo, une conversation qui s'était poursuivie par un déjeuner et finalement des rendez-vous dans des hôtels des environs de Boston.

Le plus injuste dans tout ça, c'était qu'il lui arrivait de regretter David, enfin, ses bons côtés. La condition d'épouse représentait un certain confort, comme un lit dans lequel on dort depuis des années. Elle avait pris l'habitude de vivre avec quelqu'un qui lui parlait et l'écoutait. Elle aimait être réveillée le matin par l'odeur du café. La présence d'un autre adulte dans l'appartement lui manquait. Et surtout l'intimité des étreintes et des chuchotements derrière les portes closes.

Kevin était trop jeune pour comprendre, et, bien qu'elle l'aimât profondément, ce n'était pas cette sorte d'amour qui lui faisait défaut à cet instant précis. Elle éprouvait pour Kevin un amour maternel, certainement l'amour le plus profond et le plus sacré au monde. Elle aimait aller dans sa chambre, s'asseoir sur son lit et le regarder dormir. Kevin semblait toujours si sage, si beau, la tête sur l'oreiller, les couvertures remontées sous son menton. Le jour, il était toujours en mouvement. La nuit, en le voyant si calme, elle revivait ces émotions merveilleuses qu'elle éprouvait quand il était bébé. Mais, une fois sortie de sa chambre, elle se retrouvait inéluctablement seule avec Harvey le chat comme unique compagnie.

Elle rêvait encore de tomber amoureuse, d'avoir quelqu'un qui la serre dans ses bras et lui fasse croire qu'elle seule comptait. En fait, c'était difficile, pour ne pas dire impossible de rencontrer des gens intéressants. La plupart des hommes de trente ans qu'elle connaissait étaient déjà mariés, et ceux qui étaient divorcés semblaient chercher quelqu'un de plus jeune qu'ils pourraient modeler selon leurs désirs. Restaient les hommes mûrs, et, bien qu'elle se sache tout à fait capable de tomber amoureuse de quelqu'un de plus âgé, elle devait penser à son fils. Elle voulait un homme qui considère Kevin comme il le méritait, et non comme le sous-produit encombrant de la femme désirée. En outre, les hommes plus âgés avaient également des enfants plus grands. Peu d'entre eux envisageaient le cœur léger l'épreuve d'élever un adolescent dans cette époque difficile. « J'ai déjà donné », lui avait carrément déclaré l'un de ses soupirants. Ce qui avait mis un point final à leurs relations.

Elle regrettait aussi, elle le reconnaissait, l'intimité physique qu'apportent l'amour, la confiance et la tendresse. Elle n'avait connu aucun homme depuis son divorce. Elle en avait eu, évidemment, plusieurs fois l'occasion (il n'était pas difficile pour une femme séduisante de trouver un homme avec qui coucher), mais ce n'était tout simplement pas son genre. Elle avait reçu une certaine éducation et n'avait aucune intention de changer. L'acte sexuel était trop important, trop unique, pour être partagé avec n'importe qui. En fait, elle n'avait couché qu'avec deux hommes dans sa vie. David, bien sûr, et Chris, le premier petit ami sérieux qu'elle ait eu. Elle n'avait aucun désir d'allonger la liste pour seulement quelques minutes de plaisir.

Ainsi, pendant ces vacances à Cape Cod, seule au monde et sans homme qui se profile à l'horizon, elle avait bien l'intention de passer cette semaine à ne s'occuper que d'elle. Lire les pieds au mur ou siroter un verre de vin sans télévision en fond sonore. Écrire aux amis dont elle n'avait plus de nouvelles depuis un certain temps. Dormir tard, manger trop, et courir le matin avant que la foule ne vienne tout gâcher. Elle voulait redécouvrir la liberté, ne serait-ce que quelques jours.

Elle voulait également faire des courses. Pas à JCPenney ou chez Sears ni dans les magasins affichant la publicité des chaussures Nike ou des T-shirts des Chicago Bulls, mais dans les petites boutiques que Kevin trouvait ennuyeuses. Elle voulait essayer de nouvelles robes et en trouver une ou deux qui lui plaisent, juste pour se sentir vivante. Peut-être iraitelle chez le coiffeur. Il y avait des années qu'elle avait la même coupe et elle souhaitait en changer. Et si un garçon sympathique l'invitait, peut-être accepterait-elle, ne serait-ce que pour avoir l'excuse d'étrenner ses nouvelles tenues.

Le moral remonté par ces pensées, elle se retourna pour voir si l'homme aux bas de pantalon roulés était encore là. Il était reparti aussi tranquillement qu'il était arrivé. Elle devait s'en aller elle aussi. Elle fut surprise de sentir une certaine raideur dans ses jambes engourdies par l'eau froide quand elle s'assit afin de se rechausser. Elle n'avait pas de serviette, hésita à enfiler ses chaussettes et décida en fin de compte que ce n'était pas la peine. Elle était en vacances au bord de la mer. Chaussures et chaussettes étaient superflues.

Elle repartit vers la maison ses tennis à la main. Elle marchait au bord de l'eau quand elle aperçut un gros caillou à moitié enfoncé dans le sable, à quelques centimètres du point le plus haut atteint par la marée du matin. Bizarre, se dit-elle, se demandant comment il était arrivé là.

En approchant, elle remarqua sa forme étrange, longue et lisse, et constata soudain qu'il ne s'agissait pas d'une pierre mais d'une bouteille, certainement jetée par un touriste négligent ou l'un des jeunes de la région qui venaient la nuit sur la plage. Elle regarda par-dessus son épaule, vit une poubelle fixée au pied de la tour de surveillance et décida de faire sa bonne action de la journée. Lorsqu'elle ramassa la bouteille, elle découvrit, à son grand étonnement, qu'elle était bouchée. Elle la leva dans la lumière afin de mieux la voir et aperçut à l'intérieur une feuille roulée, nouée par un fil et posée dans le sens de la longueur.

Elle se sentit aussitôt assaillie de souvenirs. À neuf ans, alors qu'elle était en vacances en Floride avec ses parents, elle avait décidé avec une petite amie d'envoyer une lettre par la mer et n'avait jamais reçu de réponse. Le message était simple, c'était une lettre d'enfant, et à son retour chez elle elle se souvenait qu'elle avait couru à la boîte aux lettres pendant des semaines, dans l'espoir que quelqu'un finirait par trouver son message et lui écrirait de là où la bouteille se serait échouée. Déçue dans un premier temps, elle avait fini par oublier complètement cette histoire. Tout lui revenait brusquement. Comment s'appelait sa petite amie ?

Elle avait son âge... Tracy ?... Non... Stacey ?... oui, Stacey ! Elle s'appelait Stacey ! Elle avait des cheveux blonds..., elle était en vacances chez ses grands-parents et... et... et le souvenir s'arrêtait là, brutalement, en dépit de tous ses efforts.

Elle essaya de tirer sur le bouchon, s'attendant presque à trouver le message qu'elle avait envoyé, tout en sachant que c'était impossible. Cela venait certainement d'un autre enfant, et s'il attendait une réponse il pouvait compter sur elle. Elle pourrait lui envoyer un petit souvenir de Cape Cod avec une carte postale.

Le bouchon était profondément enfoncé. Ses doigts manquaient de prise. Elle planta les ongles dans le liège et tourna lentement la bouteille. Rien. Elle changea de main et essaya encore. Resserrant son étreinte, elle la coinça entre ses jambes pour avoir plus de force, et, juste au moment où elle allait renoncer, le bouchon bougea imperceptiblement. Aussitôt encouragée, elle changea de prise et revint à la première..., tourna..., tordit la bouteille lentement... Le bouchon sortit encore... et, soudain, se dégagea d'un coup.

Elle retourna la bouteille, et, à son grand étonnement, la feuille tomba instantanément à ses pieds. En se penchant pour la ramasser, elle nota qu'elle était roulée très serrée, ce qui expliquait qu'elle soit sortie si facilement.

Elle dénoua le fil avec précaution et, tout en déroulant le message, remarqua aussitôt la qualité du papier. Ce n'était pas un papier à lettres d'enfant, il était épais et résistant, certainement coûteux, avec la silhouette d'un bateau à voile en relief en haut à droite. Le papier lui-même était froissé, vieux d'aspect, presque comme s'il avait passé un siècle au fond de l'eau.

Elle retint sa respiration. Peut-être était-il ancien après tout. Elle avait entendu parler de bouteilles rejetées sur le rivage au bout de cent ans de navigation. Dès la première ligne, elle vit qu'elle se trompait. Une date était inscrite en haut à droite de la feuille.

22 juillet 1997

Cela remontait à un peu plus de trois semaines.

Trois semaines ? Seulement ?

Elle parcourut la lettre des yeux. Le message était long,

il couvrait le recto et le verso de la feuille. Aucune réponse n'était apparemment attendue. Au premier coup d'œil, elle ne releva ni adresse ni numéro de téléphone. Peut-être étaient-ils inclus dans le texte même de la lettre.

Dévorée par la curiosité, dans la lumière éblouissante du soleil levant d'une chaude journée de Nouvelle-Angleterre, elle lut alors la lettre qui allait changer sa vie à jamais.

22 juillet 1997

Ma Catherine chérie,

Tu me manques, ma chérie, comme toujours, et aujourd'hui plus encore car l'océan chante autour de moi et il chante notre chanson. J'ai l'impression que tu es près de moi pendant que j'écris cette lettre. Je sens cette odeur de fleurs des champs qui toujours me fait penser à toi. Pourtant, en cet instant, cela ne m'apporte aucun plaisir. Tes visites se font plus rares et j'ai parfois la sensation qu'une grande partie de mon être m'échappe tout doucement.

Ce n'est pas faute d'essayer, pourtant. La nuit, quand je suis seul, je t'appelle, et quand ma douleur est à son comble tu sembles à chaque fois encore trouver un moyen de me revenir. La nuit dernière, dans mes rêves, je t'ai vue sur la jetée de Wrightsville Beach. Le vent jouait dans tes cheveux, tes yeux reflétaient le soleil couchant... Je suis stupéfait de te voir appuyée à la rambarde. Tu es belle. Jamais personne ne pourra égaler ta beauté. Je m'avance lentement vers toi et, quand tu te retournes enfin, je m'aperçois que je ne suis pas le seul à te regarder. « Vous la connaissez ? me demande-t-on d'une voix pleine d'envie. Et, tandis que tu me souris, je leur réponds simplement la vérité : "Mieux que mon âme." »

Je m'arrête devant toi et je te prends dans mes bras. C'est le moment que j'attends plus que tout. Celui pour lequel je vis, et quand tu me rends mes baisers je m'abandonne, la paix retrouvée.

Je caresse doucement ta joue et tu penches la tête en fermant les yeux. Mes mains sont rêches et ta peau est douce, et je crains un instant que tu ne recules, mais tu ne bouges pas, bien sûr. Jamais tu ne m'as repoussé, et c'est dans ces moments-là que je sais quelle est ma raison de vivre.

Je suis là pour t'aimer, pour te tenir dans mes bras, pour te protéger. Je suis là pour apprendre de toi et recevoir ton amour en retour. Je suis là parce que je ne pourrais être nulle part ailleurs

Alors, comme toujours, le brouillard se forme tandis que nous nous serrons l'un contre l'autre. C'est une brume lointaine qui s'élève de l'horizon, et je sens ma peur grandir en la voyant se rapprocher. Elle s'étale lentement, enveloppant le monde autour de nous, et nous encercle comme pour prévenir toute fuite. Tel un nuage, elle recouvre tout jusqu'à ce qu'il ne reste plus que nous deux.

Je sens ma gorge se serrer et mes yeux se remplir de larmes parce que je sais que le moment est venu pour toi de partir. Le regard que tu me lances me bouleverse. Je sens ta tristesse et ma propre solitude. La douleur dans mon cœur, qui ne s'était tue qu'un bref instant, reprend de plus belle tandis que tu te détaches de moi. Puis tu écartes les bras et recules dans le brouillard où se trouve ta place et pas la mienne. Je voudrais te suivre, mais tu secoues simplement la tête car nous savons tous les deux que c'est impossible.

Le cœur brisé, je te regarde disparaître peu à peu. Je fais un effort surhumain afin de tout retenir de cet instant, tout retenir de toi. Malheureusement, très vite, toujours trop vite, ton image s'estompe et le brouillard repart vers sa demeure lointaine. Je suis seul sur la jetée et, sans me soucier de ce que pensent les autres, je baisse la tête et pleure, pleure, pleure.

Garrett

2.

— Tu pleures ? s'inquiéta Deanna en dévisageant Theresa qui arrivait sur la terrasse, le message et la bouteille à la main. Dans son émotion, elle avait oublié de la jeter.

Gênée, elle s'essuya les yeux. Déjà Deanna posait son journal et se levait, l'expression sur son visage subitement angoissée. Elle était forte, Theresa l'avait toujours connue ainsi, ce qui ne l'empêcha pas de faire rapidement le tour de la table.

— Tu vas bien ? Que t'est-il arrivé ? Tu t'es fait mal ? demanda-t-elle en prenant son amie par la main.

— Non. J'ai trouvé une lettre et... je ne sais pas ce qui m'a pris, quand je l'ai lue, j'ai fondu en larmes.

— Une lettre ? Quelle lettre ? Tu es sûre que tout va bien ? insista Deanna.

— Oui, oui, rassure-toi. Elle était dans une bouteille. Je l'ai trouvée sur la plage. Quand je l'ai ouverte et que je l'ai lue...

Sa voix s'éteignit, le visage de Deanna se rasséréna légèrement.

— Ah bon ! J'ai cru qu'un malheur t'était arrivé. Que tu t'étais fait attaquer ou je ne sais quoi.

Theresa écarta une mèche qui lui tombait sur la figure et sourit de son inquiétude.

— Non, c'est simplement cette lettre qui m'a bouleversée. C'est stupide, je sais. Je ne devrais pas être aussi sentimentale. Je suis désolée.

— Pftt ! Ce n'est rien, dit Deanna en haussant les

épaules. Ne t'inquiète pas. Me voilà rassurée. Elle réfléchit un instant. Tu dis que la lettre t'a fait pleurer ? Pourquoi ? Que dit-elle ?

Theresa s'essuya les yeux et tendit la lettre à Deanna. Elle s'approcha de la table en fer forgé en essayant de reprendre ses esprits, vaguement vexée d'avoir pleuré.

Deanna lut lentement la lettre. Quand elle eut terminé, elle leva la tête vers Theresa, les yeux remplis de larmes, elle aussi. Elle n'était pas la seule, finalement.

— C'est..., c'est magnifique, finit-elle par articuler. Je n'ai jamais rien lu d'aussi émouvant.

— Moi non plus.

— Et tu l'as trouvée sur le sable ? Pendant ton jogging ?

Theresa hocha la tête.

— Je ne vois pas comment elle a pu arriver sur la plage. La baie est à l'abri de la haute mer et je n'ai jamais entendu parler de Wrightsville Beach.

— Moi non plus. Je pense qu'elle a dû s'échouer pendant la nuit. J'ai failli passer devant sans remarquer ce que c'était.

Deanna caressait le papier du bout des doigts tout en réfléchissant.

— Je me demande de qui il s'agit. Et pourquoi la lettre était-elle scellée dans une bouteille ?

— Je n'en sais rien.

— Ça ne t'intrigue pas ?

En fait, Theresa mourait de curiosité. Immédiatement après sa première lecture, elle l'avait relue une fois, deux fois. Quelle impression cela faisait-il, s'était-elle demandé, d'être ainsi aimée ?

— Si. Et alors ? Nous ne pourrons jamais le savoir.

— Que vas-tu en faire ?

— La garder, je pense. Je n'y ai pas encore vraiment réfléchi.

— Hum ! dit Deanna avec un sourire indéchiffrable. Ton jogging s'est bien passé ?

Theresa but le verre de jus de fruits qu'elle venait de se servir.

— J'ai eu droit à un magnifique lever du soleil. J'avais l'impression que le monde entier s'embrasait.

— C'est parce que tu manquais d'oxygène. Ce sont les effets secondaires de la course à pied.

Theresa sourit, amusée.

— Dois-je en déduire que tu ne m'accompagneras pas cette semaine ?

Deanna saisit sa tasse de café en faisant une moue dubitative.

— Pas question. Mes exercices se limiteront à passer l'aspirateur le week-end. Tu me vois haleter et ahaner ? J'en aurais une attaque.

— Ça fait du bien une fois qu'on a pris le rythme.

— Peut-être, malheureusement, je ne suis ni jeune ni mince comme toi. La seule fois de ma vie où je me souvienne d'avoir couru, c'est le jour où le chien des voisins s'est sauvé de leur jardin, quand j'étais petite.

Theresa éclata de rire.

— Alors, quel est le programme aujourd'hui ?

— Je pensais faire un peu de lèche-vitrines et déjeuner en ville. Qu'en dis-tu ?

— Je n'en attendais pas moins de toi.

Une fois qu'elles eurent décidé des endroits où elles souhaitaient se rendre, Deanna partit chercher du café.

Theresa la suivit des yeux. Le visage rond, les cheveux courts à peine grisonnants, toujours habillée avec simplicité, Deanna était la personne la plus exquise qu'elle connaisse. C'était une passionnée de musique et d'art, et, au journal, des bribes de Mozart ou de Beethoven fusaient toujours de son bureau au-dessus du vacarme de la salle de rédaction. Dotée d'un optimisme et d'un humour à toute épreuve, elle était aimée de tous.

Deanna revint avec le café et s'assit.

— N'est-ce pas le plus bel endroit au monde ? demanda-t-elle en contemplant la baie.

— Oui. Merci de m'avoir invitée.

— Tu en avais besoin. Tu te serais sentie bien seule dans ton fichu appartement.

— On croirait entendre ma mère.

— Je le considérerai comme un compliment.

Deanna se pencha pour reprendre la lettre. Elle haussa les sourcils en la relisant sans faire le moindre commentaire.

— Qu'y a-t-il ? s'enquit Theresa.

— Je me demandais..., commença-t-elle lentement.

— Tu te demandais quoi ?

— Eh bien, pendant que j'étais à la cuisine, je pensais à cette lettre. Je me demandais si nous ne devrions pas la publier dans ta rubrique cette semaine.

— Qu'est-ce que tu dis ?

Deanna se pencha vers elle.

— Oui, il faudrait publier cette lettre dans ta rubrique. Je suis sûre que les gens vont l'adorer. C'est tellement inhabituel. Nous avons tous besoin de lire ce genre de littérature de temps en temps. Et elle est tellement émouvante. Je vois déjà des centaines de femmes la découper pour la coller sur leur réfrigérateur en espérant que leurs maris la verront en rentrant de leur travail.

— Nous ne savons même pas de qui il s'agit. Tu ne crois pas que nous devrions d'abord obtenir leur autorisation ?

— Justement, c'est impossible. J'en parlerai à l'avocat du journal mais je suis sûre que c'est légal. Nous changerons les noms. Du moment que nous ne prétendons pas en être l'auteur et que nous ne divulguons pas son origine, je suis sûre que ça ne posera aucun problème.

— C'est peut-être légal, en revanche, je ne suis pas sûre que ce soit honnête. Écoute, il s'agit d'une lettre très personnelle. Je ne suis pas certaine que ce soit bien de la faire lire à tout le monde.

— Elle est très sentimentale, Theresa. Les gens adorent ça. En outre, elle ne contient rien d'embarrassant. Cette lettre est magnifique. Et surtout n'oublie pas que ce Garrett l'a envoyée dans une bouteille jetée à la mer. Il devait bien se douter qu'elle finirait par échouer quelque part.

— Je ne sais pas, Deanna..., répondit Theresa en secouant la tête.

— Eh bien, réfléchis. Attends demain pour te décider – la nuit porte conseil. Pour moi, c'est une excellente idée.

Theresa se déshabilla et se doucha sans cesser de penser à la lettre. Elle se demandait à quoi ressemblait l'homme qui l'avait écrite, ce Garrett, si tel était bien son nom. Et qui pouvait être Catherine ? Sa maîtresse ou sa femme, certainement. En tout cas, elle n'était plus là. Était-elle morte, ou avaient-ils été séparés malgré eux ? Et pourquoi la lettre avait-elle été mise dans cette bouteille et jetée à la mer ? Toute cette histoire était étrange. Son instinct de journaliste l'emportant, elle pensa soudain que ce message ne voulait peut-être rien dire. Il pouvait émaner d'un homme qui souhaitait écrire une lettre d'amour sans avoir personne à qui l'adresser. Il pouvait avoir été envoyé par un malade qui prenait un plaisir malin à faire pleurer les femmes seules sur les plages lointaines. Cependant, après avoir répété les mots dans sa tête, elle réfuta cette hypothèse. La lettre venait du cœur. Dire que c'était un homme qui l'avait écrite ! De sa vie, elle n'avait rien reçu de comparable, même de loin. Les déclarations d'amour qui lui avaient été envoyées étaient toutes écrites sur des cartes Hallmark. David n'avait pas la fibre d'un écrivain, pas plus que ses autres prétendants. À quoi Garrett pouvait-il ressembler ? Son amour était-il aussi fort que la lettre le laissait supposer ?

Elle s'essuya en se regardant dans la glace. Elle n'était pas si mal, pour une femme de trente-six ans avec un fils adolescent. Ses seins avaient toujours été un peu petits, et, si cela l'avait ennuyée quand elle était plus jeune, elle en était ravie aujourd'hui car ils ne tombaient pas comme chez certaines femmes de son âge. Elle avait le ventre plat et des jambes fines et musclées par des années de sport. Ses pattes-d'oie au coin des yeux lui paraissaient même s'être estompées, bien que cette idée fût absurde. Tout compte fait, elle était contente de son allure, ce matin, et elle attribua cette satisfaction inhabituelle au fait qu'elle était en vacances.

Après s'être légèrement maquillée, elle enfila un short beige, un chemisier blanc sans manches et des sandales marron. Il ferait lourd d'ici à une heure et elle voulait se sentir à l'aise pendant leur promenade à Provincetown. Elle regarda par la fenêtre de la salle de bains, vit que le soleil était déjà haut et songea qu'elle devrait mettre de la crème solaire pour se protéger des coups de soleil qui gâcheraient ses vacances au bord de la mer.

Deanna avait servi le petit déjeuner, dehors, sur la terrasse. Il y avait de la pastèque, de l'ananas et des petits pains grillés. Theresa s'assit, se fit une tartine avec du fromage allégé (Deanna suivait l'un de ses éternels régimes) tandis qu'elles se lançaient dans une longue conversation. Brian était déjà parti au golf, comme tous les matins. Il y allait toujours très tôt car il suivait un traitement qui, d'après Deanna, « lui donnait une peau abominable s'il restait trop longtemps au soleil ».

Deanna et Brian vivaient ensemble depuis trente-six ans. Amoureux depuis le lycée, ils s'étaient mariés l'été qui avait suivi la fin de leurs études, alors que Brian venait de décrocher un emploi dans un cabinet de comptabilité dans le centre de Boston. Huit ans plus tard, il en devenait associé et ils achetaient une grande maison à Brookline, où ils vivaient seuls depuis vingt-huit ans.

Ils avaient toujours voulu avoir des enfants, malheureusement, au bout de six ans de mariage, Deanna n'était toujours pas enceinte. Ils avaient consulté un gynécologue et découvert que Deanna avait les trompes de Fallope atrophiées et qu'elle ne pourrait jamais enfanter. Ils avaient essayé d'en adopter pendant plusieurs années, et, l'attente ne cessant de s'allonger, ils avaient fini par abandonner tout espoir. Avaient alors suivi des années sombres, avait-elle un jour confié à Theresa, une période qui avait failli être fatale à leur mariage. Heureusement, leur union, bien que très secouée, était solide et Deanna s'était tournée vers le travail afin de combler le vide de sa vie. Elle avait débuté au *Boston Times* à une époque où les femmes y étaient rares et y avait fait son chemin. Quand elle était devenue rédacteur en chef, dix ans plus tôt, elle avait pris sous son aile des femmes journalistes. Theresa avait été sa première recrue.

Pendant que Deanna se douchait, Theresa feuilleta rapidement le journal. Elle se dirigea vers le téléphone après avoir consulté sa montre et composa le numéro de David. Il était encore tôt là-bas, sept heures à peine, mais elle savait que toute la famille était réveillée. Kevin se levait toujours à l'aube, et, pour une fois, elle était contente que quelqu'un d'autre profite de cette merveilleuse expérience. Elle fit les cent pas le temps qu'Annette décroche. Elle entendit aussitôt la télévision et un bébé qui pleurait dans le fond.

— Bonjour. C'est Theresa. Kevin est là ?

— Oh, bonjour. Bien sûr qu'il est là. Ne quitte pas.

Le combiné fut posé avec un bruit sourd, et elle entendit Annette qui appelait son fils.

— Kevin, c'est pour toi. Theresa au téléphone.

Elle fut bizarrement peinée qu'Annette dise « Theresa » au lieu de « ta maman », mais n'eut pas le temps de s'y attarder.

— Salut, maman. Tu vas bien ? Comment se passent tes vacances ?

Elle se sentit brusquement seule en entendant sa voix aiguë, haut perchée, encore celle d'un enfant, pourtant, Theresa sentait qu'elle ne tarderait pas à changer.

— Très bien. Je suis arrivée hier soir seulement. Je n'ai pas fait grand-chose, je suis juste allée courir ce matin.

— Il y avait du monde à la plage ?

— Non, les gens commençaient à peine à arriver. Dis-moi, quand partez-vous, ton père et toi ?

— Dans deux jours. Ses vacances ne commencent que lundi. Tu veux lui parler ?

— Non. J'appelais seulement pour te souhaiter de bonnes vacances.

— Ça va être génial. J'ai vu une brochure sur la descente en rafting. Il y a de sacrés rapides !

— Sois prudent.

— Maman, je suis grand !

— Je sais. Ta vieille maman a seulement besoin que tu la rassures.

— O.K. C'est promis. Je porterai mon gilet de sauvetage tout le temps. Il réfléchit quelques secondes. Tu sais, nous n'aurons pas de téléphone, alors je ne pourrai pas t'appeler avant notre retour.

— Je m'y attendais. Je suis sûre que tu vas bien t'amuser.

— Ce sera super. Si seulement tu avais pu venir avec nous, on se serait régalés.

Elle ferma les yeux quelques secondes avant de répondre. C'était une astuce que lui avait apprise son thérapeute. Chaque fois que Kevin parlait d'eux trois réunis à nouveau, elle faisait un effort afin de ne rien dire qu'elle puisse regretter plus tard.

— Vous avez besoin de vous retrouver tous les deux, répondit-elle en prenant son ton le plus enjoué. Vous avez du retard à rattraper et ton père attendait ces vacances avec autant d'impatience que toi.

Eh bien, voilà, ce n'était pas si difficile que ça !

— Il t'a dit ça ?

— Oui, plusieurs fois.

Kevin resta silencieux quelques secondes.

— Tu vas me manquer, maman. Je pourrai te rappeler quand on rentrera pour te dire comment ça s'est passé ?

— Bien sûr. Tu peux m'appeler quand tu veux. Je serai ravie que tu me racontes tout ça. Je t'embrasse, mon chéri.

— Je t'embrasse aussi, maman.

Elle raccrocha, heureuse et triste à la fois, sentiment qu'elle éprouvait à chaque fois qu'ils se parlaient au téléphone quand il était chez son père.

— Qui était-ce ? demanda Deanna, derrière elle.

Elle était redescendue vêtue d'un chemisier imprimé panthère, d'un short rouge, de chaussettes blanches et chaussée de Reebok. Une vraie tenue de touriste devant laquelle Theresa eut bien du mal à garder son sérieux.

— Kevin. C'est moi qui l'ai appelé.

— Tout va bien ? demanda Deanna en ouvrant un placard dont elle tira un appareil photo qui compléta sa panoplie.

— Il est en pleine forme. Ils partent dans deux jours.

— C'est parfait. Eh bien, maintenant que c'est réglé, à nous les magasins. Nous devons faire de toi une nouvelle femme.

Les courses avec Deanna, c'était quelque chose !

Elles s'étaient donc rendues à Provincetown où elles avaient passé la matinée et le début de l'après-midi dans les boutiques. Theresa avait acheté trois nouveaux ensembles et un maillot de bain avant que Deanna ne l'entraîne chez Nightingales, un magasin de lingerie.

Deanna alors se déchaîna. Pas pour elle, bien sûr, mais pour Theresa. Elle décrochait des sous-vêtements en dentelle ou en voile transparent et les brandissait devant Theresa en déclarant à la cantonade : « Celui-là est plutôt torride », ou : « Vous ne l'auriez pas dans une autre couleur ? » Évidemment, il y avait toujours quelqu'un pour entendre ses réflexions, et Theresa ne pouvait s'empêcher de pouffer à chaque fois. Elle adorait la décontraction de son amie. Deanna se moquait de ce que les autres pensaient, et Theresa aurait bien aimé lui ressembler.

Theresa suivit deux suggestions de Deanna, puis elles se rendirent dans un magasin de disques. Deanna voulait le dernier CD de Harry Connick Jr. « Je le trouve tellement mignon », donna-t-elle comme explication. Theresa acheta un CD de jazz d'un des premiers enregistrements de John Coltrane.

À leur retour, elles trouvèrent Brian, qui lisait le journal dans la salle de séjour.

— Bonjour. Je commençais à m'inquiéter. Comment s'est passée votre journée ?

— Très bien, répondit Deanna. Nous avons déjeuné à Provincetown et nous avons fait des courses. Et toi, comment as-tu joué aujourd'hui ?

— Pas mal. Si je n'avais pas fait deux *bogeys* aux deux derniers trous, j'aurais réalisé quatre-vingts.

— Eh bien, tu n'as qu'à jouer plus souvent et tu y arriveras.

— Tu ne m'en voudras pas ? demanda Brian en riant.

— Bien sûr que non.

Brian rouvrit son journal en souriant, ravi à l'idée de pouvoir passer plus de temps au golf cette semaine. Voyant qu'il reprenait sa lecture, Deanna murmura à Theresa :

— Crois-en mon expérience. Quand tu permets à un homme de jouer au golf, il te fiche une paix royale.

Theresa les laissa seuls tous les deux le reste de l'après-midi. Comme il faisait encore chaud, elle enfila le maillot de bain qu'elle venait d'acheter, attrapa une serviette, une chaise pliante et le magazine *People*, et partit à la plage.

Elle feuilleta distraitement la revue, lisant un article par-ci par-là, peu intéressée par la vie des célébrités. Des enfants riaient autour d'elle en s'éclaboussant et en jouant dans le sable avec leurs seaux. Plus loin, deux petits garçons construisaient un château au bord de l'eau, aidé d'un adulte, apparemment leur père. Le bruit des vagues était apaisant. Elle posa son magazine et ferma les yeux, le visage tourné vers le soleil.

Elle voulait prendre des couleurs avant de rentrer, ne serait-ce que pour montrer qu'elle pouvait passer du temps à ne rien faire. Au journal aussi, on considérait qu'elle était de ceux qui ne savent pas s'arrêter. Quand elle n'écrivait pas sa chronique hebdomadaire, elle travaillait sur sa rubrique de l'édition dominicale, faisait des recherches sur Internet ou étudiait toutes sortes d'articles concernant les enfants. Elle était abonnée par le journal à tous les grands magazines sur l'enfance et l'éducation ainsi qu'à d'autres consacrés aux femmes qui travaillent. Elle recevait également des journaux médicaux, qu'elle passait régulièrement en revue, à la recherche de sujets intéressants.

On ne pouvait jamais prédire les thèmes qu'aborderait sa chronique – c'était peut-être là l'une des raisons de son succès. Il lui arrivait de répondre à des questions ou de commenter les dernières mesures sur l'éducation et ce qu'elles impliquaient. Beaucoup de ses articles portaient sur le bonheur d'élever des enfants tandis que d'autres évoquaient les pièges à éviter. Elle parlait des difficultés des mères seules, un sujet qui concernait apparemment beaucoup de Bostoniennes. Sa rubrique l'avait rendue étonnamment célèbre dans la région. Bien sûr, c'était agréable de voir sa photo au-dessus de sa chronique ou de recevoir des invitations à des soirées privées ; hélas, elle avait toujours trop à faire et n'en profitait pas. Et, si elle appréciait cet aspect agréable de son travail, il ne signifiait finalement pas grand-chose pour elle.

Au bout d'une heure au soleil, Theresa s'aperçut qu'elle cuisait. Elle entra dans l'eau doucement jusqu'à la taille et plongea dans une vague qui arrivait. Elle remonta à la surface, le souffle coupé par la fraîcheur de l'eau, ce qui fit rire un baigneur tout proche.

— Elle est un peu frisquette, n'est-ce pas ? dit-il, et elle hocha la tête en se frottant les bras.

Il était grand et brun comme elle, et pendant une seconde elle se demanda s'il ne la draguait pas. Des enfants l'appelèrent alors « papa » à grands cris, lui retirant aussitôt ses illusions. Après avoir barboté quelques minutes dans l'eau, elle sortit et regagna sa place. La plage se vidait. Elle aussi ramassa ses affaires et prit le chemin du retour.

À la maison, Brian suivait un tournoi de golf à la télévision. De son côté, Deanna lisait un roman avec le portrait d'un bel et jeune avocat sur la couverture.

— Alors, la plage, c'était comment ? demanda-t-elle en l'entendant arriver.

— Merveilleux. Le soleil était brûlant, en revanche, Dieu que l'eau était froide !

— Oui, toujours. Je n'arrive pas à concevoir que les gens puissent y rester si longtemps.

— Et ton livre ?

Deanna le referma et contempla la couverture d'un air songeur.

— Il est excellent. Il me rappelle Brian il y a quelques années.

— Hein ? grommela Brian sans quitter la télévision des yeux.

— Rien, mon amour. Juste des souvenirs. Que dirais-tu d'un gin-rami ? demanda-t-elle en se tournant, les yeux brillants, vers Theresa.

Deanna adorait tous les jeux de cartes. Elle appartenait à deux clubs de bridge et notait sur un petit carnet tous les jeux de solitaire qu'elle remportait. Ensemble, elles jouaient toujours au gin-rami car c'était le seul jeu auquel Theresa avait une chance de gagner.

— Bien sûr.

Deanna marqua sa page d'un air ravi, posa son livre et se leva.

— J'ai tout préparé. Les cartes sont sur la table, dehors.

Theresa noua la serviette autour de sa taille et se dirigea vers la table où elles avaient pris le petit déjeuner. Deanna la suivit avec deux canettes de Diet Coke, s'assit en face d'elle, ramassa le jeu, battit les cartes et les distribua.

— On dirait que tu as pris des couleurs, dit-elle en levant les yeux. Le soleil devait cogner.

— J'ai eu l'impression de cuire, répondit Theresa tout en classant ses cartes.

— As-tu croisé des gens sympathiques ?

— Pas vraiment. Je me suis simplement détendue en lisant. Il y avait surtout des familles, sur la plage.

— Quel dommage !

— Pourquoi ?

— Eh bien, j'espérais presque que tu rencontrerais quelqu'un de bien cette semaine.

— Tu es quelqu'un de bien.

— Tu sais parfaitement ce que je veux dire. J'espérais que tu trouverais un homme qui te plaise. Un qui te coupe le souffle.

— Pourquoi ? rétorqua Theresa, surprise.

— Le soleil, l'océan, la brise..., je ne sais pas. C'est peut-être l'effet des rayons sur mon cerveau.

— Je ne cherche pas vraiment, tu sais.

— Jamais ?

— Pas souvent, en tout cas.

— Ah, là, là !

— Ne va pas en tirer je ne sais quelle conclusion. Mon divorce n'est pas si loin.

Theresa posa un six de carreau et Deanna le ramassa avant de se défausser d'un trois de trêfle. Deanna avait la même intonation que la mère de Theresa quand elle abordait ce sujet.

— Cela fait pourtant trois ans. Tu ne me cacherais pas quelque chose, par hasard ?

— Non.

— Personne ?

Deanna piocha et tira un quatre de cœur.

— Non. Je n'y suis pour rien, tu sais. Ce n'est pas facile

de faire des rencontres de nos jours. Et je n'ai guère de temps à consacrer aux mondanités.

— Je le sais parfaitement. Tu as tant à offrir. Je suis sûre qu'il existe un homme fait pour toi.

— Moi aussi. Seulement je ne l'ai pas encore rencontré.

— Le cherches-tu seulement ?

— À l'occasion. Tu sais, ma patronne est horriblement exigeante. Elle ne me laisse pas une seconde pour souffler.

— Tu veux que je lui parle ?

— Oui, peut-être, acquiesça Theresa, et elles éclatèrent de rire.

Deanna piocha et tira un sept de pique.

— Tu vois quelqu'un, au moins ?

— Non, pas depuis que Matt Machinchose m'a dit qu'il ne voulait pas d'une femme avec enfant.

— Il y a vraiment de sacrés crétins, grommela Deanna. Et dans le genre, il se posait un peu là ! On devrait accrocher sa tête sur un mur avec en légende « Égoïste mâle ». Heureusement qu'ils ne sont pas tous pareils. Il y en a des très bien, dans le tas, et ils n'attendent que de te rencontrer.

Theresa tira le sept et jeta le six de carreau.

— Tu sais pourquoi je t'adore, Deanna ? Parce que tu me dis toujours des gentillesses.

Deanna piocha.

– Voyons, c'est vrai. Tu es jolie, brillante, intelligente. Je pourrais trouver une douzaine d'hommes qui seraient ravis de sortir avec toi.

— Je suis sûre que tu y arriverais. Me plairaient-ils seulement ?

— Tu ne fais aucun effort.

Theresa haussa les épaules.

— Peut-être. Je ne finirai pas pour autant mes jours dans une pension de vieilles filles. Fais-moi confiance, je tomberai encore amoureuse. J'adorerais rencontrer un homme charmant avec qui passer le reste de mon existence. Hélas, ce n'est pas ma priorité actuellement. Tout mon temps est pris, entre Kevin et mon travail.

Deanna ne dit rien. Elle jeta un deux de pique.

— Je crois que tu as peur.

— Peur ?

— Absolument, et je le comprends.

— Pourquoi ?

— Parce que David t'a fait beaucoup de mal ; moi aussi, à ta place, j'aurais peur de recommencer. Chat échaudé craint l'eau froide, prétend le dicton. Et il n'a pas tort.

— Probablement. Pourtant je suis sûre que si je croise la perle rare je saurai la reconnaître.

— Quel est ton idéal ?

— Je ne sais pas...

— Je suis sûre que si. Tu dois bien avoir ta petite idée, comme tout le monde.

— Non, vraiment.

— Allez ! Commence par ce qui te paraît évident. Ou alors pense à ce dont tu ne veux pas. Par exemple, supporterais-tu qu'il appartienne à une bande de motards ?

Theresa piocha en souriant. Son jeu se présentait bien. Encore une carte et elle avait gagné. Elle jeta le valet de cœur.

— Pourquoi cette curiosité ?

— Allez, dis-moi, juste pour faire plaisir à ta vieille amie.

— Bon. Pas un motard, en tout cas, fit-elle en secouant la tête. Elle réfléchit quelques instants. Hum..., je crois qu'avant tout il faudra qu'il soit fidèle, à moi, à nous. Je ne veux pas revivre ce que j'ai connu. Et je crois que j'aimerais qu'il ait mon âge, si possible.

Theresa s'arrêta en fronçant les sourcils.

— Et ?

— Laisse-moi réfléchir. Ce n'est pas si facile que tu le crois. Je pense que je vais continuer avec les inévitables clichés. J'aimerais qu'il soit beau, gentil, intelligent et séduisant, tu sais, toutes ces qualités que les femmes recherchent chez un homme.

Elle se tut une fois de plus. Deanna tira le valet, visiblement ravie de coiffer Theresa sur le poteau.

— Et ?

— Il devra s'occuper de Kevin comme si c'était son propre fils. C'est primordial. Oh ! il devra être romantique également. J'adorerais recevoir des fleurs de temps à autre.

Et sportif aussi. Je ne pourrais pas respecter un homme que je battrais au bras de fer.

— C'est tout ?

— Ouais !

— Alors, voyons si j'ai bien saisi. Tu voudrais qu'il soit fidèle, séduisant, beau, la trentaine environ, intelligent aussi, romantique et sportif. Et il devra être gentil avec Kevin, c'est ça ?

— Exactement.

Elle prit une profonde inspiration et étala son jeu sur la table.

— Eh bien, au moins tu n'es pas difficile. Gin !

Après avoir perdu sans rémission au gin-rami, Theresa rentra chercher l'un des livres qu'elle avait apportés. Elle s'installa sur le siège sous la fenêtre qui donnait sur l'arrière de la maison tandis que Deanna, de son côté, reprenait sa lecture. Brian avait trouvé une nouvelle compétition de golf sur une autre chaîne et il passa le reste de l'après-midi à le regarder en lançant des commentaires à la cantonade.

À six heures du soir, une fois le tournoi fini, bien évidemment, Deanna et Brian partirent se promener sur la plage. Theresa les regarda depuis la fenêtre marcher main dans la main au bord de l'eau. Ils formaient un couple parfait. Ils avaient des centres d'intérêt totalement opposés, pourtant, cela avait l'air de les réunir au lieu de les séparer.

Après le coucher du soleil, ils se rendirent en voiture à Hyannis pour dîner au Sam's Crabhouse, un restaurant florissant qui méritait bien sa réputation. Il était bondé et ils durent attendre une heure avant d'avoir une table ; heureusement, les crabes et le beurre fondu valaient la peine. Le beurre était aillé, et, à eux trois, ils burent six bières en deux heures. À la fin du repas, Brian remit la conversation sur la lettre que Theresa avait trouvée.

— Je l'ai lue en revenant du golf. Deanna l'a collée sur le réfrigérateur.

Deanna éclata de rire en haussant les épaules. Elle se tourna vers Theresa avec un « je t'avais prévenue » dans les yeux.

— J'ai trouvé la bouteille échouée sur la plage en faisant mon jogging.

— Quelle lettre ! reprit Brian après avoir terminé sa bière. Et d'une telle tristesse !

— Oui. C'est exactement ce que j'ai ressenti en la lisant.

— Sais-tu où se trouve Wrightsville Beach ?

— Non, je n'en ai jamais entendu parler.

— C'est en Caroline du Nord, dit Brian en plongeant une main dans sa poche pour sortir ses cigarettes. Je suis allé jouer au golf là-bas, autrefois. Des terrains magnifiques. Un peu plats à mon goût, si je me souviens bien.

— Avec Brian, tout commence et finit par le golf, intervint Deanna.

— Dans quelle partie de la Caroline du Nord ? demanda Theresa.

Brian alluma sa cigarette et inhala longuement.

— Près de Wilmington. C'est à une heure et demie de route au nord de Myrtle Beach. Tu as déjà entendu parler du film *Cape Fear* ?

— Bien sûr.

— La Cape Fear River passe à Wilmington. C'est là que se déroule le film. En fait, on tourne là très souvent. La plupart des grands studios ont une agence en ville. Wrightsville Beach est une île près de la côte. Très touristique ; c'est presque une station balnéaire aujourd'hui. Beaucoup de stars y résident quand elles sont en tournage là-bas.

— Comment se fait-il que je n'aie jamais entendu ce nom-là ?

— Peut-être parce qu'on parle surtout de Myrtle Beach ; pourtant, Wrightsville Beach est connu, dans le sud. Les plages sont magnifiques, le sable blanc, l'eau délicieuse. Un endroit rêvé pour une semaine de vacances.

Theresa ne dit rien.

— Eh bien, nous savons désormais d'où vient le mystérieux auteur de notre lettre, reprit Deanna, une pointe de malice dans la voix.

— Il reste un doute, toutefois, dit Theresa en haussant

les épaules. Il y était peut-être de passage, ou en vacances. Rien ne prouve qu'il y vive.

— Je ne pense pas, déclara Deanna en secouant la tête. Sa description du rêve n'aurait pas été aussi précise s'il ne s'était rendu qu'une ou deux fois dans cet endroit.

— Tu y as longuement réfléchi, dis-moi ?

— Non, juste une intuition. J'ai appris à m'y fier avec l'expérience et je suis prête à parier qu'il habite à Wrightsville Beach ou à Wilmington.

— Et alors ?

Deanna prit la cigarette des mains de Brian, inspira profondément et la garda. Elle faisait cela depuis des années. Dans son idée, comme ce n'était pas elle qui l'allumait, elle ne fumait pas vraiment. Brian, sans paraître remarquer son geste, en alluma une autre. Deanna se pencha vers Theresa.

— As-tu réfléchi ? Vas-tu la publier ?

— Je ne sais toujours pas si c'est une bonne idée.

— Et si nous mettions d'autres noms... ou juste leurs initiales ? Nous pourrions aussi changer le nom de Wrightsville Beach, si tu veux.

— Pourquoi tiens-tu tellement à la faire paraître ?

— Parce que je sais reconnaître un bon sujet quand j'en vois un. Je pense surtout que cela toucherait beaucoup de gens. De nos jours, nous sommes tous tellement bousculés qu'on pourrait croire que le romantisme disparaît lentement. Cette lettre prouve qu'il n'est pas mort.

Theresa enroula distraitement une mèche de cheveux autour de son doigt. Un geste qui, depuis sa petite enfance, témoignait d'une profonde réflexion.

— Très bien, répondit-elle au bout d'un long moment.

— Tu vas le faire ?

— Oui, et tu as raison, nous ne garderons que leurs initiales et nous éliminerons la mention de Wrighstville Beach. J'ajouterai également une ou deux phrases d'introduction.

— Je suis ravie, s'écria Deanna avec un enthousiasme de gamine. J'en étais sûre. Nous la faxerons dès demain matin.

Le soir même, Theresa écrivit à la main le début de sa chronique sur du papier à lettres qu'elle avait trouvé dans le secrétaire du bureau. Quand elle eut terminé, elle regagna sa chambre, posa les deux feuilles sur la table de nuit et se glissa entre les draps. Cette nuit-là, elle dormit à poings fermés.

Le lendemain, Theresa et Deanna se rendirent à Chatham et firent dactylographier la lettre chez un imprimeur. Comme ni l'une ni l'autre n'avait emporté son portable et que Theresa tenait à ce que certaines informations contenues dans la lettre ne soient pas divulguées, c'était une solution tout indiquée. La rubrique terminée, elles la faxèrent. Elle paraîtrait dans le journal du lendemain.

Elles passèrent le reste de la matinée puis l'après-midi, comme la veille, à faire du lèche-vitrines, à se détendre sur la plage, à bavarder agréablement avant de dîner dehors. Lorsque le journal arriva le lendemain matin, Theresa fut la première à s'en emparer. Elle s'était réveillée tôt, et, quand elle était revenue de son jogging, Deanna et Brian n'étaient pas encore levés. Elle ouvrit le journal et lut sa rubrique.

Il y a quatre jours, pendant mes vacances, j'écoutais de vieilles chansons à la radio lorsque j'ai entendu Sting chanter Message in a Bottle. *Saisie d'une impulsion soudaine, je me suis précipitée sur la plage. Quelques instants plus tard, je découvrais une bouteille qui, à ma grande surprise, contenait un message. Pour être franche, je n'ai pas entendu la chanson ; en revanche, j'ai réellement trouvé cette bouteille. Et le message qu'elle contenait m'a profondément bouleversée. Depuis, il ne cesse de me poursuivre. Et, bien que ce ne soit pas le genre de sujet que j'aborde habituellement, à notre époque où l'amour éternel et la fidélité se font de plus en plus rares, j'ai pensé que vous aussi trouveriez cette lettre émouvante.*

Suivait la lettre. Lorsque Deanna rejoignit Theresa pour le petit déjeuner, elle se jeta aussitôt sur sa rubrique.

— Merveilleux, dit-elle quand elle eut terminé. Imprimée, elle présente encore mieux que je ne le pensais. Tu vas recevoir beaucoup de courrier.

— Tu crois ?

— Absolument. J'en suis convaincue.

— Plus que d'habitude ?

— Bien plus. Je le sens. D'ailleurs, j'appellerai John tout à l'heure. Je lui demanderai de la passer à la radio une ou deux fois cette semaine. Il se pourrait même qu'on la diffuse dans les éditions du dimanche.

— Nous verrons, dit Theresa avant de mordre dans un *bagel,* brusquement impatiente de savoir si Deanna aurait raison.

3.

Le samedi, après huit jours de vacances, Theresa regagna Boston.

Dès qu'elle ouvrit la porte de son appartement, Harvey accourut de la chambre du fond. Il se frotta contre ses jambes en ronronnant de bonheur. Theresa le prit dans ses bras et se dirigea vers le réfrigérateur. Elle coupa un petit bout de fromage et le lui donna en lui caressant la tête, avec une pensée reconnaissante pour Ella, sa voisine, qui s'était occupée de lui en son absence. Le fromage terminé, le chat sauta sur le sol et s'avança vers les baies coulissantes qui donnaient sur le patio. L'appartement sentait le renfermé, et elle poussa les panneaux pour aérer.

Après avoir défait ses bagages et récupéré ses clés et son courrier chez Ella, Theresa se servit un verre de vin puis glissa dans le lecteur de CD le disque de John Coltrane qu'elle avait acheté. Tandis que la musique emplissait la pièce, elle jeta un coup d'œil à son courrier. Surtout des factures, comme d'habitude. Elle les mit de côté, elle s'en occuperait plus tard.

Elle vit que huit messages l'attendaient sur son répondeur. Deux anciens soupirants lui demandaient de rappeler. Elle réfléchit quelques secondes et décida de n'en rien faire. Ils ne lui plaisaient ni l'un ni l'autre, et à quoi bon sortir juste parce qu'elle avait un creux dans son emploi du temps ? Elle avait aussi des appels de sa mère et de sa sœur, elle leur téléphonerait dans la semaine. Il n'y avait aucun message de Kevin. Il était en plein rafting avec son père et devait camper quelque part dans l'Arizona.

Sans son fils, la maison paraissait étrangement silencieuse. Et en ordre, ce qui avait, au moins, un petit côté réconfortant. C'était agréable de rentrer dans une maison propre et de n'avoir pour une fois à ranger que derrière soi.

Elle pensa aux deux semaines de vacances qui lui restaient à prendre cette année. Elle avait promis à Kevin de l'emmener au bord de la mer. Cela lui laissait encore une semaine. Elle aurait pu en profiter à Noël, hélas, Kevin serait chez son père, c'était donc hors de question. Noël avait toujours été sa fête préférée et elle détestait la passer seule, malheureusement, elle n'avait pas le choix, inutile de se lamenter. Elle pourrait se rendre aux Bermudes, en Jamaïque ou n'importe où dans les Caraïbes, seulement elle n'avait aucune envie de partir seule et ne voyait pas qui pourrait l'accompagner. Janet, peut-être ? Ses trois enfants l'occupaient terriblement. En fait, c'était surtout Edward qui aurait du mal à se dégager. Elle pourrait aussi profiter de cette semaine pour réaliser tous les travaux qu'elle envisageait dans la maison..., mais quel dommage ! Quelle idée de passer ses vacances à peindre et à tapisser !

Eh bien, si rien de passionnant ne se présentait, elle garderait ses vacances pour l'année prochaine ! Peut-être pourrait-elle partir deux semaines à Hawaii avec Kevin.

Elle se coucha avec un roman qu'elle avait commencé à Cape Cod et en lut une bonne centaine de pages avant de se sentir fatiguée. À minuit, elle éteignit et s'endormit. Elle rêva alors qu'elle marchait sur une plage déserte, sans savoir pourquoi.

Le lundi matin, son bureau croulait sous le courrier. Il y avait déjà près de deux cents lettres et le facteur en rapporta une cinquantaine en fin de journée.

— Je te l'avais dit ! lui lança Deanna dès qu'elle entra, en lui montrant le tas avec fierté.

Theresa demanda qu'on ne lui passe aucun appel et se mit immédiatement à dépouiller son courrier. Toutes les lettres, sans exception, concernaient le message publié dans sa rubrique. La plus grande partie provenait de femmes, quelques hommes avaient également écrit, et l'unanimité de leurs réactions la surprit. Tous avaient été touchés par la lettre anonyme. Beaucoup lui demandaient si elle en connaissait l'auteur, et plusieurs lectrices se prétendaient prêtes à l'épouser s'il était libre.

Elle découvrit que la plupart des éditions dominicales avaient publié sa chronique, et que les missives venaient d'aussi loin que Los Angeles. Six hommes prétendaient avoir écrit le message, quatre d'entre eux réclamaient des droits d'auteur, un la menaçait, qui plus est, d'engager des poursuites. Il lui suffit d'examiner leurs écritures pour s'apercevoir qu'aucune ne ressemblait, même de loin, à celle de la lettre.

À midi, alors qu'elle déjeunait dans son restaurant japonais préféré, des personnes assises à une table voisine firent allusion à sa rubrique.

— Ma femme l'a collée sur le réfrigérateur, dit l'un des convives, ce qui la fit pouffer.

Elle n'acheva de lire son courrier qu'en fin de journée, épuisée. Elle n'avait rien écrit pour sa rubrique suivante et un poids lui écrasait les épaules comme à chaque fois que le temps lui manquait. À dix-sept heures trente, elle commença un article qui évoquait l'absence de Kevin et la façon dont elle la vivait. Les mots lui venaient avec une étonnante facilité et, quand son téléphone sonna, elle avait pratiquement terminé.

C'était la standardiste.

— Dis-moi, Theresa, je sais que tu m'as demandé de ne te passer aucun appel et ça n'est pas toujours facile, crois-moi. Tu as bien dû en recevoir une soixantaine, aujourd'hui. Le téléphone n'a pas arrêté de sonner.

— Bon, qu'y a-t-il ?

— J'ai en ligne une dame qui t'a appelée cinq fois aujourd'hui. Et elle a téléphoné deux fois la semaine dernière. Elle n'a jamais voulu donner son nom mais je la reconnais, maintenant. Elle veut absolument te parler.

— Tu ne peux pas prendre le message ?

— J'ai beau insister, elle refuse. Elle me demande à

chaque fois de la mettre en attente jusqu'à ce que tu puisses lui répondre. Elle dit qu'elle appelle de loin et qu'elle doit te parler à tout prix.

Theresa réfléchit un instant, les yeux fixés sur son écran. Son article était presque terminé, elle n'avait plus qu'un ou deux paragraphes à ajouter.

— Demande-lui le numéro auquel je pourrai la rappeler.

— Ça aussi, elle refuse. Elle est très mystérieuse.

— Mais qu'est-ce qu'elle veut ?

— Je n'en ai aucune idée. Pourtant, elle me semble tout à fait saine d'esprit, ce qui n'est pas le cas de tous ceux qui ont appelé aujourd'hui. Un type m'a même demandé de l'épouser.

Theresa éclata de rire.

— D'accord, dis-lui de ne pas quitter. Je la prends dans deux minutes.

— Parfait.

— Sur quelle ligne est-elle ?

— La 5.

— Merci.

Theresa termina rapidement son article. Elle le relirait dès qu'elle aurait raccroché. Elle souleva le combiné et enfonça la touche 5.

— Allô !

— Vous êtes Theresa Osborne ? demanda une voix douce et mélodieuse après quelques secondes de silence.

— Oui.

Theresa se renfonça dans son siège en enroulant une mèche autour de son doigt.

— C'est bien vous qui avez écrit l'article sur le message dans la bouteille ?

— Oui. Que puis-je faire pour vous ?

Son interlocutrice marqua à nouveau un silence. Theresa l'entendait respirer, comme si elle réfléchissait à ce qu'elle allait pouvoir dire.

— Pouvez-vous me donner les noms qui étaient dans la lettre ? finit-elle par demander.

Theresa ferma les yeux. Encore une curieuse. Elle

rouvrit les yeux et commença à relire son article sur son ordinateur.

— Non, je suis désolée, c'est impossible. Je dois préserver leur anonymat.

Son interlocutrice se tut à nouveau. Theresa sentait monter son impatience. Elle lut le premier paragraphe à l'écran.

— Je vous en prie, il faut absolument que je le sache.

Theresa leva les yeux, intriguée par la sincérité de la voix. Elle sentait autre chose dans son ton, sans arriver à l'analyser.

— Je suis désolée, finit-elle par répondre, je ne peux vraiment pas.

— Alors peut-être pourriez-vous répondre à une question ?

— Allez-y.

— La lettre était-elle adressée à Catherine et signée par un certain Garrett ?

L'interlocutrice avait maintenant toute l'attention de Theresa. Elle se redressa sur son siège.

— Qui êtes-vous ? demanda-t-elle d'une voix anxieuse, et à peine eut-elle laissé échapper ces mots qu'elle les regretta : elle venait de répondre sans le vouloir.

— C'est bien ça, n'est-ce pas ?

— Qui êtes-vous ? demanda à nouveau Theresa d'un ton nettement radouci.

Elle entendit la femme prendre une profonde inspiration avant de répondre.

— Je m'appelle Michelle Turner et je vis à Norfolk, en Virginie.

— Comment connaissez-vous ces noms ?

— Mon mari est dans la marine et il est basé ici. Il y a trois ans, je marchais sur la plage et j'ai trouvé une lettre, exactement comme vous, pendant vos vacances. Quand j'ai lu votre rubrique, j'ai tout de suite su que la lettre venait de la même personne. Les initiales étaient identiques.

Theresa réfléchit un instant. C'était impossible. Trois ans plus tôt ?

— Sur quel type de papier était-elle écrite ?

— Un papier écru, avec le dessin d'un voilier en haut à droite.

Theresa sentit les battements de son cœur s'accélérer. Elle n'arrivait toujours pas à y croire.

— Votre lettre portait aussi le dessin d'un voilier, n'est-ce pas ?

— Oui, murmura Theresa.

— Je le savais. Je n'ai jamais montré cette lettre à mon mari. Je la ressors régulièrement pour la relire. Elle est un peu différente de celle que vous avez publiée, mais les sentiments sont les mêmes.

— Pourriez-vous me la télécopier ?

— Bien sûr. C'est quand même étonnant, non ? ajouta-t-elle après un petit silence. Que j'aie trouvé la mienne il y a trois ans, et que vous en trouviez une autre maintenant.

— Oui, murmura Theresa. C'est vraiment surprenant.

Après avoir donné son numéro de fax, elle se sentit incapable de se concentrer sur son article. Michelle devait trouver un service de secrétariat pour faxer la lettre, et Theresa ne put s'empêcher de faire des allées et venues toutes les cinq minutes entre son bureau et le télécopieur. Enfin, quarante-six minutes plus tard, elle entendit l'appareil se mettre en marche. La première page n'était que la feuille de garde de National Copy Service, adressée à Theresa Osborne au *Boston Times.*

Elle la regarda tomber dans le panier tandis que le fax crépitait en copiant la lettre ligne à ligne. Il était rapide, il copiait une page en dix secondes, mais comme il lui semblait lent brusquement ! Une troisième page apparut et elle en déduisit alors qu'à l'instar de la lettre qu'elle avait trouvée celle-ci aussi devait être écrite recto verso.

Elle ramassa les copies tandis que résonnait le bip de fin de transmission. Elle les porta à son bureau sans les regarder et les posa à l'envers. Il fallait qu'elle se calme. Ce n'était qu'une lettre.

Elle prit une profonde inspiration et retourna la première page. Un simple regard au logo du voilier suffit à lui confirmer que la lettre émanait bien du même auteur. Elle mit la page en pleine lumière et commença sa lecture.

6 mars 1994

Ma Catherine chérie,

Où es-tu ? Assis seul dans la maison plongée dans les ténèbres, je me demande pourquoi nous avons été séparés.

J'ai beau essayer de comprendre, je ne trouve pas la réponse à cette question. La raison est évidente, mais mon esprit la repousse et pendant mes insomnies l'angoisse me ronge. Je suis perdu sans toi. Je n'ai plus d'âme, plus de foyer, je suis tel un oiseau solitaire qui vole sans savoir où il va. Je suis tout cela et rien du tout. Voilà à quoi se résume ma vie sans toi, mon amour. J'attends désespérément que tu me montres comment retrouver le goût de vivre.

Je nous revois tous les deux sur le pont de Happenstance. *Te souviens-tu du mal que nous nous sommes donné pour le restaurer ? Nous nous sommes voués à l'océan en le reconstruisant, car nous savions tous les deux que l'océan nous avait réunis. C'est dans ces moments-là que j'ai découvert ce qu'était le véritable bonheur. La nuit, tandis que nous voguions sur les eaux noires, je m'abandonnais au spectacle de ta beauté au clair de lune. Je t'admirais tout en sachant au plus profond de mon âme que nous étions unis à jamais. Est-ce toujours ainsi quand deux êtres s'aiment ? me demandais-je. Je l'ignore, cependant, si j'en juge ma vie depuis que tu m'as été enlevée, je crois connaître la réponse. Je sais que désormais je serai seul.*

Je pense à toi, je rêve de toi, je te fais apparaître quand j'ai trop besoin de toi. C'est tout ce qui me reste et cela ne me suffit pas. Jamais je ne pourrai m'en contenter, je le sais, pourtant, que puis-je faire d'autre ? Si tu étais là, tu m'expliquerais, mais cela aussi m'a été dérobé. Tu as toujours su trouver les mots qui me réconfortaient. Tu étais ma joie de vivre.

Peux-tu savoir ce que j'éprouve sans toi ? Dans mes rêves, je me plais à le croire. Avant de te rencontrer, j'avançais sans but dans la vie, sans logique. Je sais maintenant que chaque mètre parcouru depuis mon premier pas me rapprochait de toi. Nous étions destinés l'un à l'autre.

Mais aujourd'hui, seul chez moi, je découvre que le destin peut blesser un être autant qu'il a pu le combler, et je me demande vraiment pourquoi, de toutes les femmes que j'aurais pu aimer en ce monde, il a fallu que je m'éprenne de celle qui me serait enlevée.

Garrett

Après avoir lu la lettre, elle se renfonça dans son fauteuil et posa les doigts sur ses lèvres. Les bruits de la salle de rédaction semblaient venir de très loin. Elle ramassa son sac, en sortit la première lettre et les étala toutes les deux devant elle. Elle lut la première, puis la seconde, et les relut ensuite en ordre inverse, avec la vague impression de jouer les voyeurs, comme si elle écoutait aux portes à un moment intime et chargé de secrets.

Elle se leva dans un état second. Elle prit au distributeur une canette de jus de pomme, cherchant toujours à analyser ce qu'elle ressentait. Elle revint à son bureau. Soudain, au moment de s'asseoir, ses jambes se dérobèrent et elle s'affala lourdement sur son siège. Elle serait tombée par terre s'il ne s'était pas trouvé là.

Espérant s'éclaircir les idées, elle entreprit de ranger le désordre qui encombrait son bureau. Les stylos regagnèrent le tiroir, les articles dont elle s'était servie furent remis dans leurs classeurs, elle rechargea l'agrafeuse, tailla ses crayons et les remit dans le pot sur son bureau. Quand elle eut terminé, tout était rangé sauf les deux lettres auxquelles elle n'avait pas touché.

Elle avait trouvé la première un peu plus d'une semaine auparavant, et les mots lui avaient laissé une profonde impression, même si, poussée par son côté pragmatique, elle avait refusé de s'y attarder. Aujourd'hui, cela lui semblait impossible. Pas après avoir trouvé cette seconde lettre écrite vraisemblablement par la même personne. Y en avait-il d'autres ? Et à quoi ressemblait celui qui les envoyait ? Il semblait miraculeux qu'une autre personne, trois ans plus tôt, soit tombée sur l'une de ses lettres et l'ait cachée dans un tiroir parce qu'elle aussi avait été profondément émue. C'était pourtant la réalité. Que signifiait tout cela ?

Elle savait qu'elle ne devrait pas y accorder tant d'importance, mais, soudain, c'était plus fort qu'elle. Elle regarda autour d'elle en se passant une main dans les cheveux. Tout le monde était occupé. Elle ouvrit sa canette de jus de pomme et en but une gorgée, essayant d'analyser ce qu'elle ressentait. Elle ne savait plus que penser. Elle n'avait qu'un souhait, que personne ne vienne la déranger tant qu'elle n'aurait pas mieux cerné la situation. Alors qu'elle remettait les deux lettres dans son sac, la première phrase du second message lui revint à l'esprit.

Où es-tu ?

Elle quitta le programme qu'elle utilisait pour écrire ses articles et, presque malgré elle, choisit un serveur qui lui permette d'accéder à Internet.

Après quelques secondes d'hésitation, elle tapa :

WRIGHTSVILLE BEACH

dans la grille de recherche et enfonça la touche d'envoi. Elle espérait bien trouver quelque chose là-dessus et, moins de cinq secondes plus tard, différents thèmes lui étaient proposés.

Trouvé trois sites contenant Wrightsville Beach.

Localisation par catégories – Localisation par sites – Pages Web de Mariposa

---

Localisation par catégories

Pays : USA. État : Caroline du Nord. Ville : Wrightsville Beach

Localisation par sites

Pays : USA. État : Caroline du Nord. Ville : Wilmington : Agences immobilières – Agence Ticar – **Bureau également à Wrighstville Beach et Carolina Beach**

Pays : USA. État : Caroline du Nord. Ville : Wrighstville Beach. Hôtel – Cascade Beach Resort

Les yeux fixés sur l'écran, elle se sentit brusquement ridicule. Même si Deanna avait raison et si Garrett vivait dans la région de Wrightsville, il serait pratiquement impossible de le retrouver. Alors pourquoi essayer ?

Elle connaissait la réponse, évidemment. Ces lettres avaient été écrites par un homme qui aimait profondément une femme, un homme qui était seul maintenant. Petite fille, elle avait cru à l'homme idéal, prince charmant ou chevalier de ses contes d'enfant. Mais il n'existait pas dans la réalité. Les êtres humains avaient de vrais emplois du temps, de vraies demandes et de vraies exigences les uns vis-à-vis des autres. Certes, il y avait des hommes bien, dans le lot, capables d'éprouver un amour sincère et de rester fidèles envers et contre tout, le type même de celui qu'elle aurait aimé rencontrer depuis qu'elle avait divorcé. Mais comment le trouver ?

À présent, elle savait qu'un tel homme existait et qu'il était seul. Elle en était bouleversée. À l'évidence Catherine, qui qu'elle fût, était probablement morte, ou tout au moins avait disparu sans explication. Pourtant, Garrett l'aimait au point de lui écrire encore des lettres d'amour depuis au moins trois ans. Cela prouvait déjà qu'il était capable d'aimer quelqu'un profondément et surtout de lui rester entièrement voué longtemps après sa disparition.

Où es-tu ?

La phrase résonnait sans cesse dans sa tête, comme une chanson entendue le matin au réveil qui vous poursuit toute la journée.

Où es-tu ?

Elle l'ignorait, mais il existait. Et cela la touchait profondément. Elle savait d'expérience que, lorsque quelqu'un provoquait en vous un sentiment de cette intensité, il fallait s'y intéresser sérieusement. Sinon, comment savoir ce qui aurait pu arriver, et, de bien des façons, c'était pire que de s'apercevoir qu'on s'était trompé. En cas d'erreur, il lui suffirait de poursuivre sa vie sans avoir à regarder en arrière en se demandant ce qu'elle avait raté.

Où tout cela pouvait-il la mener ? Quelle en était la signification ? La découverte de cette lettre était-elle un signe du destin ? Une simple coïncidence ? À moins que cela ne lui rappelle tout simplement ce qui manquait à sa vie. Elle enroula distraitement une mèche autour de son doigt en réfléchissant à cette dernière éventualité. Oui, c'était bien possible.

Cet auteur mystérieux l'intriguait, inutile de le nier. Et, comme personne ne pourrait comprendre ce qui lui arrivait (comment attendre cela des autres alors qu'elle-même en était incapable), elle décida de ne pas parler de ce qu'elle éprouvait.

Où es-tu ?

En son for intérieur, elle savait que la recherche sur ordinateur et sa fascination pour Garrett ne la mèneraient nulle part. Ce ne serait bientôt qu'une anecdote qu'elle évoquerait de temps à autre. Sa vie continuerait, elle écrirait ses rubriques, s'occuperait de Kevin et accomplirait les mille et une tâches qui incombent à un parent célibataire.

Elle avait presque raison. Sa vie se serait poursuivie exactement comme elle l'imaginait. Cependant, trois jours plus tard, survint un événement qui la força à se jeter dans l'inconnu, munie seulement d'une valise et de quelques feuilles de papier qui n'avaient peut-être aucun sens.

Elle découvrit une troisième lettre de Garrett.

4.

Le jour où elle découvrit cette troisième lettre, elle ne s'attendait, bien sûr, à rien d'extraordinaire. C'était un jour d'été comme tant d'autres à Boston, chaud, humide, avec l'actualité qui collait à ce genre de temps, quelques agressions provoquées par la tension qui montait et deux morts en début d'après-midi à la suite de bagarres ayant mal tourné.

Theresa se trouvait dans la salle de rédaction. Elle faisait des recherches sur les enfants autistes. Le *Boston Times* possédait une excellente banque de données sur les articles publiés les années précédentes dans différentes revues. Grâce à son ordinateur, elle pouvait également avoir accès à la librairie de Harvard et à celle de l'université de Boston, et les centaines de milliers d'articles dont celles-ci disposaient rendaient les recherches bien plus faciles et plus rapides qu'elles ne l'étaient encore quelques années auparavant.

En deux heures, elle avait trouvé une trentaine d'articles publiés au cours des trois dernières années dans des journaux dont elle n'avait d'ailleurs jamais entendu parler. Six d'entre eux semblaient intéressants. Comme Harvard était sur sa route, elle décida de passer les prendre en rentrant chez elle.

Au moment d'éteindre son ordinateur, une idée lui vint subitement à l'esprit. Pourquoi pas ? Elle avait peu de chances que ça marche, mais qu'avait-elle à perdre ? Elle se rassit, accéda à nouveau à la banque de données de Harvard et tapa les mots

Les articles étant classés, selon le système de la bibliothèque, par sujet ou par titre, elle choisit la recherche par titre car le processus était plus rapide. La prospection par sujet donnait toujours plus de réponses et demandait donc ensuite un gros travail qui exigeait trop de temps. Elle appuya sur la touche d'envoi et attendit que l'ordinateur retrouve l'information demandée.

La réponse l'étonna. Une douzaine d'articles avaient été écrits ces dernières années sur ce sujet. La plupart avaient été publiés par des revues scientifiques, et, d'après les titres, les bouteilles avaient servi à étudier les courants marins.

Trois articles retinrent son attention et elle nota leurs noms, décidée à les récupérer eux aussi.

La circulation était dense, et elle mit plus longtemps que prévu pour arriver à la bibliothèque et photocopier les neuf sujets qui l'intéressaient. Elle rentra tard chez elle, et, après avoir commandé son dîner au restaurant chinois du quartier, elle s'assit sur le canapé et étala devant elle les trois articles sur les messages dans des bouteilles.

Le premier qu'elle lut avait été publié dans le magazine *Yankee,* en mars de l'année précédente. Il faisait un historique des messages découverts dans des bouteilles et parlait de celles qui avaient été trouvées en Nouvelle-Angleterre au cours des dernières années. Certaines lettres étaient réellement inoubliables. L'histoire de Paolina et d'Ake Viking lui plut particulièrement.

Le père de Paolina avait trouvé une bouteille qui contenait un message d'un certain Ake, un jeune marin suédois. Il l'avait écrit au cours d'un voyage singulièrement ennuyeux et demandait à toute jolie fille qui le trouverait de lui répondre. Le père le donna à Paolina, qui écrivit à Ake. Une lettre en entraîna une autre, Ake vint en Sicile faire la connaissance de la jeune fille, ils découvrirent combien ils s'aimaient et se marièrent peu après.

À la fin de l'article, elle tomba sur deux paragraphes qui faisaient allusion à un autre message échoué sur les plages de Long Island.

> Les personnes qui envoient ces messages comptent généralement qu'on leur écrive, avec

l'espoir qu'il en découlera une correspondance durable. Parfois, cependant, l'auteur ne veut pas de réponse. Une lettre de ce genre, émouvant hommage à un amour perdu, a échoué sur les plages de Long Island, l'année dernière. En voici un extrait.

Maintenant que je ne te serre plus dans mes bras, je me sens l'âme vide. Je me surprends à chercher ton visage dans la foule, et, bien que je sache que c'est impossible, je ne peux m'en empêcher. Ma quête est vouée à l'échec. Nous avions parlé de ce qui arriverait si nous étions séparés malgré nous. Hélas, je ne peux tenir la promesse que je t'ai faite cette nuit-là. Je suis désolé, mon amour, jamais personne ne te remplacera. Les mots que je t'ai chuchotés étaient insensés, et j'aurais dû le savoir. Je n'ai jamais désiré que toi et toi seule et maintenant que tu es partie je n'ai aucune envie de trouver une autre compagne. Jusqu'à ce que la mort nous sépare, avons-nous murmuré à l'église, et j'en arrive à croire que ces mots sonneront juste jusqu'au jour où, à mon tour, je quitterai ce monde.

Elle s'arrêta de manger et posa brusquement sa fourchette.

C'était impossible ! Elle regarda fixement les mots. Ce n'était tout bonnement pas possible.

Mais...

... mais... qui d'autre cela pourrait-il être ?

Elle s'essuya le front et s'aperçut que ses mains tremblaient. Une autre lettre ? Elle revint rapidement au début de l'article et vit qu'il avait été écrit par Arthur Shendakin, professeur d'histoire au collège de Boston, ce qui voulait dire...

... qu'il devait vivre dans la région.

Elle bondit chercher l'annuaire posé sur un guéridon, près de la table de la salle à manger et le feuilleta fébrilement. Il y avait moins d'une douzaine de Shendakin, dont seulement deux portaient un A. en initiale. Elle regarda sa montre avant de les appeler. Vingt et une heure trente. Tard, mais pas tant que ça. Elle composa le premier numéro. Une femme lui répondit que c'était une erreur. Theresa remarqua en reposant le combiné qu'elle avait la gorge sèche. Elle se rendit à la cuisine, but un grand verre d'eau et, après avoir pris une profonde inspiration, revint près du téléphone.

Elle s'appliqua à composer correctement le numéro et attendit. Le téléphone sonna une fois, deux fois, trois fois.

À la quatrième sonnerie, elle sentit ses espoirs s'évanouir ; à la cinquième, on décrocha.

— Allô ! dit un homme.

D'après sa voix, elle lui donnait dans les soixante ans. Elle s'éclaircit la gorge.

— Allô ! je suis Theresa Osborne, du *Boston Times.* Vous êtes Arthur Shendakin ?

— Oui, répondit-il, étonné.

Garde ton calme, se dit-elle.

— Bonsoir, monsieur. Est-ce bien vous qui avez publié un article concernant les messages dans des bouteilles, l'année dernière, dans le magazine *Yankee* ?

— Oui, effectivement. Que puis-je faire pour vous ?

Sa main était moite sur le combiné.

— Je m'intéresse à l'un des messages que vous évoquez, celui qui a échoué sur les plages de Long Island. Voyez-vous auquel je fais allusion ?

— Puis-je savoir en quoi il vous intéresse ?

— Eh bien, commença-t-elle, le *Times* désire faire un article sur ce sujet et nous aurions aimé avoir une copie de cette lettre.

Elle s'en voulait de lui mentir mais il lui en aurait coûté davantage de dire la vérité. De quoi aurait-elle l'air ? *Oh, bonsoir, je suis amoureuse d'un homme mystérieux qui envoie des messages dans des bouteilles et je me demandais si ce ne serait pas lui qui aurait écrit la lettre que vous avez trouvée...*

Il mit du temps à répondre.

— Eh bien, je ne sais pas. C'est justement cette lettre qui m'a donné l'idée de ces articles... Il faut que j'y réfléchisse.

Theresa sentit sa gorge se serrer.

— Donc, vous avez la lettre ?

— Oui, je l'ai trouvée il y a deux ans.

— Monsieur Shendakin, je sais que ma demande est inhabituelle. Si vous nous permettez d'utiliser cette lettre, nous serons ravis de vous dédommager. Et nous n'avons nul besoin de l'original. Vous pourrez le conserver, une copie nous suffira.

Elle sentit que sa requête l'avait déconcerté.

— De quelle somme s'agirait-il ?

Qu'en savait-elle ? Elle avait lancé ça comme ça. Combien voulait-il ?

— Nous sommes prêts à vous offrir trois cents dollars, et, bien sûr, la découverte de cette lettre vous sera légitimement attribuée.

Il ne dit rien. Il réfléchissait. Theresa revint à la charge sans lui laisser le temps de formuler la moindre objection.

— Monsieur Shendakin, je pense que vous craignez certaines similitudes entre notre article et celui que vous avez écrit. Je vous assure qu'ils seront très différents. Le nôtre portera surtout sur les cheminements suivis par les bouteilles, vous voyez, les courants océaniques, etc. Nous ne ferons allusion à ces messages personnels que pour en illustrer l'aspect humain.

Mais où allait-elle chercher tout ça ?

— Eh bien...

— Je vous en prie, monsieur Shendakin. Cela me ferait tellement plaisir.

Il resta silencieux un moment.

— Juste une copie ?

— Oui, c'est tout. Je peux vous donner un numéro de fax, à moins que vous ne préfériez l'envoyer par la poste. Dois-je rédiger le chèque à votre nom ?

Il réfléchit encore avant de répondre.

— Je..., je pense que oui.

Elle sentit qu'elle l'avait poussé dans ses derniers retranchements et qu'il ne savait plus comment s'en sortir.

— Je vous remercie, monsieur Shendakin.

Sans lui laisser le temps de changer d'avis, elle lui donna son numéro de fax, releva son adresse et nota de lui adresser un mandat dès le lendemain. Il aurait pu trouver bizarre qu'elle lui envoie un chèque personnel.

Le jour suivant, après avoir appelé le bureau du professeur au collège de Boston et laissé un message l'informant que le paiement avait été effectué, elle partit travailler sur un petit nuage. L'existence éventuelle d'une troisième lettre monopolisait toutes ses pensées. D'accord, elle ne savait pas encore si elle provenait du même auteur, mais, si tel était le cas, elle se demanda ce qu'elle ferait. Elle avait pensé à Garrett pratiquement toute la nuit, essayant d'imaginer à quoi il pouvait ressembler ou ce qu'il aimait faire. Déconcertée par sa réaction, elle avait décrété que la lettre déciderait de la suite des événements. Si le message n'émanait pas de Garrett, elle mettrait un point final à cette histoire. Elle ne se servirait plus de son ordinateur pour le retrouver, elle ne chercherait pas de traces d'autres missives. Et, si elle s'apercevait que les deux lettres continuaient à l'obséder, elle les jetterait. C'était bien beau, la curiosité, il ne fallait pas pour autant que ça vous gâche la vie, et elle ferait en sorte de l'éviter.

Mais si la lettre était de Garrett...

Elle ignorait ce qu'elle ferait. Finalement, elle espérait presque se tromper, ne serait-ce que pour ne pas avoir à prendre de décision.

Quand elle arriva à son bureau, elle traîna volontairement avant d'aller vers le télécopieur. Elle alluma son ordinateur, appela deux médecins qu'elle voulait consulter au sujet de sa prochaine rubrique et jeta quelques notes sur d'autres sujets éventuels. Le temps d'effectuer ces quelques tâches, elle s'était presque convaincue que la lettre ne pouvait venir de lui. Des milliers de missives devaient flotter sur les mers. Il y avait toutes les chances qu'elle émane de quelqu'un d'autre.

Ne trouvant plus d'autre prétexte pour s'attarder, elle finit par s'approcher du télécopieur et feuilleta la pile de fax. Ils n'avaient pas encore été triés, des douzaines de pages étaient adressées à d'autres services. Au milieu de la liasse, elle trouva une page de garde à son attention, suivie de deux autres feuillets, et, au premier regard, remarqua, comme pour les deux autres lettres, le voilier dessiné en haut à droite. Le message était plus court que les autres. L'extrait qu'elle avait lu dans l'article d'Arthur Shendakin était en fait le dernier paragraphe.

25 septembre 1995

Catherine chérie,

Un mois s'est écoulé depuis ma dernière lettre, mais que le temps m'a paru long ! La vie défile sous mes yeux comme un paysage derrière la vitre d'une voiture. Je respire, je mange et je dors comme je l'ai toujours fait, cependant, plus rien dans mon existence ne semble demander de participation active de ma part. Je dérive simplement comme les messages que je t'envoie. Je ne sais pas où je vais ni quand j'y arriverai.

Le travail ne réussit pas à me faire oublier ma peine. Il peut m'arriver de plonger pour le plaisir ou pour enseigner aux autres à le faire, mais, quand je retourne au magasin, comme il est vide sans toi. Je vérifie mon stock et passe mes commandes comme d'habitude et parfois je me surprends à me retourner pour t'appeler. Et, pendant que je t'écris cette lettre, je me demande si cela cessera un jour.

Maintenant que je ne te serre plus dans mes bras, je me sens l'âme vide. Je me surprends à chercher ton visage dans la foule, et, bien que je sache que c'est impossible, je ne peux m'en empêcher. Ma quête est vouée à l'échec. Nous avions parlé de ce qui arriverait si nous étions séparés malgré nous. Hélas, je ne peux tenir la promesse que je t'ai faite cette nuit-là. Je suis désolé, mon amour, jamais personne ne te remplacera. Les mots que je t'ai chuchotés étaient insensés, et j'aurais dû le savoir. Je n'ai jamais désiré que toi et toi seule et maintenant que tu es partie je n'ai aucune envie de trouver une autre compagne. Jusqu'à ce que la mort nous sépare, avons-nous murmuré à l'église, et j'en arrive à croire que ces mots sonneront juste jusqu'au jour où, à mon tour, je quitterai ce monde.

Garrett

— Deanna, tu as une minute ? Je voudrais te parler.

Deanna leva les yeux de son ordinateur et retira ses lunettes.

— Bien sûr. Qu'y a-t-il ?

Theresa posa les trois lettres sur le bureau de son amie sans rien dire. Deanna les prit l'une après l'autre, les yeux écarquillés de surprise.

— Où as-tu trouvé les deux autres ?

Theresa expliqua comment elle était entrée en leur possession. Quand elle eut terminé, Deanna les lut en silence. Theresa s'assit en face d'elle.

— Eh bien, dit-elle en posant la dernière missive, tu m'en fais des cachotteries !

Theresa haussa les épaules.

— Mais ce n'est pas ça qui te tracasse, n'est-ce pas ? continua Deanna.

— Que veux-tu dire ?

— Eh bien, reprit-elle avec un petit sourire taquin, ce n'est pas pour me montrer ces lettres que tu es venue me voir. Je crois que ce Garrett t'intéresse.

Theresa en resta bouche bée et Deanna éclata de rire.

— Ne prends pas cet air ahuri, Theresa. Je ne suis pas complètement idiote. Je sentais bien que tu couvais quelque chose. Tu étais tellement distraite. J'ai failli t'en toucher un mot et puis je me suis dit que tu finirais bien par m'en parler, le moment venu.

— Moi qui croyais cacher mon jeu.

— Peut-être pour les autres. Moi, je te connais depuis trop longtemps. Elle sourit à nouveau. Allez, raconte-moi tout.

Theresa réfléchit quelques instants.

— C'est assez bizarre. Je n'arrête pas de penser à lui et je ne sais pas pourquoi. Comme une lycéenne qui aurait le béguin pour un inconnu. C'est même pire que ça, car non seulement nous ne nous sommes jamais parlé, mais je ne l'ai jamais vu. Il a peut-être soixante-dix ans, qui sait ?

Deanna se renfonça dans son siège en hochant la tête d'un air songeur.

— C'est possible... mais tu ne le crois pas, n'est-ce pas ?

Theresa secoua lentement la tête.

— Non.

— Moi non plus, dit Deanna en reprenant les lettres. Il évoque la façon dont ils sont tombés amoureux quand ils étaient jeunes, il ne fait aucune allusion à des enfants, il enseigne la plongée et parle de Catherine comme s'ils n'avaient été mariés que quelques années. Je ne crois pas qu'il soit très vieux.

— Moi non plus.

— Tu veux savoir le fond de ma pensée ?

— Oui.

— Moi, à ta place, j'irais à Wilmington pour essayer de trouver ce Garrett.

— Cela me semble tellement... tellement ridicule...

— Pourquoi ?

— Parce que je ne sais rien de lui.

— Theresa, tu en sais bien plus sur Garrett que je n'en savais sur Brian avant de le rencontrer. Note bien que je ne te demande pas de l'épouser, mais seulement de le trouver. Tu découvriras peut-être qu'il n'est pas ton genre, en tout cas, tu en auras le cœur net, non ? Allez, où est le problème ?

— Et si...

Elle s'arrêta, et Deanna finit sa phrase pour elle.

— Et s'il n'est pas tel que tu l'imagines ? Theresa, je peux déjà te garantir qu'il sera différent. C'est forcé. À mon avis, cela ne devrait pas influencer ta décision. Si tu as envie d'en savoir plus, vas-y. Au pire, tu t'apercevras que ce n'est pas le genre d'homme que tu recherches. Tu n'auras qu'à rentrer à Boston. Au moins tu sauras à quoi t'en tenir. Que risques-tu ? Ce ne sera pas plus terrible que ce que tu vis maintenant.

— Tu ne trouves pas toute cette histoire complètement folle ?

Deanna secoua la tête d'un air pensif.

— Theresa, il y a longtemps que j'attends que tu t'intéresses à un homme. Je te l'ai dit pendant les vacances, tu mérites de trouver quelqu'un qui partage ta vie. Je ne sais pas ce qui sortira de cette histoire avec Garrett. Si je devais parier, je dirais que cela ne donnera probablement rien. Cela ne veut pas dire que tu ne dois pas essayer. Si tous ceux qui ont peur de se tromper n'essayaient pas, où en serions-nous aujourd'hui ?

Theresa ne dit rien pendant quelques instants.

— Tu es...

Deanna repoussa ses protestations.

— Je suis plus âgée que toi et j'ai beaucoup vécu. J'ai appris que dans la vie il fallait prendre des risques. Et, à mes yeux, celui-là n'est pas très grand. Tu n'abandonnes pas mari et enfants pour retrouver cet homme, tu ne quittes pas ton emploi, tu ne pars pas vivre à l'autre bout du pays. En fait, tu es dans une situation idéale. Il n'y a aucun inconvénient à ce que tu te rendes là-bas, alors n'en fais pas tout un plat. Si tu as envie d'y aller, tu y vas. Sinon, tu restes. Ce n'est pas plus compliqué que ça. Par-dessus le marché, Kevin n'est pas là et il te reste des vacances à prendre.

Theresa enroula une mèche de cheveux autour de son doigt.

— Et ma rubrique ?

— Ne t'inquiète pas. Nous avons toujours celle que nous n'avons pas utilisée le jour où la lettre a été publiée à sa place. Et nous pouvons rediffuser des rubriques des années passées. Les autres journaux ne te publiaient pas à cette époque et ils ne verront pas la différence.

— Tout paraît si simple à t'entendre.

— C'est simple. Le plus dur sera de le trouver. À mon avis, ces lettres contiennent des informations qui pourraient nous aider. Que dirais-tu de passer quelques coups de fil et de faire des recherches sur l'ordinateur ?

Elles se turent toutes les deux un moment.

— D'accord, finit par acquiescer Theresa. J'espère seulement ne pas le regretter un jour.

— Alors, par où commençons-nous ? demanda-t-elle.

Elle tira une chaise et s'assit de l'autre côté du bureau de Deanna.

— Nous allons commencer par ce dont nous sommes pratiquement sûres. Je crois que l'on peut considérer qu'il s'appelle réellement Garrett. Il a signé les trois lettres de ce nom. S'il n'y en avait eu qu'une, nous pourrions avoir un doute, mais, au bout de trois, je suis convaincue que c'est son prénom ou celui qu'on lui donne.

— Ensuite, continua Theresa, il habite probablement Wilmington, Wrighstville Beach ou une ville de cette région.

— Toutes ses lettres font allusion à l'océan, et, bien sûr, c'est dans l'océan qu'il jette ses bouteilles. D'après leur ton, il les écrit quand il se sent seul ou quand il pense à Catherine.

— C'est également mon avis. Il ne mentionne aucune occasion particulière. Il n'évoque que sa vie de tous les jours et ce qu'il éprouve.

— Exactement. Deanna s'animait au fur et à mesure qu'elles progressaient. Il a parlé d'un bateau...

— *Happenstance.* Ils l'ont restauré ensemble et ils naviguaient souvent dessus. C'est un voilier, certainement.

— Note-le. Nous pourrons peut-être en apprendre plus en passant quelques coups de fil. Il existe peut-être un répertoire alphabétique des bateaux. Je pourrais appeler le journal local pour le savoir. Y a-t-il d'autres indices dans la deuxième lettre ?

— Non, je ne vois rien. Mais la troisième contient plus d'informations. Nous y découvrons deux choses.

— D'abord que Catherine est bien morte.

— Ensuite qu'il possède un magasin de plongée sous-marine où il travaillait avec Catherine.

— Il faut le noter également. Je pense que nous pourrons en découvrir plus à ce sujet sans bouger d'ici. C'est tout ?

— Je crois.

— Eh bien, voilà un bon début. Ce ne sera peut-être pas si difficile que ça. Il est temps de passer quelques coups de téléphone.

Deanna commença par appeler le *Wilmington Journal,* le quotidien local. Elle se présenta et demanda à parler à quelqu'un qui s'y connaissait en bateaux. On lui passa deux personnes avant qu'elle ne tombe sur Zack Norton, le journaliste qui s'occupait de la pêche au gros et des autres sports nautiques. Elle lui expliqua ce qu'elle cherchait et il lui répondit qu'il n'existait pas de répertoire alphabétique des bateaux.

— Ils sont enregistrés par numéro d'immatriculation, comme les voitures, lui dit-il avec un léger accent chantant du Sud. En revanche, si vous connaissez le nom du propriétaire, vous pourrez peut-être trouver le nom du bateau sur le formulaire. Les gens ne sont pas obligés de le fournir mais ils le précisent très souvent. Deanna griffonna : « Pas de répertoire alphabétique des bateaux » sur un bloc-notes et le tendit à Theresa.

— Voilà déjà une piste éliminée, soupira Theresa.

— Attends, dit Deanna, en couvrant le combiné de la main. N'abandonne pas si vite.

Après avoir remercié Zack Norton et raccroché, Deanna consulta à nouveau leur liste d'indices. Au bout de quelques instants de réflexion, elle décida d'appeler les renseignements téléphoniques pour avoir le nom des magasins de plongée de la région de Wilmington. Theresa la vit en noter onze.

— Souhaitez-vous d'autres renseignements ? demanda la préposée.

— Non, je vous remercie, vous avez été parfaite, lui répondit Deanna.

Elle raccrocha sous le regard interrogateur de Theresa.

— Et que vas-tu leur dire quand tu les appelleras ?

— Je vais juste demander à parler à Garrett.

Theresa sentit son cœur s'emballer.

— Comme ça ?

— Comme ça, répondit Deanna avec un petit sourire en coin.

Elle composa le premier numéro et fit signe à Theresa de décrocher l'autre récepteur. Elles attendirent patiemment que quelqu'un veuille bien répondre à Atlantic Adventures, le premier magasin de leur liste.

Quand on décrocha enfin, Deanna prit une profonde inspiration et demanda si elle pourrait suivre des cours avec Garrett.

— Je suis désolée. Vous avez dû faire un mauvais numéro, lui répondit-on aussitôt.

Deanna s'excusa et raccrocha.

Elles reçurent la même réponse aux cinq numéros suivants. Sans se décourager, Deanna continua ses recherches. S'attendant à la réaction habituelle, elle fut étonnée d'entendre l'homme au bout de la ligne marquer un moment d'hésitation.

— Vous voulez parler de Garrett Blake ? demanda-t-il.

Garrett.

Theresa faillit tomber de son siège en entendant prononcer son nom.

— Oui, répondit Deanna.

— Vous le trouverez à Island Diving. Mais nous pouvons peut-être vous aider ? Nous avons des cours qui commencent prochainement.

— Non, s'excusa aussitôt Deanna. Je vous remercie. J'ai promis à Garrett d'apprendre à plonger avec lui.

Elle raccrocha, un sourire triomphant sur les lèvres.

— Eh bien, nous progressons.

— Jamais je n'aurais cru que ce serait aussi facile.

— Ce n'était pas tellement évident, si tu y réfléchis, Theresa. Avec une seule lettre, cela aurait été impossible.

— Tu crois qu'il s'agit du bon Garrett ?

Deanna la regarda en penchant la tête.

— Pas toi ?

— Je ne sais pas. Peut-être.

— Eh bien, nous le saurons bientôt, dit Deanna en haussant les épaules. Je commence à bien m'amuser.

Elle rappela les renseignements et demanda le numéro des Affaires maritimes à Wilmington. Une fois qu'elle les eut en ligne, elle demanda si quelqu'un pourrait la renseigner.

— Mon mari et moi étions en vacances à Wilmington lorsque notre bateau est tombé en panne. Un monsieur charmant nous a aidés à revenir au port. Un certain Garrett Blake, et je crois que son bateau s'appelait *Happenstance,* mais je voudrais en être sûre avant d'écrire mon article là-dessus.

Deanna continua sans laisser à son interlocutrice le temps de placer un mot. Elle lui raconta qu'elle avait eu très peur et combien elle était reconnaissante à ce Garrett d'être venu à leur secours. Puis, après l'avoir amadouée en lui disant que les gens du Sud étaient vraiment charmants, et en particulier les habitants de Wilmington, elle lui expliqua qu'elle tenait à faire un article sur l'hospitalité des méridionaux et leur gentillesse envers les étrangers. Son petit discours achevé, l'employée lui était définitivement acquise.

— Puisque vous me demandez simplement de vérifier

des informations que vous connaissez déjà, je n'y vois aucune objection, dit-elle. Ne quittez pas.

Deanna tambourina du bout des doigts sur son bureau en mesure avec la musique de Barry Manilow diffusée pendant qu'elle était en attente. L'employée revint en ligne.

— Bon, voyons... Deanna entendit un bruit de clavier, puis un bip étrange. Oui, voilà. Garrett Blake. Votre information était correcte. Son bateau s'appelle bien *Happenstance.*

Deanna la remercia longuement et lui demanda son nom, pour pouvoir citer une charmante personne de plus comme illustration de l'amabilité des gens du Sud. Elle raccrocha enfin, le visage rayonnant.

— Garrett Blake, dit-elle avec un sourire triomphant. Notre mystérieux auteur s'appelle Garrett Blake.

— Là, tu m'épates.

Deanna hocha la tête comme si elle non plus n'en revenait pas.

— Tu vois. Ta vieille amie sait encore comment trouver un renseignement.

— C'est le moins que l'on puisse dire !

— Y a-t-il autre chose que tu voudrais connaître ?

Theresa réfléchit.

— Tu pourrais en savoir plus sur Catherine ?

— Nous pouvons toujours essayer, répondit Deanna en haussant les épaules. Appelons le journal pour savoir s'ils ont quelque chose dans leurs archives. Si elle est morte accidentellement, ils en auront peut-être parlé.

Deanna rappela donc le *Wilmington Journal* et demanda leur service de presse. Malheureusement, après avoir parlé à deux personnes différentes, elle apprit que les journaux des années passées étaient sur microfilms et qu'il n'était pas facile de les consulter sans date précise. Deanna demanda qui Theresa devrait contacter quand elle irait là-bas si elle voulait rechercher l'information elle-même.

— Je crois que nous ne pouvons rien faire de plus d'ici. À toi de jouer, Theresa. Au moins, tu sais déjà où le trouver.

Deanna lui tendit le papier avec le nom. Theresa hésita.

Deanna la dévisagea quelques instants et finit par poser le papier sur le bureau. Elle décrocha le téléphone à nouveau.

— Qui appelles-tu ?

— Mon agence de voyages. Il faut réserver l'avion et ton hôtel sur place.

— Je n'ai pas dit que j'y allais.

— Oh, si, tu iras !

— Comment peux-tu en être aussi sûre ?

— Parce que je ne vais pas te laisser te morfondre ici à te demander ce qui aurait pu être. Tu travailles mal quand tu n'es pas concentrée.

— Deanna...

— Ne te fatigue pas. Tu meurs de curiosité. Et moi aussi.

— Mais...

— Mais rien ! Theresa, reprit-elle d'une voix douce, souviens-toi que tu n'as rien à perdre. Au pire, tu reviendras dans deux jours. C'est tout. Tu ne pars pas à la recherche d'une tribu de cannibales. Tu vas juste voir si ton intérêt était justifié.

Elles se dévisagèrent quelques instants sans rien dire. Deanna avait un petit sourire en coin. Theresa sentit son pouls s'accélérer en prenant conscience de ce qu'elle allait faire. *Mon Dieu, je pars vraiment là-bas. Je n'arrive pas à le croire.*

Elle essaya pourtant encore de tergiverser.

— Je ne sais même pas ce que je vais lui dire quand je le verrai...

— Je suis sûre que tu trouveras quelque chose. Maintenant, laisse-moi m'occuper de tes réservations. Va chercher ton sac. Il va me falloir un numéro de carte bancaire.

L'esprit en ébullition, Theresa se dirigea vers son bureau. *Garrett Blake. Wilmington. Island Diving. Happenstance.* Les mots défilaient dans sa tête comme si elle répétait un rôle dans une pièce.

Elle ouvrit le tiroir dans lequel elle enfermait son sac. Elle aurait voulu prendre le temps de réfléchir. Mais elle n'était plus maîtresse de ses actes et déjà elle tendait sa carte à Deanna. Elle partirait le lendemain pour Wilmington, Caroline du Nord.

Deanna lui dit de disposer du reste de sa journée, et, en quittant le journal, Theresa eut soudain l'impression de s'être fait manipuler exactement comme elle avait manœuvré le vieux M. Shendakin.

Mais, contrairement à M. Shendakin, au fond d'elle-même, elle en était ravie. Et, lorsque son avion atterrit le lendemain à Wilmington, elle se demanda, le cœur battant, où tout cela l'entraînerait.

5.

Theresa s'éveilla de bonne heure, comme d'habitude, et se leva pour regarder par la fenêtre. Le soleil perçait la brume matinale. Elle fit coulisser la porte du balcon pour laisser entrer l'air frais.

Elle passa dans la salle de bains, retira son pyjama et ouvrit le robinet de la douche. Dire que moins de quarante-huit heures auparavant elle était assise avec Deanna à étudier les lettres et à passer des coups de fil à la recherche de Garrett.

Dès son retour chez elle, elle avait demandé à Ella de s'occuper à nouveau de son chat et du courrier. Le lendemain, elle s'était rendue à la bibliothèque pour s'informer sur la plongée sous-marine. C'était une démarche logique. Son métier de journaliste lui avait appris à ne rien considérer comme acquis, à toujours avoir un plan et à se préparer au mieux.

Son intention était simple. Elle irait à Island Diving faire un tour dans la boutique en essayant d'identifier Garrett Blake. Si c'était un vieil homme de soixante-dix ans ou un étudiant de vingt, elle tournerait tout simplement les talons et rentrerait chez elle. En revanche, si, selon son intuition, il avait environ son âge, elle essaierait de lui parler. Voilà pourquoi elle s'était renseignée sur la plongée – elle voulait laisser entendre qu'elle s'y connaissait un peu. Et elle en apprendrait certainement plus à son sujet si elle pouvait lui parler de ce qui l'intéressait, sans avoir à révéler quoi que ce soit sur elle. Elle aurait alors une meilleure perception de la situation.

Et après ? Là, elle était moins sûre. Elle ne voulait pas donner à Garrett la raison de sa visite, elle passerait pour une folle. *Bonjour, j'ai lu les lettres que vous avez envoyées à Catherine, et en voyant que vous l'aimiez tellement je me suis dit que vous étiez exactement l'homme que je cherchais.* Non, c'était hors de question. Elle avait une autre idée qui ne paraissait pas meilleure. *Bonjour. Je suis du* Boston Times *et j'ai trouvé vos lettres. Pouvons-nous faire un article sur vous ?* Ce n'était pas non plus la solution. Et elle avait été incapable de trouver mieux.

Elle n'était pas venue jusqu'ici pour abandonner si près du but, même si elle ne savait pas quoi dire. Par ailleurs, comme Deanna l'avait souligné, si c'était un échec, elle n'aurait qu'à rentrer à Boston.

Elle sortit de la douche et enfila un chemisier blanc à manches courtes, un short en jean et une paire de sandales blanches. Elle avait volontairement choisi une tenue décontractée, et c'était réussi. Elle ne voulait surtout pas se faire remarquer tout de suite. Après tout, elle ne savait pas à quoi s'attendre et elle voulait avoir le temps de juger la situation par elle-même, et elle seule.

Une fois prête, elle consulta l'annuaire à la recherche de l'adresse d'Island Diving qu'elle griffonna sur un bout de papier. Puis elle partit.

Elle s'arrêta dans le premier magasin venu pour acheter une carte de Wilmington. L'employé lui indiqua la direction et elle trouva son chemin sans difficulté, bien que Wilmington soit plus étendu qu'elle ne le pensait. La circulation était dense, surtout sur les ponts conduisant aux îles de Kure Beach, Carolina Beach et Wrightsville Beach, qui partaient du centre ville et où le trafic semblait se concentrer.

Island Diving se trouvait à côté de la marina. Dès qu'elle eut quitté la ville, la circulation avait été plus fluide, et, une fois dans la rue qu'elle cherchait, elle avait pu avancer au pas pour repérer le magasin. Il n'était pas loin, et, comme elle l'avait espéré, plusieurs voitures stationnaient sur le parking. Elle se gara à quelques places de l'entrée.

C'était une vieille construction en bois, décolorée par

l'air salin et les embruns. Un côté du magasin donnait sur un chenal, l'Atlantic Intracoastal Waterway. Une enseigne était suspendue à deux chaînes rouillées et les fenêtres poussiéreuses semblaient avoir subi mille tempêtes.

Elle descendit de sa voiture, écarta la mèche qui lui tombait dans les yeux et se dirigea vers l'entrée. Elle s'arrêta au moment de pousser la porte pour souffler et rassembler ses idées puis entra de son air le plus naturel.

Elle parcourut le magasin, passant d'une allée à l'autre, essayant de repérer ceux qui travaillaient là et dévisageant tous les hommes à la dérobée en se demandant à chaque fois si c'était Garrett. La plupart, cependant, semblaient être des clients.

Elle avança jusqu'au mur du fond et découvrit un panneau couvert d'articles de journaux et de photos accroché au-dessus des rayons. Elle jeta un rapide regard autour d'elle et s'approcha pour mieux voir. Elle venait de trouver la réponse à sa question. Elle savait enfin à quoi ressemblait le mystérieux Garrett Blake.

La légende sous la photo du premier article indiquait simplement : « Garrett Blake, d'Island Diving, préparant ses élèves à leur première plongée en mer ».

On le voyait ajuster les courroies d'une bouteille de plongée sur le dos d'un élève, et elle vit tout de suite que Deanna et elle ne s'étaient pas trompées. Il avait une trentaine d'années, le visage mince, les cheveux courts et bruns décolorés par le soleil. Il dépassait son élève de quelques centimètres, et la chemise sans manches qu'il portait révélait des bras musclés.

La qualité de la photo ne lui permettait pas de déterminer la couleur de ses yeux, mais il semblait avoir le visage buriné. Elle croyait apercevoir des rides au coin de ses yeux, mais peut-être les plissait-il à cause du soleil.

Elle lut soigneusement l'article, notant les horaires de ses cours et ce qu'il fallait faire pour obtenir son certificat. La deuxième coupure de journal ne comportait pas de photo et parlait de plongées sur des épaves, très réputées en Caroline du Nord. La région se flattait d'en posséder plus de cinq cents disséminées le long de ses côtes, elle était d'ailleurs baptisée le cimetière de l'Atlantique. Pendant des siècles, les navires s'étaient échoués sur les récifs et les petites îles qui parsemaient le littoral.

Le troisième article, également sans photo, concernait le *Monitor,* le premier cuirassé de la guerre civile. Alors qu'il naviguait vers la Caroline du Sud, remorqué par un bateau à vapeur, il avait coulé devant Cape Hatteras en 1862. On venait de retrouver son épave et l'on avait demandé à Garrett Blake, ainsi qu'à d'autres plongeurs du Duke Marine Institute, de descendre voir s'il serait possible de le renflouer.

Le quatrième article s'intéressait à *Happenstance.* Huit photos montraient le bateau sous différents angles, intérieurement et extérieurement, illustrant la façon dont il avait été restauré. Elle apprit ainsi que le voilier était un modèle rare car il était entièrement en bois et avait été fabriqué à Lisbonne en 1927. Dessiné par Herreschoff, l'un des ingénieurs de la marine les plus célèbres de cette époque, il avait connu une vie longue et mouvementée, et avait servi, entre autres, pendant la Seconde Guerre mondiale, à espionner les garnisons allemandes stationnées le long des côtes françaises. Le bateau avait fini par atterrir à Nantucket, où il avait été acheté par un homme d'affaires de la région. Quand Garrett Blake l'avait acquis quatre ans plus tôt, il se trouvait en piteux état et le journaliste précisait que c'étaient Garrett et sa femme Catherine qui l'avaient restauré.

Catherine...

Theresa chercha la date de l'article. Avril 1992. On ne disait pas qu'elle était décédée, et, comme l'une des lettres avait été trouvée à Norfolk trois ans auparavant, on pouvait en déduire qu'elle avait disparu en 1993.

— Puis-je vous aider ?

Theresa pivota au son de la voix derrière elle. Un jeune homme lui souriait et elle se félicita d'avoir vu la photo de Garrett. Ce n'était pas lui.

— Je vous ai fait peur ? demanda-t-il.

Theresa s'empressa de le détromper.

— Non..., je regardais les photos.

— Il est beau, n'est-ce pas, dit-il avec un signe du menton dans leur direction.

— Qui ?

— *Happenstance.* C'est Garrett, le patron du magasin, qui l'a complètement restauré. C'est un voilier magnifique. L'un des plus beaux que j'aie jamais vus maintenant qu'il est refait.

— Il est là ? Je veux parler de Garrett.

— Non, il est au port. Il viendra seulement en fin de matinée.

— Oh...

— Puis-je vous renseigner ? Je sais que le magasin est plutôt encombré mais vous y trouverez absolument tout ce qu'il faut pour plonger.

Elle secoua la tête.

— Non, merci, je regardais seulement.

— Très bien. Si vous avez besoin de moi, n'hésitez pas.

— Merci.

Le jeune homme lui décocha un grand sourire et repartit vers le comptoir, à l'entrée du magasin. Sans réfléchir, elle s'entendit lui demander :

— Vous disiez que Garrett était au port ?

— Ouais, lança-t-il par-dessus son épaule sans s'arrêter. À deux rues d'ici. À la marina. Vous savez où elle se trouve ?

— Je crois que je suis passée devant en venant.

— Il devrait y être encore une heure ou deux. Sinon, revenez en fin de matinée. Voulez-vous lui laisser un message ?

— Non, ça n'a rien d'urgent.

Elle fit semblant de s'intéresser à différents articles sur les rayons puis sortit en saluant l'employé.

Et, au lieu de regagner sa voiture, elle partit en direction de la marina.

En y arrivant, elle chercha *Happenstance.* La majeure partie des bateaux étant blancs, elle n'eut aucun mal à repérer le voilier en bois. Elle monta sur la jetée à laquelle il était amarré.

Elle se sentait nerveuse. Les articles qu'elle avait lus dans le magasin lui avaient fourni des idées. Et elle savait à quoi Garrett ressemblait. Si elle le rencontrait, elle pourrait lui dire que les articles lui avaient donné envie de voir son bateau de plus près. C'était plausible, et avec un peu de chance cela lui permettrait d'engager la conversation. Après..., elle verrait bien.

En s'approchant du bateau, elle constata qu'il n'y avait pas âme qui vive à proximité. Ni à bord ni sur la jetée, et apparemment personne n'était venu de la matinée. Le bateau était fermé, les voiles ferlées, et tout était rangé. Ne voyant aucun signe de vie, elle vérifia le nom à l'arrière du bateau. C'était bien *Happenstance.* Elle écarta une mèche qui lui tombait dans les yeux. Bizarre, l'employé du magasin lui avait pourtant dit que Garrett était là.

Au lieu de retourner directement à la boutique, elle prit le temps d'admirer le voilier. Il était magnifique, tellement plus beau que les autres avec sa coque en bois vernis. Elle comprenait que le journal lui ait consacré un article. Il lui rappelait un peu les bateaux de pirates qu'elle avait vus dans des films. Elle avançait et reculait sur la jetée pour le regarder sous tous les angles en se demandant dans quel état de délabrement il se trouvait avant d'être restauré. Tout semblait neuf, mais le bois n'avait pas dû être totalement remplacé. On avait dû le sabler. En regardant de plus près, elle aperçut des entailles dans la coque qui semblaient confirmer son hypothèse.

Elle décida de retourner à Island Diving un peu plus tard. L'employé s'était trompé. Après un dernier regard au bateau, elle fit demi-tour.

Un homme se tenait sur la jetée à quelques mètres et l'observait.

Garrett...

Il transpirait dans la chaleur matinale et la sueur dessinait des auréoles sur sa chemise sans manches, révélant des bras parfaitement musclés. Ses mains étaient noires de cambouis et la montre de plongée à son poignet semblait rayée par des années d'utilisation. Il portait un short marron et des chaussures de pont, sans chaussettes, et il avait l'air de quelqu'un qui passait la majeure partie de sa vie en contact avec l'océan.

Décontenancée, elle avait fait un pas en arrière.

— Puis-je vous aider ? demanda-t-il.

Il sourit mais resta immobile comme s'il avait peur qu'elle ne se sente prise au piège.

C'est exactement la sensation qu'elle éprouva quand leurs regards se croisèrent.

Elle le dévisagea malgré elle. Bien qu'elle ait vu une photo de lui, elle le trouva plus séduisant qu'elle ne l'aurait imaginé, sans savoir pourquoi. Il était grand et large d'épaules. Son visage n'était pas d'une beauté extraordinaire mais il était bronzé et buriné par le soleil et la mer. Son regard était presque aussi fascinant que celui de David autrefois. Une chose était sûre, il émanait de lui un charme indéniable. Et beaucoup de virilité dans la façon dont il se tenait devant elle.

Se souvenant de son plan, elle respira profondément.

— J'admirais votre bateau, dit-elle en faisant un geste en direction du voilier. Il est vraiment magnifique.

— Merci, c'est très gentil, dit-il poliment, en se frottant les paumes l'une contre l'autre pour essayer d'enlever de la graisse.

Devant son regard franc, la situation lui apparut dans toute sa réalité : la découverte de la bouteille, sa curiosité croissante, ses recherches, son voyage à Wilmington et, pour finir, ce face-à-face. Bouleversée, elle ferma les yeux et lutta pour reprendre ses esprits. Elle ne s'attendait pas que tout se déroule si vite. Elle éprouva un instant de terreur pure.

Il fit un pas vers elle.

— Ça va ? demanda-t-il d'une voix inquiète.

— Oui, je crois, répondit-elle après avoir respiré profondément pour essayer de se détendre. J'ai eu un léger vertige, c'est tout.

— Vous êtes sûre ?

Elle passa la main dans ses cheveux, embarrassée.

— Oui, tout va bien, je vous assure.

— Bien, dit-il, d'un air peu convaincu. Nous nous

sommes déjà rencontrés ? reprit-il quelques secondes plus tard, apparemment rassuré.

Theresa secoua lentement la tête.

— Non, je ne crois pas.

— Alors comment savez-vous que c'est mon bateau ?

— Oh..., répondit-elle, soulagée, j'ai vu les articles sur le tableau, au magasin, avec votre photo et celle du bateau. Votre jeune employé m'a dit que vous étiez ici, et j'ai eu envie de venir voir de plus près.

— Il a dit que j'étais là ?

Elle réfléchit le temps de retrouver ses paroles exactes.

— En fait, il m'a dit que vous étiez au port. J'en ai déduit que vous étiez ici.

Il hocha la tête.

— J'étais sur l'autre bateau, celui que nous utilisons pour la plongée.

Un petit bateau de pêche donna un coup de sirène, et Garrett se retourna pour saluer le marin debout à la barre. Puis il la regarda à nouveau. Elle était vraiment ravissante. Encore plus jolie de près que lorsqu'il l'avait aperçue depuis l'autre côté de la marina. Il baissa les yeux et, distraitement, sortit le bandana rouge qu'il avait dans sa poche arrière. Il essuya la sueur qui coulait sur son front.

— Vous l'avez magnifiquement restauré, dit Theresa.

Il esquissa un petit sourire en remettant son bandana dans sa poche.

— Merci, c'est gentil.

Theresa jeta un regard vers *Happenstance* avant de se retourner vers Garrett.

— Je sais que cela ne me regarde pas, mais, maintenant que vous êtes là, j'aimerais vous poser quelques questions sur votre bateau.

À son expression, elle devina que ce n'était pas la première fois qu'on l'interrogeait à ce sujet.

— Que voulez-vous savoir ?

Elle dut faire un effort pour paraître naturelle.

— Eh bien, quand vous l'avez récupéré, était-il vraiment en aussi mauvais état que le laisse entendre l'article ?

— En fait, il était encore pire. Une grande partie de

la proue était pourrie, commença-t-il en accompagnant ses explications de grands gestes. Il y avait toute une série de fuites de ce côté-ci, à se demander comment il flottait encore. Nous avons dû remplacer la majeure partie de la coque et du pont et sabler le reste avant de le colmater et de le vernir à nouveau. Voilà déjà pour l'extérieur. Nous avons dû refaire l'intérieur également, c'est d'ailleurs ce qui nous a pris le plus de temps.

Elle avait noté le « nous » mais ne posa aucune question.

— Vous avez fait un travail énorme.

Elle sourit en disant cela, et Garrett sentit sa gorge se serrer. *Bon sang qu'elle était jolie !*

— Oui, mais ça valait la peine. C'est tellement plus agréable de faire de la voile sur ce genre de bateau.

— Pourquoi ?

— Parce qu'il a été construit par des gens qui s'en servaient pour gagner leur vie. Ils l'ont conçu avec un très grand soin ce qui rend la navigation plus facile.

— J'en déduis que vous faites de la voile depuis très longtemps.

— Depuis tout petit.

Elle hocha la tête.

— Vous permettez ? demanda-t-elle en faisant un pas vers le bateau.

— Je vous en prie.

Theresa passa la main le long de la coque. Garrett remarqua, distraitement, qu'elle ne portait pas d'alliance.

— De quel bois est-il fait ? demanda-t-elle sans se retourner.

— C'est de l'acajou.

— Entièrement ?

— Oui, à part les mâts et quelques aménagements intérieurs.

Elle hocha à nouveau la tête, et Garrett la regarda marcher le long du voilier. Il ne pouvait détacher les yeux de sa silhouette et de ses cheveux bruns et raides qui lui tombaient sur les épaules. Ce n'était pas seulement sa beauté qui l'attirait, mais aussi son assurance dans chacun de ses gestes. Comme si elle savait exactement ce que les hommes pensaient quand elle était près d'eux, s'aperçut-il brusquement. Il secoua la tête.

— Ce bateau a réellement servi à espionner les Allemands pendant la Seconde Guerre mondiale ? demanda-t-elle en se tournant vers lui.

Il se mit à rire tout en profitant de ce répit pour essayer de s'éclaircir les idées.

— C'est ce que son ancien propriétaire m'a raconté, mais peut-être m'a-t-il dit ça pour en tirer un meilleur prix.

— En tout cas, peu importe, c'est un beau bateau. Combien de temps vous a-t-il fallu pour le restaurer ?

— Presque un an.

Elle plongea le regard à travers un hublot, mais l'intérieur était trop sombre pour voir quoi que ce soit.

— Avec quoi naviguiez-vous pendant que vous le répariez ?

— Nous n'avions pas le temps, entre le magasin, les cours de plongée et le travail que nous donnait celui-là.

— Cela a dû beaucoup vous manquer, dit-elle en souriant, et, pour la première fois, Garrett s'aperçut qu'il appréciait cette conversation.

— Tout à fait. Mais nous nous sommes rattrapés quand nous avons mis *Happenstance* à l'eau.

Elle nota à nouveau l'emploi du « nous ».

— Je veux bien vous croire.

Après avoir admiré le bateau encore quelques instants, elle revint à côté de lui. Pendant un moment, aucun des deux ne parla. Garrett se demandait si elle sentait qu'il la regardait du coin de l'œil.

— Eh bien, dit-elle en croisant les bras, je crois que je vous ai suffisamment retenu.

— Pas du tout, protesta-t-il, sentant à nouveau la sueur perler à son front. J'adore discuter de bateaux.

— Ça me plaît, à moi aussi. La voile m'a toujours attirée.

— À vous entendre, on croirait que vous n'en avez jamais fait.

Elle haussa les épaules.

— Non, j'en ai toujours rêvé mais je n'ai jamais eu l'occasion.

Elle le regardait en parlant, et, quand leurs regards se croisèrent, Garrett sortit machinalement son bandana une seconde fois. Bon sang qu'il faisait chaud ! Il s'essuya le front.

— Eh bien, si ça vous dit de m'accompagner, je fais un tour tous les soirs après mon travail. Venez.

Les mots lui avaient échappé malgré lui. Pourquoi avait-il dit cela ? Il n'en savait rien. Peut-être était-ce le désir d'une compagnie féminine après toutes ces années. À moins que cela ne vienne de la façon dont son regard s'éclairait à chaque fois qu'elle parlait. Enfin, peu importe la raison, il l'avait invitée à l'accompagner et il ne pouvait plus reculer.

Theresa, elle aussi, était un peu étonnée, mais elle accepta presque aussitôt. N'était-elle pas venue à Wilmington pour cela ?

— Cela me ferait très plaisir, dit-elle. À quelle heure ?

Il remit le bandana dans sa poche, un peu déconcerté par ce qu'il venait de faire.

— Que diriez-vous de sept heures ? Le soleil commence à baisser, c'est le moment idéal pour sortir.

— Cela me convient parfaitement. J'apporterai de quoi manger.

Garrett était surpris de la voir aussi enthousiaste.

— Vous n'êtes pas forcée.

— Je sais, mais c'est la moindre des choses. Après tout, rien ne vous obligeait à m'inviter. Des sandwiches, ça ira ?

Garrett fit un pas en arrière, pris d'un besoin soudain de respirer.

— Oui, tout à fait. Je ne suis pas difficile.

— Très bien. Elle réfléchit, se dandinant d'un pied sur l'autre, se demandant s'il voulait ajouter autre chose. Eh bien, à ce soir, finit-elle par dire en remontant la bandoulière de son sac sur son épaule. Je vous retrouve ici, au bateau ?

— Ici. En prononçant ce mot il s'aperçut que sa voix était enrouée. Il s'éclaircit la gorge et sourit. Vous verrez. Ça vous plaira.

— J'en suis sûre. À plus tard.

Elle se détourna et remonta la jetée, les cheveux flottant

au vent. En la regardant s'éloigner, Garrett s'aperçut qu'il avait oublié quelque chose d'important.

— Hé ! s'écria-t-il.

Elle s'arrêta net et se retourna vers lui, une main en visière au-dessus des yeux pour se protéger du soleil.

— Oui ?

Elle était jolie, même de loin.

Il fit quelques pas vers elle.

— J'ai oublié de vous demander votre nom.

— Theresa. Theresa Osborne.

— Je m'appelle Garrett Blake.

— Eh bien, Garrett, à ce soir, sept heures.

Sur ces mots, elle partit d'un bon pas. Garrett la suivit des yeux, essayant d'analyser les sentiments qui le tiraillaient. D'un côté, il était enchanté par ce qui venait de se passer, de l'autre, il avait l'impression d'avoir fait quelque chose de mal. Il savait que ces remords étaient injustifiés. Il aurait voulu les faire taire. Mais il en était incapable. Comme toujours.

6.

Les minutes s'égrenèrent lentement jusqu'à sept heures, mais pour Garrett Blake le temps s'était arrêté trois ans plus tôt, quand Catherine s'était fait renverser par un vieil homme qui avait perdu le contrôle de sa voiture, changeant ainsi irrémédiablement la vie de deux familles. Dans les semaines suivant sa mort, sa colère contre le chauffard avait progressivement cédé la place à un désir de vengeance qu'il n'avait jamais assouvi tout simplement parce qu'il était terrassé par le chagrin. À peine arrivait-il à dormir trois heures par nuit, il pleurait chaque fois qu'il voyait les vêtements de Catherine dans la penderie, et il perdit près de dix kilos à se nourrir uniquement de café et de crackers. Le mois suivant, il se mit à fumer pour la première fois de sa vie et se réfugia dans l'alcool, les nuits où il ne pouvait plus supporter sa douleur. Son père s'occupa de son affaire pendant qu'il restait prostré sur la terrasse de sa maison, incapable de concevoir l'avenir sans Catherine. Il n'avait plus la volonté ni le désir de vivre et il lui arrivait d'espérer que l'air humide et salé finirait par le dissoudre complètement, le délivrant ainsi de cette existence solitaire.

La vie lui paraissait d'autant plus difficile qu'il ne pouvait se souvenir d'un seul moment sans elle. Ils se connaissaient depuis toujours et avaient fréquenté les mêmes écoles toute leur enfance. En troisième, ils étaient de grands amis et il lui avait offert deux cartes pour la Saint-Valentin. Puis ils s'étaient plus ou moins perdus de vue jusqu'à la fin de leurs études secondaires. Catherine était fine et menue, perpétuellement la plus petite de sa classe, et, bien qu'elle tienne toujours une place particulière dans le cœur de Garrett, il ne remarquait pas qu'elle se transformait lentement en une ravissante jeune fille. Jamais ils n'étaient allés à un bal de promotion ensemble, ni même au cinéma. Quatre ans plus tard, alors qu'il venait de terminer ses études en biologie marine à Chapel Hill, il l'avait croisée par hasard à Wrightsville Beach et s'était aperçu brutalement de son erreur. Elle n'avait plus rien de la gamine maigrichonne d'autrefois. En deux mots, elle était splendide, avec ses cheveux blonds, son regard mystérieux et une silhouette sur laquelle tout le monde se retournait. Reprenant ses esprits, il lui avait demandé le soir même si elle était libre. Ainsi avait débuté leur idylle qui les conduisit rapidement au mariage et à six ans de bonheur partagé.

Pendant leur nuit de noces, dans leur chambre d'hôtel éclairée aux chandelles, elle lui avait tendu les deux cartes de la Saint-Valentin qu'il lui avait données autrefois. Elle avait éclaté de rire devant son expression quand il les reconnut.

— Bien sûr que je les ai gardées, avait-elle murmuré en le prenant dans ses bras. J'aimais pour la première fois. J'ai tout de suite su que c'était le grand amour et qu'il me suffisait d'attendre, que tu finirais par me revenir.

À chaque fois qu'il pensait à elle, il l'imaginait cette nuit-là ou la dernière fois qu'ils étaient sortis en bateau. Jamais il n'oublierait ses cheveux blonds flottant au vent, son visage radieux et son rire éclatant.

— Si tu voyais cette gerbe d'écume ! s'écria-t-elle, debout à l'avant du voilier.

Pendue au hauban, elle s'inclinait au-dessus de l'eau, sa silhouette se détachant sur le ciel éblouissant.

— Fais attention ! lui cria Garrett, qui maintenait la barre fermement.

Elle se pencha encore plus en défiant Garrett d'un sourire malicieux.

— Je ne plaisante pas !

Un bref instant, il crut qu'elle perdait l'équilibre. Il lâcha brusquement la barre et la vit alors se redresser en éclatant de rire. Toujours aussi vive, elle revint vers lui en courant et lui passa les bras autour du cou.

— Je t'ai fait peur ? le taquina-t-elle en lui mordillant l'oreille.

— Comme à chaque fois que tu fais ce genre de bêtises.

— Tu ne vas pas te fâcher. Pour une fois que je t'ai rien qu'à moi.

— Mais tu m'as toutes les nuits.

— Ce n'est pas pareil, dit-elle en l'embrassant à nouveau. Elle jeta un rapide regard autour d'eux. Que dirais-tu de baisser les voiles et de jeter l'ancre ?

— Maintenant ?

Elle hocha la tête.

— À moins que tu ne préfères naviguer toute la nuit.

En lui lançant un regard impénétrable, elle ouvrit la porte de la cabine et disparut à l'intérieur. Quatre minutes plus tard, ayant immobilisé le bateau à la hâte, il allait la rejoindre...

Garrett laissa échapper un profond soupir, et son souvenir se dissipa tel un nuage de fumée. Bien qu'il se souvienne parfaitement de cette soirée, il s'apercevait, avec le temps, qu'il lui était de plus en plus difficile de se la représenter exactement. Peu à peu ses traits s'estompaient, et, bien qu'il sût que l'oubli adoucissait le chagrin, il tenait plus que tout à ne rien oublier. En trois ans, il n'avait eu qu'une fois le courage de regarder l'album, et cette expérience lui avait été si douloureuse qu'il s'était juré de ne jamais recommencer. Maintenant, il ne la revoyait clairement que la nuit, dans son sommeil. Il adorait rêver d'elle car il lui semblait alors qu'elle était toujours en vie. Il la regardait parler et bouger, il la prenait dans ses bras, et, l'espace d'un instant, son existence retrouvait un cours normal. Mais il payait cher ces rêves dont il se réveillait épuisé et déprimé. Parfois, il lui arrivait de s'enfermer toute la matinée dans son bureau, au magasin, pour ne parler à personne.

Son père essayait de l'aider de son mieux. Lui aussi avait perdu sa femme et connaissait l'épreuve que traversait son fils. Garrett lui rendait visite au moins une fois par semaine et appréciait toujours sa compagnie. Le vieil homme était le seul à le comprendre, et c'était réciproque. L'année précédente, son père lui avait conseillé de sortir.

— Ce n'est pas bon de rester tout seul. On dirait que tu renonces à vivre.

Garrett reconnaissait qu'il n'avait pas totalement tort. Il n'avait tout simplement aucune envie de refaire sa vie. Il n'avait pas fait l'amour depuis la disparition de Catherine et, pis encore, n'en éprouvait nul désir. Il lui semblait qu'une partie de lui-même était morte. Quand il demanda à son père pourquoi il suivrait ses conseils puisque lui-même ne s'était jamais remarié, le vieil homme avait détourné les yeux. Puis il avait prononcé une phrase qui, depuis, les hantait tous les deux, une phrase qu'il avait aussitôt regrettée.

— Crois-tu que j'aurais pu trouver une femme capable de la remplacer ?

Garrett était revenu au magasin et s'était remis à travailler, essayant de survivre de son mieux. Il s'attardait le soir à ranger les dossiers et à réorganiser son bureau, simplement parce qu'il se sentait moins malheureux ici que chez lui. Il découvrit qu'en rentrant tard et en n'allumant qu'un minimum de lampes il remarquait moins les affaires de Catherine et que sa présence planait moins fortement. Il se réhabitua à vivre seul, à cuisiner, à faire le ménage et la lessive, et même à s'occuper du jardin comme elle, alors qu'il n'aimait pas ça.

Il pensait aller mieux, mais quand vint le moment d'emballer les affaires de Catherine le courage l'abandonna. Son père prit alors la situation en main. Au retour d'un week-end de plongée, Garrett retrouva sa maison dépouillée de tout ce qui avait appartenu à sa femme. Elle était vide ; il ne vit aucune raison d'y rester. Il la vendit moins d'un mois plus tard et partit s'installer dans une maison plus petite, à Carolina Beach, croyant, en déménageant, prendre un nouveau départ dans la vie. Cela faisait déjà trois ans.

Mais quelques menus objets avaient échappé à son père. Il les avait rangés dans une petite boîte qu'il gardait sur sa table de nuit, incapable de s'en séparer. Les cartes de la Saint-Valentin, l'alliance de Catherine et des babioles sans importance à d'autres yeux. Il aimait les regarder avant de s'endormir, et, bien que son père prétendît qu'il allait mieux, Garrett savait qu'il n'en était rien. Pour lui, rien ne serait plus jamais comme avant.

Garrett Blake arriva à la marina avec quelques minutes d'avance pour préparer *Happenstance.* Il retira les housses des voiles, ouvrit la cabine et fit une rapide inspection.

Son père l'avait appelé au moment où il partait. Garrett repensa à leur conversation.

— Veux-tu venir dîner ? lui avait-il demandé.

— J'emmène quelqu'un faire de la voile, ce soir, lui avait-il répondu.

— Une amie ?

Garrett lui avait rapidement raconté comment il avait fait la connaissance de Theresa.

— J'ai l'impression que ce rendez-vous te fait plaisir, avait remarqué son père.

— Non, papa. Que vas-tu imaginer ? Il ne s'agit pas d'un rendez-vous, juste d'un petit tour en bateau. Elle m'a dit qu'elle n'avait jamais fait de voile.

— Elle est jolie ?

— Quelle importance ?

— Aucune. Enfin, si tu veux mon avis, ça m'a tout l'air d'un rendez-vous.

— Pas du tout.

— Comme tu voudras.

Garrett la vit arriver sur le quai juste après sept heures, vêtue d'un short et d'un chemisier sans manches, un panier de pique-nique dans une main, un sweat-shirt et une veste dans l'autre. Elle semblait plus détendue que lui. Quand elle lui fit bonjour de la main, il sentit ses remords habituels se réveiller et lui répondit d'un geste bref avant de se pencher sur les cordes pour finir de les détacher. Il marmonnait encore contre lui-même quand elle arriva au bateau.

— Bonsoir, fit-elle gaiement. J'espère que vous ne m'attendez pas depuis longtemps.

— Oh, bonsoir, dit-il en enlevant ses gants. Non, je suis venu un peu plus tôt pour tout préparer.

— Vous avez fini ?

— Oui, je crois, répondit-il en jetant un regard autour de lui. Je vous aide à monter ?

Il se débarrassa de ses gants et Theresa lui passa ses affaires, qu'il posa sur la banquette du pont. Quand il lui prit les mains pour la hisser à bord, elle sentit qu'il avait les paumes calleuses.

— Vous êtes prête à partir ? demanda-t-il en reculant d'un pas vers la roue.

— Quand vous voulez.

— Alors asseyez-vous. Voulez-vous boire quelque chose auparavant ? J'ai du soda au frais.

— Non, merci, dit-elle en secouant la tête. Je suis très bien comme ça.

Elle regarda autour d'elle et s'installa dans l'angle de la banquette. Elle le vit tourner une clé et entendit un moteur se mettre en marche. Puis il largua les deux amarres qui maintenaient le bateau à quai. Doucement, *Happenstance* s'écarta du bord.

— Je ne pensais pas qu'il y avait un moteur, s'étonna Theresa.

— Il n'est pas très puissant, lança-t-il sans se retourner, d'une voix forte pour qu'elle l'entende. Il ne sert que pour appareiller et accoster. Nous en avons remis un neuf quand nous avons refait le bateau.

Happenstance quitta lentement la marina. Arrivé en eau libre sur l'Intracoastal Waterway, Garrett se mit face au vent et coupa le moteur. Il enfila ses gants et hissa la voile rapidement. *Happenstance* frémit sous la brise. D'un bond, Garrett revint près de Theresa.

— Attention à votre tête, la bôme va passer au-dessus.

Tout s'enchaîna rapidement. Elle n'eut que le temps de se pencher, la bôme décrivit un arc de cercle, entraînée par la voile qui prenait le vent. Dès que celle-ci fut en bonne position, Garrett la borda. Puis il reprit la barre et effectua les réglages en surveillant la voile par-dessus son épaule. Le tout lui avait demandé moins de trente secondes.

— Je n'imaginais pas qu'il fallait être aussi rapide. Moi qui croyais que la voile était un sport tranquille.

Garrett observa la jeune femme. Catherine aussi s'asseyait à cet endroit, et, avec le soleil couchant qui jetait des ombres, une fraction de seconde, il crut que c'était elle. Il chassa cette vision et s'éclaircit la voix.

— C'est exact quand on est en pleine mer sans personne alentour. Mais là nous sommes dans le chenal, et nous ne devons pas gêner les autres bateaux.

Il tenait la barre fermement. Theresa vit *Happenstance* prendre graduellement de la vitesse. Elle se leva et alla se mettre à côté de lui. Bien qu'elle sentît le vent souffler sur son visage, elle avait l'impression qu'il n'était pas assez fort pour gonfler la voile.

— Très bien, je crois qu'on y est, dit-il en lui souriant. Nous devrions pouvoir y arriver sans tirer de bords. À moins que le vent ne tourne, évidemment.

Ils avançaient vers la passe. Le voyant concentré sur la manœuvre, elle resta près de lui sans rien dire, à l'observer du coin de l'œil, ses mains musclées tenant la barre, campé solidement sur ses longues jambes.

Son regard se posa sur le bateau. Comme la plupart des voiliers, celui-ci avait deux niveaux, le pont arrière, où ils se trouvaient, et le pont avant, environ un mètre plus haut, qui abritait la cabine éclairée par deux petites fenêtres, couvertes à l'extérieur d'une fine couche de sel qui empêchait de voir l'intérieur. Une porte donnait sur la cabine, et il fallait baisser la tête pour entrer.

Elle ramena son regard vers lui en se demandant quel âge il avait. Elle lui donnait une trentaine d'années, sans pouvoir être plus précise. Il avait le visage légèrement marqué, presque sculpté par le vent, ce qui le faisait sans doute paraître plus vieux.

Et, si ce n'était pas le plus bel homme qu'elle ait jamais vu, elle devait reconnaître qu'il se dégageait de lui un charme indéfinissable, fascinant.

Quand elle avait appelé Deanna au téléphone, elle avait tenté de le lui décrire, mais, comme il ne ressemblait en rien aux hommes qu'elle connaissait à Boston, ce n'était pas évident. Elle avait dit à son amie qu'il avait à peu près son âge, que c'était un bel homme, sportif et naturel, comme si sa musculature n'était que la simple conséquence de son mode de vie. Elle n'avait pu en dire davantage mais, en l'observant de près, elle trouva que sa description n'était pas si mauvaise.

Deanna s'était montrée folle de joie en apprenant qu'il l'avait invitée sur son voilier le soir même. Pourtant, Theresa avait failli tout annuler juste après, subitement gênée à l'idée de se retrouver seule avec un étranger, surtout en pleine mer. Heureusement, elle avait fini par se convaincre que ses appréhensions étaient idiotes. C'est un rendez-vous comme un autre, s'était-elle répété tout l'après-midi. Il n'y a pas de quoi en faire toute une histoire. Et Deanna aurait été tellement déçue si elle s'était décommandée.

Ils arrivaient à la passe. Garrett changea de cap, le voilier obéit aussitôt et s'écarta des rives en direction des eaux profondes de l'Intercoastal. Garrett regarda d'un bord à l'autre, surveillant les autres bateaux. Malgré le vent instable, il semblait parfaitement contrôler sa direction, et Theresa sentait qu'il savait exactement ce qu'il faisait.

Des sternes tournaient juste au-dessus de leurs têtes tandis que le voilier fendait les flots. Les voiles vibrèrent sous un coup de vent. Une gerbe d'écume jaillit des flancs du bateau. Tout bougeait autour d'eux tandis qu'ils avançaient sous le ciel de Caroline qui prenait des reflets argentés.

Theresa attrapa son sweat-shirt et l'enfila, ravie d'avoir pensé à l'emporter. L'air fraîchissait vite. Le soleil baissait à une vitesse surprenante et les voiles arrêtaient la lumière faiblissante, gardant la majeure partie du pont dans l'ombre.

L'eau bouillonnait à l'arrière du bateau, et elle s'approcha pour la regarder. Hypnotisée par ce spectacle, elle posa une main sur la rambarde et sentit quelque chose de rugueux sous ses doigts. Elle se pencha et aperçut une inscription gravée dans le métal. *Construit en 1934 – Restauré en 1991.*

Des vagues, provoquées par un gros bateau qui passait au loin, les firent danser sur l'eau. Theresa revint près de Garrett. Il changea encore de cap, plus brusquement cette fois-ci, et elle le surprit à sourire tandis qu'il se dirigeait vers la pleine mer. Elle l'observa jusqu'à ce qu'ils soient complètement sortis de la passe.

Pour la première fois depuis bien longtemps, elle avait agi sur un coup de tête, spontanément, chose qu'elle n'aurait pas crue possible une semaine plus tôt. Et, maintenant, elle ne savait plus à quoi s'attendre. Que ferait-elle si Garrett se révélait à l'opposé de ce qu'elle avait imaginé ? D'accord, elle rentrerait à Boston, avec la réponse à sa question... mais elle espérait ne pas rentrer tout de suite. Il s'était déjà passé tant de choses.

Quand *Happenstance* fut à bonne distance des autres bateaux, Garrett lui demanda de tenir la barre.

— Gardez simplement ce cap.

Il alla à nouveau régler les voiles, encore plus rapidement que la première fois. Puis il reprit la barre et, une fois le bateau au près, fit une boucle dans l'écoute de foc, la passa à travers la roue et l'attacha au winch en laissant un centimètre de jeu.

— Voilà, ça devrait aller, dit-il en vérifiant que la roue restait dans cette position. Nous pouvons nous asseoir, si vous voulez.

— Vous n'êtes plus forcé de rester au gouvernail ?

— C'est à ça que sert mon installation. Quand le vent n'est pas stable, on est obligé de rester à la barre. Mais nous avons de la chance, ce soir. Nous pourrions naviguer dans cette direction pendant des heures.

Le soleil descendait lentement sur l'horizon derrière eux. Garrett la conduisit vers l'endroit où elle s'était assise au départ. Après s'être assuré qu'il ne traînait rien qui risque d'abîmer ses vêtements, ils s'assirent dans l'angle, lui dos à la poupe, elle sur le côté, tournés l'un vers l'autre. Theresa repoussa les cheveux que le vent rabattait sur son visage et se tourna vers la mer.

Garrett la regarda. Elle était plus petite que lui, elle devait mesurer un mètre soixante-dix environ. Elle avait un visage ravissant et une silhouette qui lui rappelait les mannequins qu'il voyait dans les magazines. Mais son charme ne venait pas seulement de son physique. Elle était intelligente, il l'avait tout de suite senti, sûre d'elle également, on la devinait tout à fait capable de mener sa vie comme elle l'entendait. Pour lui, ces qualités étaient primordiales. Sans elles, la beauté ne comptait pas.

Par certains côtés, elle lui rappelait Catherine. Surtout son expression. Elle contemplait l'océan d'un air rêveur et ses pensées le ramenèrent à la dernière fois où Catherine et lui avaient navigué ensemble. Il sentit à nouveau les remords l'assaillir, bien malgré lui. Il secoua la tête et tripota machinalement son bracelet-montre, le desserrant dans un premier temps pour le remettre exactement dans sa position initiale.

— La mer est vraiment magnifique, dit-elle en se tournant vers lui. Merci de m'avoir invitée.

— Il n'y a pas de quoi, répondit-il, ravi qu'elle ait brisé le silence. C'est très agréable d'avoir un peu de compagnie de temps en temps.

Elle sourit en se demandant s'il le pensait vraiment.

— Vous naviguez seul, d'habitude ?

— Oui. Il se renfonça dans son siège et étendit les jambes devant lui. C'est un bon moyen de décompresser après le travail. Même si la journée a été très dure, je l'oublie dès que j'arrive ici, comme si le vent chassait tout.

— Est-ce si dur de plonger ?

— Non, je ne parle pas de la plongée, c'est le bon côté des choses. Par contre, il y a tout le reste, la paperasserie, l'organisation avec les clients qui annulent leur leçon à la dernière minute, la gestion du stock au magasin. Mes journées sont parfois bien remplies.

— Je m'en doute. Mais ça vous plaît, non ?

— Oui, beaucoup. Je ne changerais pour rien au monde. Et vous, Theresa, que faites-vous ? demanda-t-il, tripotant à nouveau sa montre.

— Je suis journaliste au *Boston Times.*

— Vous êtes en vacances ici ?

— En quelque sorte, dit-elle après une imperceptible hésitation.

— Et dans quel domaine êtes-vous spécialisée ?

— L'éducation des enfants, dit-elle en souriant.

Elle vit son regard étonné, comme à chaque fois qu'elle

l'annonçait à une nouvelle connaissance. Autant se débarrasser de ce sujet immédiatement.

— J'ai un fils, continua-t-elle. Il a douze ans.

— Douze ans, répéta-t-il en haussant les sourcils.

— Vous semblez étonné.

— Je le suis. Je ne vous donnais pas l'âge d'avoir un fils de douze ans.

— Je prends ça comme un compliment, dit-elle avec un petit sourire, refusant de mordre à l'hameçon. Elle n'était pas encore prête à révéler son âge. En tout cas, il a douze ans. Voulez-vous voir sa photo ?

— Bien sûr.

Elle fouilla dans son sac et sortit un cliché qu'elle tendit à Garrett. Il l'étudia quelques instants.

— Il a votre teint, dit-il en lui rendant la photo. C'est un beau garçon.

— Merci. Et vous ? demanda-t-elle en la rangeant. Avez-vous des enfants ?

— Non, répondit-il en secouant la tête. Enfin, pas à ma connaissance.

Elle rit de sa réponse.

— Comment s'appelle votre fils ?

— Kevin.

— Il vous accompagne ?

— Non, il est avec son père en Californie. Nous avons divorcé il y a trois ans.

Garrett hocha la tête sans émettre d'opinion, puis il regarda par-dessus son épaule un bateau qui passait au loin. Theresa le suivit des yeux elle aussi, un moment, et remarqua pendant ce silence combien l'océan était calme comparé au chenal. Les seuls bruits venaient de la voile qui ondulait sous le vent et des vagues que fendait l'étrave. Elle trouvait que leurs voix aussi paraissaient différentes. Là, elles résonnaient librement, comme si l'air les portait vers le large.

— Voulez-vous visiter le reste du voilier ? demanda Garrett.

— Avec grand plaisir.

Il se leva et vérifia encore les voiles avant de se diriger vers la cabine, Theresa sur ses talons. Il ouvrit la porte et marqua un temps d'arrêt, brusquement assailli par un fragment de souvenir qu'il avait enfoui au plus profond de lui-même depuis longtemps mais que la nouveauté de cette présence féminine faisait remonter.

Catherine était assise à la petite table, une bouteille de vin débouchée posée à côté d'elle. Un vase contenant une unique fleur reflétait la lumière d'une bougie. La flamme oscillait avec les balancements du bateau, jetant de grandes ombres sur l'intérieur de la coque. Dans la demi-obscurité, il distinguait l'ombre d'un sourire.

— J'ai pensé que ça te ferait plaisir, lui dit-elle. Il y a longtemps que nous n'avons pas dîné aux chandelles.

Garrett se tourna vers la cuisinière. Il aperçut deux assiettes enveloppées de papier d'aluminium.

— Quand as-tu monté tout ça sur le bateau ?

— Pendant que tu travaillais.

Theresa passa devant lui sans rien dire, le laissant à ses pensées. Si elle avait remarqué son hésitation, elle n'en montra rien, et Garrett lui en fut reconnaissant.

Sur sa gauche, elle vit une banquette qui faisait la longueur du bateau, suffisamment large pour coucher confortablement une personne, et une table parfaite pour deux. Près de la porte se trouvaient un évier, une cuisinière avec un petit réfrigérateur en dessous et, au centre de la paroi du fond, la porte qui conduisait à la couchette.

Il la regardait faire le tour des lieux, les mains sur les hanches, sans la suivre comme d'autres hommes l'auraient fait. Il la laissait respirer. Elle sentait néanmoins son regard sur elle, sans aucune insistance cependant.

— De l'extérieur, je n'aurais jamais cru que c'était aussi grand.

— Je sais. Garrett s'éclaircit la voix d'un air gêné. C'est surprenant, n'est-ce pas ?

— Oui. J'ai l'impression qu'il y a absolument tout ce qu'il faut.

— C'est vrai. Je pourrais aller jusqu'en Europe, quoique ça ne me paraisse pas recommandé. Mais, pour moi, c'est formidable.

Il passa devant elle et ouvrit le réfrigérateur pour en sortir une canette de Coca-Cola.

— Avez-vous soif, maintenant ?

— Avec plaisir, dit-elle en caressant le bois qui recouvrait les parois.

— Que voulez-vous ? J'ai du Seven Up ou du Coca.

— Le Seven Up sera parfait.

Il se redressa et lui tendit la canette. Leurs doigts s'effleurèrent brièvement.

— Je n'ai pas de glace à bord mais c'est frais.

— Il ne me reste plus qu'à apprendre à vivre à la dure, dit-elle en souriant.

Elle ouvrit la canette et but une gorgée avant de la poser sur la table.

Il déboucha la sienne en la regardant, tout en pensant à ce qu'elle venait de dire. Elle avait un fils de douze ans... et, si elle était journaliste, elle avait dû faire des études universitaires. Si elle avait attendu de les terminer pour se marier et avoir un enfant... elle avait quatre ou cinq ans de plus que lui. Elle ne les paraissait pas, c'était certain, mais elle n'avait pas non plus le comportement des filles de vingt ans qu'il connaissait. On sentait une certaine maturité dans son attitude, que seuls possédaient ceux qui avaient traversé des épreuves.

Mais quelle importance ?

Elle se pencha vers une photographie accrochée au mur. On y voyait Garrett, debout sur une jetée, brandissant un marlin qu'il avait pêché. Il était beaucoup plus jeune et souriait de toutes ses dents, avec une expression qui lui rappela Kevin quand il marquait un but au foot.

— Je vois que vous aimez la pêche, lança-t-elle pour briser le silence, en montrant la photo.

Il s'approcha. Elle remarqua la chaleur qui irradiait de son corps. Il sentait le sable et le vent.

— Oui. Mon père était pêcheur de crevettes et j'ai été pratiquement élevé sur l'eau.

— À quand remonte-t-elle ?

— À une dizaine d'années, juste avant que je ne reparte à l'université terminer ma dernière année. C'était à un concours de pêche. Mon père et moi avions décidé de passer deux nuits dans le Gulf Stream et nous avons attrapé ce marlin à soixante milles des côtes. Il nous a fallu près de sept heures pour le sortir parce que mon père voulait m'apprendre à pêcher à l'ancienne.

— Que voulez-vous dire ?

Il étouffa un rire.

— En fait, ça s'est résumé à avoir les mains en charpie quand nous l'avons enfin sorti, et le lendemain j'étais incapable de bouger les épaules. Notre ligne n'était pas assez solide pour un poisson de cette taille, alors nous avons laissé le marlin filer jusqu'à ce qu'il se fatigue, puis nous l'avons lentement ramené au moulinet avant de le laisser à nouveau partir toute la journée jusqu'à ce qu'il soit trop épuisé pour lutter.

— Un peu comme dans *Le Vieil Homme et la mer,* de Hemingway.

— Oui, sauf que je ne me suis senti vieux que le lendemain. Mon père, en revanche, aurait très bien pu tenir le rôle dans le film.

Elle regarda la photographie de plus près.

— C'est votre père à côté de vous ?

— Oui.

— Il vous ressemble.

Garrett sourit légèrement en se demandant si c'était un compliment. Il fit un geste vers la table, et Theresa s'assit en face de lui.

— Vous disiez que vous aviez fait des études universitaires ? reprit-elle, une fois confortablement installée.

Il croisa son regard.

— Oui, à l'UNC, je me suis spécialisé en biologie marine. Rien d'autre ne m'intéressait vraiment, et, comme mon père m'avait dit qu'il était hors de question que je rentre à la maison sans diplôme, j'ai préféré choisir des études qui me serviraient plus tard.

— Et vous avez donc acheté le magasin...

Il secoua la tête.

— Non, enfin, pas tout de suite. Après mes études, j'ai travaillé pour le Duke Marine Institute comme spécialiste en plongée, mais je ne gagnais pas bien ma vie. Alors j'ai passé un brevet d'enseignement et j'ai commencé à donner des cours de plongée le week-end. Le magasin n'est venu que quelques années plus tard. Il eut un regard interrogateur. Et vous ?

Theresa but une gorgée de Seven Up avant de répondre.

— Ma vie n'est pas aussi passionnante que la vôtre. Je suis née à Omaha dans le Nebraska et j'ai fait mes études à Brown. Après mon diplôme, j'ai eu deux ou trois emplois dans divers endroits et j'ai fini par m'installer à Boston. Je travaille au *Times* depuis neuf ans, mais je ne suis chroniqueuse que depuis peu de temps. Avant, j'étais journaliste.

— Et votre travail vous plaît ?

Elle réfléchit quelques instants, comme si elle considérait cette question pour la première fois.

— C'est un bon travail. Bien meilleur à l'heure actuelle que lorsque j'ai commencé. Je peux aller chercher Kevin à l'école, et je suis libre d'écrire ce que je veux, tant que c'est dans l'esprit de ma rubrique. C'est assez bien payé également, donc, je ne peux pas me plaindre de ce côté, mais...

Elle s'arrêta à nouveau.

— Ce n'est plus aussi excitant qu'avant. Attention, ne vous méprenez pas. J'aime mon métier, mais parfois j'ai l'impression d'écrire toujours la même chose. Et d'ailleurs, ce ne serait pas si terrible si je n'avais tant à faire avec Kevin. Je pense que vous avez devant vous la mère de famille célibataire typique qui croule sous le travail, si vous voyez ce que je veux dire.

— La vie ne se déroule pas toujours comme nous l'avons imaginé, n'est-ce pas, murmura-t-il doucement.

— Non, pas vraiment.

Elle croisa encore son regard. À voir son expression, elle se demanda s'il ne venait pas de lui dire une chose qu'il confiait rarement aux autres.

— Est-ce que vous avez faim ? demanda-t-elle en se penchant vers lui avec un grand sourire. J'ai apporté tout ce qu'il faut dans mon panier.

— Quand vous voudrez.

— J'espère que vous aimez les sandwiches et la salade. Je n'ai rien trouvé d'autre qui puisse se garder.

— J'aurais fait moins bien que vous, de toute façon. Si cela n'avait tenu qu'à moi, j'aurais acheté un hamburger au passage avant de partir en bateau. Voulez-vous manger ici ou dehors ?

— Dehors, bien sûr.

Ils prirent leurs canettes de soda et remontèrent sur le pont. Avant de sortir, Garrett attrapa un ciré au crochet près de la porte et lui fit signe de continuer sans lui.

— Donnez-moi un instant pour jeter l'ancre, que nous puissions manger sans avoir à surveiller le bateau toutes les cinq minutes.

Theresa regagna son siège et ouvrit son panier. Le soleil disparaissait à l'horizon dans une masse de cumulus. Elle sortit des sandwiches enveloppés de Cellophane et des boîtes en polystyrène qui contenaient de la salade de chou cru et des pommes de terre en vinaigrette.

Elle regarda Garrett reposer l'imperméable et baisser les voiles. Le bateau ralentit aussitôt. Il lui tournait le dos et elle remarqua une fois de plus combien il était musclé. De là où elle était assise, elle s'apercevait qu'il était plus large d'épaules qu'elle ne l'avait cru, et très mince de taille. Elle n'arrivait pas à croire qu'elle faisait de la voile avec lui alors que deux jours auparavant elle était encore à Boston. Tout cela lui semblait irréel.

Elle leva la tête. Le vent avait forci depuis que la température avait baissé, et le ciel s'assombrissait lentement.

Une fois le bateau immobilisé, Garrett jeta l'ancre. Il attendit une minute, s'assura qu'elle accrochait bien et, satisfait, s'assit à côté de Theresa.

— J'aurais aimé pouvoir vous aider, lui lança-t-elle en souriant.

Elle rejeta ses cheveux derrière son épaule, du même geste que Catherine, et pendant quelques secondes il ne dit rien.

— Tout va bien ?

Il hocha la tête, brusquement mal à l'aise, une fois de plus.

— Pour le moment oui, mais si le vent continue à forcir nous devrons tirer des bords pour rentrer.

Elle mit dans une assiette de la salade de chou, des pommes de terre et un sandwich et la lui tendit, en remarquant qu'il s'était assis plus près d'elle que la dernière fois.

— Mettrons-nous plus longtemps ?

Garrett avait la bouche pleine de chou. Il ne répondit pas tout de suite.

— Oui, un peu, mais c'est sans problème tant que le vent ne tombe pas complètement. Dans ce cas, nous serions coincés.

— Et cela vous est déjà arrivé ?

Il hocha la tête.

— Une ou deux fois.

— Si peu que ça ? s'étonna-t-elle. Pourtant, le vent ne souffle pas tout le temps.

— Sur l'océan, si.

— Comment cela se fait-il ?

Il sourit et reposa son sandwich sur son assiette.

— Eh bien, les vents sont provoqués par les changements de température, quand les courants chauds vont vers les courants froids. Pour que le vent s'arrête sur l'océan, il faut que la température de l'air soit égale à celle de l'eau sur des milles alentour. Par ici, l'air est très chaud le jour, mais, dès que le soleil baisse, la température tombe rapidement. Le crépuscule est donc le meilleur moment pour sortir. La température change constamment et les conditions sont idéales pour la voile.

— Que se passe-t-il si le vent tombe ?

— La voile n'est plus gonflée et le bateau s'arrête. Et on ne peut rien faire pour qu'il avance.

— Qu'avez-vous fait quand cela vous est arrivé ?

— Rien. Je me suis assis et j'ai profité du calme. Je ne courais aucun danger et je savais que la température finirait par baisser. J'ai donc attendu. Au bout d'une heure, une petite brise s'est levée et je suis rentré au port.

— À vous entendre, j'ai l'impression que vous avez particulièrement apprécié cette journée.

— Oui. Il détourna les yeux de son regard intense et

fixa la porte. L'une des meilleures de ma vie, ajouta-t-il presque pour lui seul.

Catherine se pencha vers lui.

— Viens donc t'asseoir à côté de moi.

Garrett ferma la porte de la cabine et la rejoignit.

— C'est la meilleure journée que nous ayons eue depuis longtemps, dit-elle d'une voix douce. Nous avons été tellement bousculés tous les deux ces derniers temps et... je ne sais pas... Sa voix traînait sur les mots. Je voulais faire quelque chose de spécial pour nous deux.

En l'écoutant, Garrett trouva qu'elle avait la même expression tendre que la nuit de leurs noces.

Il s'assit à côté d'elle et servit le vin.

— Je suis désolé d'avoir eu tant de travail au magasin. Je t'aime, tu sais.

— Oui, je sais, dit-elle en souriant tout en posant sa main sur la sienne.

— Ça va s'arranger, je te le promets.

Catherine hocha la tête en se penchant pour prendre son verre.

— Ne parlons pas de ça maintenant. Pour le moment, je veux juste que nous profitions l'un de l'autre. En ne pensant qu'à nous.

— Garrett ?

Il se tourna vers Theresa en sursautant.

— Je suis désolé..., commença-t-il.

— Ça va ?

Elle le dévisageait d'un air à la fois inquiet et perplexe.

— Très bien... Je me suis brusquement souvenu d'une chose que je devais faire, improvisa Garrett. Mais nous avons assez parlé de moi. Si cela ne vous ennuie pas, Theresa..., parlez-moi un peu de vous.

Déconcertée et ne sachant pas très bien ce qu'il voulait savoir, elle reprit depuis le début, retraçant les grands traits de sa vie un peu plus en détail, sa jeunesse, son travail, ses passions. Elle lui parla surtout de Kevin, lui disant que c'était un fils merveilleux et combien elle regrettait de ne pouvoir passer plus de temps avec lui.

Garrett l'écoutait sans l'interrompre.

— Vous avez donc été mariée ? demanda-t-il quand elle eut terminé.

— Oui, huit ans. Mais David, mon ex-mari, s'est apparemment lassé de notre vie..., il a eu une aventure. Je n'ai pas pu le supporter.

— Je n'aurais pas pu, moi non plus. Mais la situation n'en est pas plus facile pour autant.

— Non. Elle but une gorgée de soda. Nous sommes cependant restés en bons termes, malgré tout. C'est un bon père et c'est tout ce que je lui demande désormais.

Une grosse vague souleva le bateau. Garrett se retourna pour voir si l'ancre tenait bien.

— Maintenant, à votre tour de parler de vous, dit Theresa.

Garrett commença lui aussi par le commencement, son enfance de fils unique à Wilmington. Il lui dit que sa mère était morte quand il avait douze ans et que, son père passant sa vie en mer, il avait pratiquement grandi sur l'eau. Il lui raconta ses années d'études, omettant certains épisodes mouvementés qui auraient pu faire mauvaise impression, puis les débuts du magasin et comment se déroulait sa vie maintenant. Bizarrement, il ne parla absolument pas de Catherine. Theresa ne savait qu'en penser.

Pendant qu'ils conversaient, le ciel s'était obscurci et le brouillard commençait à monter autour d'eux. Avec le bateau qui se balançait mollement sur son mouillage, une certaine intimité se créait entre eux. L'air frais, la brise sur leur visage, le mouvement doux des vagues, tout conspirait à dissiper la gêne qu'ils avaient éprouvée au début.

Plus tard, Theresa essaya de se rappeler quand elle avait passé un moment pareil avec un homme. Garrett n'avait pas parlé une seule fois de la revoir, pas plus qu'il ne semblait attendre quoi que ce fût d'elle ce soir-là. La plupart des hommes qu'elle avait rencontrés à Boston partageaient l'idée fâcheuse que s'ils lui faisaient passer une bonne soirée quelque chose leur était dû en retour. C'était une attitude puérile, mais néanmoins courante, et elle trouvait ce changement agréable.

Il y eut une pause dans la conversation ; Garrett se renfonça dans son siège et se passa une main dans les cheveux. Il ferma les yeux et sembla savourer ce moment de silence. Elle remit tranquillement les assiettes sales et les serviettes dans son panier avant qu'elles s'envolent.

— Je crois qu'il est temps de rentrer, dit Garrett, regrettant presque que la promenade touche à sa fin.

Quelques minutes plus tard, le bateau repartait. Elle remarqua que le vent était nettement plus fort qu'à l'aller. Garrett tenait la barre. Theresa, debout près de lui, la main sur la filière, repassait leur conversation dans sa tête. Pendant un long moment, aucun d'eux ne parla. Garrett se demandait ce qui pouvait bien le perturber ainsi.

Lors de leur dernière sortie en voilier, Garrett et Catherine avaient parlé pendant des heures tout en savourant le repas et le vin. La mer était calme, et ils se laissaient doucement bercer par le balancement familier des vagues.

Plus tard dans la nuit, après avoir fait l'amour, Catherine, allongée contre Garrett, caressait tendrement son torse en silence.

— À quoi penses-tu ? finit-il par lui demander.

— Je ne croyais pas qu'il était possible d'aimer autant que je t'aime, murmura-t-elle.

Garrett passa un doigt sur sa joue. Catherine le fixait intensément des yeux.

— Je ne le croyais pas non plus, répondit-il doucement. Je ne sais pas ce que je ferais sans toi.

— Je voudrais que tu me fasses une promesse.

— Tout ce que tu voudras.

— Si jamais il m'arrivait quelque chose, promets-moi de refaire ta vie.

— Je ne crois pas que je pourrais en aimer une autre.

— Promets-le moi.

Il ne put rien dire pendant quelques instants.

— Très bien, si cela te fait plaisir, je te le promets, dit-il en lui souriant tendrement.

Catherine se serra contre lui.

— Je suis heureuse, Garrett.

Quand son souvenir se fut estompé, Garrett s'éclaircit la gorge et posa la main sur le bras de Theresa pour attirer son attention.

— Regardez, dit-il en montrant le ciel, faisant un effort pour maintenir la conversation sur un terrain neutre. Avant l'invention du sextant et de la boussole, on se servait des étoiles pour parcourir les mers. Là, vous pouvez voir l'étoile Polaire. Elle indique toujours le nord.

— Comment la reconnaissez-vous ? demanda Theresa en levant la tête.

— Je me sers des étoiles faciles à repérer. Vous voyez la Grande Ourse ?

— Oui.

— Si vous tirez un trait dans l'alignement des deux étoiles qui font le bord de la casserole, vous arrivez à l'étoile Polaire.

Theresa regarda les étoiles qu'il lui montrait en s'interrogeant sur lui et ses centres d'intérêt. La voile, la plongée, la pêche, la navigation aux étoiles, tout ce qui touchait l'océan. Et, par la même occasion, tout ce qui lui permettait de rester seul pendant des heures.

D'une main, Garrett attrapa le ciré bleu marine qu'il avait laissé derrière la barre et l'enfila.

— Les Phéniciens furent certainement les plus grands explorateurs de tous les temps. En 600 avant Jésus-Christ, ils prétendaient avoir fait le tour de l'Afrique, mais personne ne les croyait car ils juraient que l'étoile Polaire disparaissait au milieu de la traversée. C'était pourtant vrai.

— Pourquoi ?

— Parce qu'ils étaient passés dans l'hémisphère Sud. Ce qui permet aujourd'hui aux historiens de savoir qu'ils l'avaient bien fait. Personne n'en avait parlé avant eux, en tout cas, nous n'en avons aucune trace. Il a fallu attendre près de deux mille ans pour s'apercevoir qu'ils avaient raison.

Elle hocha la tête en songeant à cette équipée. Elle se demandait pourquoi on ne lui avait jamais appris ce genre de choses quand elle était petite et songea à cet homme qui savait tout cela depuis toujours. Et, soudain, elle comprit pourquoi Catherine était tombée amoureuse de lui. Il n'était ni plus séduisant, ni plus ambitieux, ni même plus charmant qu'un autre. Non, mais il avait choisi sa vie. Il avait un comportement à la fois mystérieux et différent, très viril. Jamais elle n'avait rencontré quelqu'un comme lui.

Voyant que Theresa restait silencieuse, Garrett lui jeta un bref regard et remarqua une fois de plus combien elle était jolie. Dans l'obscurité, sa peau claire prenait un teint diaphane et il eut brusquement envie de dessiner du bout du doigt le contour de son visage. Il secoua la tête pour chasser cette idée.

En vain. Le vent souleva les cheveux de Theresa. Il sentit sa gorge se nouer. Depuis combien de temps n'avait-il plus éprouvé ce genre de sensation ? Trop longtemps, c'était certain. Mais il ne pouvait et ne voulait rien y faire. Il le savait tout en la regardant. Ce n'était ni l'endroit, ni le moment..., ni celle qu'il fallait. Tout au fond de lui, il se demanda si la vie reprendrait un jour son cours normal.

— J'espère que je ne vous ennuie pas, dit-il avec un calme forcé. J'ai toujours été passionné par ce genre de récit.

— Oh non, pas du tout, protesta-t-elle en se tournant vers lui avec un grand sourire. J'ai adoré votre histoire. Je me demandais justement ce que ces hommes avaient dû endurer. Ce n'est pas facile d'affronter l'inconnu.

— Non, vraiment pas, répondit-il avec l'impression qu'elle avait lu dans ses pensées.

Les lumières des maisons sur la côte clignotaient dans la brume qui s'épaississait lentement. *Happenstance* roulait doucement dans la houle qui se formait à l'entrée de la passe. Theresa se retourna pour surveiller ses affaires. Sa veste avait glissé dans l'angle contre la cabine. Il faudrait qu'elle pense à la reprendre en partant.

Garrett avait dit qu'il naviguait seul la plupart du temps. Elle se demandait s'il avait jamais emmené quelqu'un à part Catherine et elle. Et, si c'était le cas, que pouvait-elle en déduire ? Elle savait qu'il l'avait observée attentivement à plusieurs reprises, mais toujours discrètement. Et s'il s'intéressait à elle il le cachait bien. Il ne l'avait pas pressée de questions et ne s'était pas inquiété de savoir si elle avait quelqu'un dans sa vie. Rien dans son attitude de la soirée ne laissait sous-entendre autre chose qu'un intérêt courtois.

Garrett tourna un bouton. Une série de petites lampes s'allumèrent sur le voilier. Pas assez pour les éclairer distinctement mais suffisamment pour que les autres bateaux les voient approcher. Il tendit la main vers la côte sombre.

— La passe se trouve droit devant nous, entre les lumières, dit-il en dirigeant la barre dans cette direction.

Les voiles frémirent et la bôme se balança un instant avant de reprendre sa position.

— Alors, cette première sortie en voilier vous a plu ?

— J'ai adoré. C'était merveilleux.

— J'en suis ravi. Je ne vous ai pas emmenée dans l'hémisphère Sud mais j'ai fait de mon mieux.

Ils étaient debout l'un à côté de l'autre, perdus dans leurs pensées. Un autre voilier apparut dans la nuit à un quart de mille devant eux. Il rentrait lui aussi à la marina. Garrett le dépassa à distance respectueuse tout en s'assurant qu'il n'y avait pas d'autres navires en vue. Theresa remarqua que le brouillard cachait complètement l'horizon.

Elle se tourna vers Garrett. Le vent rabattait ses cheveux en arrière. Son ciré, ouvert, s'arrêtait à mi-cuisses. Il était usé et passé par les années. Il le faisait paraître plus fort et elle garderait cette image de lui à jamais. Celle-ci, et la première fois qu'elle l'avait vu.

Ils approchaient de la côte. Theresa eut brusquement la conviction qu'ils ne se reverraient pas. Dans quelques minutes, ils seraient à quai et se diraient au revoir. Elle ne pensait pas qu'il l'inviterait une autre fois et elle n'allait certainement pas le lui demander. Elle sentait confusément que ce serait la dernière chose à faire.

Ils s'engagèrent dans la passe et se dirigèrent vers la marina. Theresa aperçut une série de panneaux triangulaires qui marquaient le chenal. Garrett baissa la voile à peu près là où il l'avait hissée en partant, avec toujours autant de rapidité. Le moteur démarra, et, quelques minutes plus tard, ils accostaient sur la jetée. Elle le regarda sauter à quai et fixer les amarres.

Theresa se retourna afin de rassembler ses affaires. Elle

prit le panier, mais, au moment de saisir sa veste, elle hésita et décida brusquement de la glisser sous le coussin. Quand Garrett lui demanda si elle était prête, elle s'éclaircit la gorge.

— J'arrive.

Elle s'avança vers le bord du bateau et il lui offrit sa main. Elle sentit une fois de plus toute sa force tandis qu'il l'aidait à sauter sur le quai.

Ils se dévisagèrent un court instant, comme s'ils se demandaient ce qui allait se passer.

— Je dois le fermer pour la nuit, dit alors Garrett en faisant un geste vers *Happenstance*. J'en ai pour un moment.

— Je m'en doute, dit-elle en hochant la tête.

— Mais, avant, puis-je vous raccompagner à votre voiture ?

— Bien sûr.

Ils descendirent la jetée côte à côte. Arrivés à sa voiture de location, Garrett la regarda chercher ses clés dans son panier. Elle ouvrit la portière.

— J'ai vraiment passé une merveilleuse soirée, dit-elle.

— Moi aussi.

— Vous devriez emmener des passagers plus souvent. Je suis sûre qu'ils apprécieraient.

— J'y penserai, répondit-il avec un grand sourire.

Un instant, leurs regards se croisèrent, et il crut voir Catherine dans l'obscurité.

— Je ferais mieux d'y aller, dit-il brusquement, légèrement mal à l'aise. Ma journée commence tôt demain.

Elle hocha la tête, et, ne sachant que faire, Garrett lui tendit la main.

— Je suis ravi d'avoir fait votre connaissance, Theresa. Je vous souhaite une bonne fin de vacances.

Lui serrer la main parut bizarre après la soirée qu'ils avaient passée, mais il l'aurait surprise s'il avait agi autrement.

— Merci pour tout, Garrett. J'ai été ravie de vous rencontrer, moi aussi.

Elle s'assit derrière le volant et mit le contact. Garrett ferma sa portière et l'écouta démarrer. Elle lui sourit une dernière fois, jeta un coup d'œil dans son rétroviseur et recula doucement. Garrett lui fit au revoir de la main et la regarda quitter la marina. Quand elle eut disparu, il fit demi-tour et regagna les quais en se demandant pourquoi il se sentait perturbé.

Vingt minutes plus tard, juste au moment où Garrett finissait de fermer *Happenstance,* Theresa ouvrait la porte de sa chambre d'hôtel. Elle jeta ses affaires sur le lit et se rendit à la salle de bains. Elle s'aspergea le visage d'eau froide et se lava les dents avant de se déshabiller. Puis, allongée sur le lit, la lampe de chevet allumée, elle ferma les yeux et pensa à Garrett.

David aurait agi tout à fait différemment à sa place. Il aurait organisé la soirée pour donner de lui une image idéale : « J'ai justement du vin, en voulez-vous un verre ? » Il aurait aussi certainement beaucoup parlé de lui. Tout en subtilité cependant. David savait où se situait la limite entre l'assurance et l'arrogance et aurait fait en sorte de ne pas la franchir tout de suite. Il fallait bien le connaître pour savoir qu'il suivait un plan savamment orchestré afin de donner de lui une excellente impression. Avec Garrett, elle avait su tout de suite qu'il ne jouait pas la comédie. Il était sincère et son comportement l'intriguait. Avait-elle bien agi ? Elle n'en était toujours pas certaine. Elle avait l'impression de l'avoir manipulé, et cela lui déplaisait.

C'était fait. Elle avait choisi, et il était trop tard pour revenir en arrière. Elle éteignit la lampe et, une fois ses yeux habitués à l'obscurité, elle regarda la fente entre les rideaux mal fermés. Un croissant de lune montait dans le ciel, éclairant le lit de ses rayons. Elle fut incapable d'en détacher son regard jusqu'à ce que son corps finisse par se détendre et que ses yeux se ferment pour la nuit.

7.

— Et alors, que s'est-il passé ?

Jeb Blake, sa tasse de café à la main, parlait d'une voix rauque. Grand et mince, pour ne pas dire maigre, il approchait des soixante-dix ans, comme en témoignait son visage profondément ridé. Ses cheveux clairsemés étaient presque blancs et sa pomme d'Adam saillait de son cou comme une petite prune. Ses bras tatoués étaient couverts de cicatrices et de taches de soleil et les articulations de ses mains étaient gonflées par des années de pêche à la crevette. Sans son regard, on aurait pu le croire frêle et malade, mais il n'en était rien. Il travaillait encore pratiquement tous les jours, à mi-temps, et partait de chez lui aux aurores pour n'y revenir que vers midi.

— Rien. Elle est montée dans sa voiture et elle est partie.

Tout en roulant la première de la douzaine de cigarettes qu'il fumerait dans la journée, Jeb dévisagea son fils. Pendant des années, le médecin lui avait répété qu'il creusait sa tombe à fumer ainsi, mais, ce dernier étant mort d'une crise cardiaque à soixante ans, Jeb n'avait plus accordé aucun crédit à ses conseils. En tout état de cause, Garrett pensait que le vieil homme l'enterrerait lui aussi.

— C'est dommage, non ?

Garrett fut surpris de son franc-parler.

— Non, papa. Il n'y a rien à regretter. J'ai passé une bonne soirée. C'était agréable de parler avec elle et j'ai apprécié sa compagnie.

— Mais tu ne la reverras pas.

Garrett avala une gorgée de café en secouant la tête.

— Je ne pense pas. Elle est juste venue en vacances.

— Combien de temps ?

— Je l'ignore. Je ne lui ai pas demandé.

— Pourquoi ?

Garrett ouvrit une petite capsule de lait et la vida dans sa tasse.

— Pourquoi toutes ces questions ? J'ai seulement fait une sortie en mer avec cette fille, j'ai passé un bon moment et ça s'arrête là.

— Tu es sûr ?

— Que veux-tu dire ?

— Cette soirée aurait pu te donner l'envie de recommencer à voir du monde.

Garrett remua son café d'un air pensif. Voilà donc où il voulait en venir. Il avait l'habitude de ce genre de discussion avec son père et n'avait aucune envie d'entamer ce sujet ce matin.

— Papa, nous en avons déjà parlé.

— Je sais, mais tu m'inquiètes. Tu es trop souvent seul ces derniers temps.

— Non, pas du tout.

— Si, insista son père d'un ton étonnamment doux. Tu le sais.

— Je n'ai aucune envie de me disputer à ce propos, papa.

— Moi non plus. Ça ne sert à rien.

Il sourit. Après quelques secondes de silence, il tenta une autre approche.

— Alors, comment est-elle ?

Garrett réfléchit. Bien malgré lui, il avait longuement pensé à elle avant de s'endormir.

— Theresa ? Jolie et intelligente. Et pleine de charme.

— Elle est célibataire ?

— Je crois. Elle est divorcée et je ne pense pas qu'elle aurait accepté mon invitation si elle avait eu quelqu'un dans sa vie.

Jeb observait attentivement l'expression de son fils pendant qu'il parlait.

— Elle te plaît, n'est-ce pas ? dit-il en se penchant sur son café.

Inutile de vouloir lui cacher la vérité.

— Oui, mais je ne la reverrai probablement pas, je te l'ai déjà dit. Je ne sais pas où elle est descendue ni combien de temps elle doit rester. Elle est peut-être d'ailleurs déjà repartie.

Son père le regarda silencieusement avant de lui poser une nouvelle question.

— Si elle était encore là et que tu saches où la joindre, le ferais-tu ?

Garrett détourna les yeux sans rien dire. Jeb saisit son fils par le bras. Malgré ses soixante-dix ans, il avait encore des mains pleines de vigueur, et Garrett fut forcé de se tourner vers lui.

— Mon fils, ça fait trois ans, maintenant. Je sais que tu l'aimais, mais il est temps d'oublier. Tu le sais, non ? Il faut que tu reprennes ta vie en main.

— Tu as raison, papa. Hélas, ce n'est pas facile.

— Tout ce qui vaut la peine demande un effort. Ne l'oublie pas.

Quelques minutes plus tard, ils terminaient leur café. Garrett jeta quelques dollars sur la table, sortit du restaurant derrière son père et monta dans son camion sur le parking. Il arriva au magasin préoccupé par une foule de questions. Incapable de se concentrer sur la paperasserie qui s'amoncelait sur son bureau, il décida de retourner au port pour finir la réparation du moteur commencée la veille. Il avait pourtant du travail urgent qui l'attendait au magasin, mais il avait besoin d'être seul.

Garrett prit sa boîte à outils à l'arrière du camion et la porta jusqu'au bateau qui lui servait pour les cours de plongée. C'était un vieux Boston Whaler, suffisamment gros pour huit plongeurs et tout leur matériel.

La réparation du moteur ne présentait aucune difficulté mais demandait du temps. Il avait déjà bien avancé la veille.

Il enleva le capot du moteur en pensant à la conversation qu'il venait d'avoir avec son père. Ce dernier avait raison, évidemment. Il était absurde d'éprouver encore de tels sentiments mais Dieu lui était témoin qu'il n'y pouvait rien. Catherine était tout pour lui. Il suffisait qu'elle le regarde pour que la vie lui paraisse merveilleuse. Et quand elle souriait... Seigneur, jamais il n'avait pu retrouver cette sensation auprès de qui que ce soit. Quand une chose pareille vous est enlevée... C'était tellement injuste. Pis encore, c'était mal. Pourquoi elle entre tous ? Et pourquoi lui ? Pendant des mois, il était resté éveillé la nuit à se demander : « Et si ? » Et si elle avait attendu une seconde de plus avant de traverser la rue ? Et s'ils étaient restés quelques minutes de plus devant leur petit déjeuner ? Et s'il l'avait accompagnée au lieu de partir directement au magasin ? Des centaines de si. Et jamais aucune réponse.

Il essaya de s'éclaircir les idées en se concentrant sur ce qu'il faisait. Il retira les boulons qui maintenaient le carburateur en place et l'enleva. Puis il le démonta soigneusement pour vérifier que rien n'était usé à l'intérieur. Il ne pensait pas que le problème venait de là mais préférait néanmoins s'en assurer.

Le soleil chauffait de plus en plus. Garrett s'essuyait régulièrement le front. La veille, à la même heure, il avait aperçu Theresa sur la jetée où était amarré *Happenstance*. Il l'avait tout de suite remarquée, peut-être parce qu'elle était seule. En effet, les jeunes femmes qui avaient son allure ne venaient jamais seules sur le port. Elles étaient habituellement accompagnées de riches messieurs plus âgés qui possédaient des yachts de l'autre côté de la marina. Lorsqu'elle s'était arrêtée devant son bateau, il avait été étonné et s'était attendu à la voir repartir aussitôt. Comme tout le monde. Mais, après l'avoir observée quelques instants, il devina qu'elle était venue sur le port pour voir *Happenstance* et, à la façon dont elle tournait autour, il eut le sentiment que ce n'était pas sa seule raison.

Sa curiosité éveillée, il était allé lui parler. Sur le moment, il ne l'avait pas remarqué, mais, en refermant le bateau, plus tard, il s'était souvenu qu'elle l'avait regardé d'une étrange façon la première fois. Un peu comme si elle décelait en lui quelque chose qu'il tenait profondément caché habituellement. Il avait presque l'impression qu'elle en savait plus sur lui qu'elle ne voulait le dire.

Il secoua la tête. C'était insensé. Elle disait avoir lu les articles au magasin, voilà probablement d'où venait son expression bizarre. Oui, certainement. Il savait qu'il ne l'avait jamais rencontrée auparavant, il s'en serait souvenu, en plus, elle venait de Boston. Oui, c'était la seule explication plausible et pourtant elle ne le satisfaisait pas totalement.

Mais quelle importance ?

Ils étaient sortis en mer, avaient apprécié mutuellement leur compagnie et s'étaient dit au revoir. Point final. Ainsi qu'il l'avait dit à son père, l'eût-il voulu, il ne savait pas où la joindre. Elle devait être en ce moment sur le chemin du retour ou repartirait dans les jours prochains, et il avait mille choses à faire cette semaine. L'été était la haute saison pour la plongée, et tous ses week-ends étaient réservés jusqu'à la fin août. Il n'avait ni le temps ni le courage d'appeler tous les hôtels de Wilmington pour la retrouver, et, le ferait-il, que lui dire ? Quel prétexte pourrait-il invoquer sans paraître ridicule ?

Préoccupé par toutes ces questions, il continuait à travailler sur le moteur. Après avoir repéré et remplacé un joint qui fuyait, il replaça le carburateur et le capot et fit démarrer le moteur. Il tournait nettement mieux qu'avant. Garrett détacha les amarres du Boston Whaler et partit l'essayer. Il le testa à toutes les vitesses, arrêta et redémarra le moteur plusieurs fois et, satisfait, ramena le bateau à son mouillage trois quarts d'heure plus tard. Ravi d'y avoir passé moins de temps que prévu, il ramassa ses outils, les rapporta au camion et regagna Island Diving deux rues plus loin.

Comme d'habitude, une pile de papiers l'attendaient dans le panier sur son bureau. Il les feuilleta rapidement. Il y avait surtout des bons de commande, déjà remplis, pour le réapprovisionnement du magasin, plus quelques factures. Il rapprocha son siège du bureau et se mit au travail.

À onze heures, il avait expédié le plus urgent. Il se rendit à l'avant du magasin. Ian, l'un de ses employés saisonniers qui était alors au téléphone, lui tendit trois notes. Les deux premières concernaient des fournisseurs : il y avait eu des erreurs dans leurs dernières commandes. Un problème de plus à régler, se dit-il en repartant vers son bureau.

Il s'arrêta net en voyant d'où provenait le troisième message. Tout en le relisant pour vérifier qu'il ne se trompait pas, il entra dans son bureau et referma la porte derrière lui. Il composa le numéro et demanda le poste.

Theresa Osborne lisait le journal lorsque son téléphone sonna. Elle décrocha dès la deuxième sonnerie.

— Bonjour, Theresa, c'est Garrett.

— Oh, bonjour, Garrett ! répondit-elle, apparemment ravie de l'entendre. Merci de me rappeler. Comment allez-vous ?

Sa voix réveilla les souvenirs de la veille. Il sourit en essayant de l'imaginer dans sa chambre d'hôtel.

— Je vais très bien, merci. Je viens de recevoir votre message. Que puis-je faire pour vous ?

— Voilà, j'ai oublié ma veste sur le bateau hier soir et je me demandais si vous l'aviez trouvée.

— Non, mais je n'ai pas vraiment regardé. Vous l'aviez posée dans la cabine ?

— Je ne sais plus.

— Eh bien, laissez-moi le temps d'y aller en vitesse et je vous rappelle pour vous dire si je l'ai trouvée.

— Cela ne vous dérange pas trop ?

— Pas du tout. Je n'en ai que pour quelques minutes. Vous êtes encore là un moment ?

— Oui, en principe.

— Alors je vous rappelle tout de suite.

Garrett partit d'un pas vif à la marina. Arrivé au bateau, il ouvrit la porte de la cabine et descendit. Ne trouvant pas la veste, il remonta inspecter le pont et finit par l'apercevoir, à moitié cachée sous l'un des coussins. Il la ramassa, s'assura qu'elle n'était pas salie et retourna au magasin.

De retour à son bureau, il composa le numéro de Theresa. Elle décrocha dès la première sonnerie.

— C'est Garrett. J'ai retrouvé votre veste.

— Merci, dit-elle d'un ton soulagé. C'est gentil d'être allé la chercher.

— Ce n'est rien.

Elle resta silencieuse quelques secondes comme si elle réfléchissait.

— Vous pouvez me la mettre de côté ? Je viens la chercher à votre magasin d'ici à vingt minutes.

— Bien sûr, répondit-il.

Après avoir raccroché, il se renfonça dans son fauteuil en pensant à ce qui venait d'arriver. Elle n'était pas encore partie et il allait la revoir. Bien qu'il ne saisisse pas très bien comment elle avait pu oublier sa veste alors qu'elle avait apporté si peu d'affaires, un fait était certain : il en était ravi.

Mais quelle importance ?

Theresa arriva vingt minutes plus tard, vêtue d'un short et d'un petit haut décolleté à bretelles qui lui seyait à merveille. Quand elle entra dans le magasin, Ian et Garrett la dévisagèrent tous les deux.

— Bonjour ! s'écria-t-elle en souriant dès qu'elle l'aperçut.

Ian se tourna d'un air interrogateur vers Garrett, qui, faisant mine de l'ignorer, s'avança vers Theresa la veste à la main. Il savait que Ian ne perdait pas une miette de la scène et qu'il le harcèlerait plus tard, mais il n'avait pas l'intention de lui donner la moindre explication.

— Belle comme un sou neuf, dit-il en lui rendant le vêtement.

Il s'était lavé les mains en vitesse pour s'enlever le cambouis et avait passé un T-shirt pris dans le rayon solde du magasin. Rien de bien spectaculaire, mais c'était mieux qu'avant. Au moins, il avait l'air propre.

— C'est vraiment très gentil, dit-elle.

Il aperçut ce petit quelque chose dans son regard qui l'avait déjà séduit la veille. Il se gratta machinalement la joue.

— J'étais ravi de vous rendre service. C'est le vent qui a dû la pousser dans un coin.

— Certainement, dit-elle avec un petit haussement d'épaules, et Garrett la regarda arranger sa bretelle. Il ne savait pas si elle était pressée ni s'il avait envie qu'elle parte tout de suite. Il prononça les premiers mots qui lui vinrent à l'esprit.

— J'ai passé une excellente soirée, hier.

— Moi aussi.

Elle croisa son regard en disant ces mots, et Garrett sourit légèrement. Il ne savait pas quoi ajouter, il y avait si longtemps qu'il ne s'était pas trouvé dans cette situation. Il était toujours très à l'aise avec ses clients ou les étrangers, mais là c'était tout différent. Il hésita, portant son poids d'un pied sur l'autre, avec la sensation d'avoir seize ans à nouveau. Finalement, ce fut elle qui prit la parole.

— Je pense que j'ai une dette envers vous pour le temps que je vous ai fait perdre, dit-elle.

— Ne soyez pas ridicule. Vous ne me devez rien.

— Peut-être pas pour la veste, mais, pour la soirée, si.

Il secoua la tête.

— Pas du tout. J'ai été heureux que vous soyez venue.

J'ai été heureux que vous soyez venue. Les mots résonnèrent dans sa tête dès qu'il les eut prononcés. Jamais il n'aurait pu imaginer deux jours auparavant qu'il formulerait cette phrase.

Le téléphone se mit à sonner dans le fond du magasin, l'arrachant à ses pensées.

— Avez-vous poussé jusqu'ici uniquement pour récupérer votre veste ou avez-vous l'intention d'en profiter pour faire un peu de tourisme ? demanda-t-il pour gagner du temps.

— Je n'ai rien prévu. C'est bientôt l'heure du déjeuner. Vous auriez un endroit à me recommander ?

— J'aime bien chez Hank, sur la jetée, répondit-il après quelques secondes de réflexion. C'est frais et la vue est paradisiaque.

— Où se trouve-t-il exactement ?

Il fit un geste par-dessus son épaule.

— À Wrightsville Beach. Vous prenez le pont qui mène à l'île et vous tournez à droite. Vous ne pouvez pas le manquer, il suffit de suivre les panneaux indiquant la jetée.

— Quel genre de cuisine font-ils ?

— Surtout du poisson, des fruits de mer. Leurs crevettes et leurs huîtres sont un délice, mais ils ont aussi de la viande, si vous préférez.

Elle attendit, puis, voyant qu'il n'ajoutait rien, tourna les yeux vers la vitrine. Elle ne bougeait pas, et, pour la deuxième fois en quelques minutes, Garrett se sentit embarrassé. Mais pourquoi lui faisait-elle un tel effet ?

— Si vous voulez, je pourrais vous y conduire, se lança-t-il brusquement. Je commence à avoir faim et cela me ferait plaisir de vous y accompagner.

— C'est une excellente idée, dit-elle avec un grand sourire.

Il parut soulagé.

— Mon camion est derrière. Je vous emmène ?

— Vous connaissez la route mieux que moi.

Garrett lui fit traverser le magasin et ils sortirent par la porte de service. Marchant légèrement en retrait afin de cacher son expression, Theresa ne put retenir un petit sourire de satisfaction.

Hank existait depuis la construction de la jetée, et sa clientèle se composait autant de touristes que d'habitants des environs. Cet endroit pittoresque lui rappelait les restaurants de Cape Cod, avec ses planchers bruts usés et rayés par des années de chaussures pleines de sable, ses grandes baies qui ouvraient sur l'océan et ses photos de pêches miraculeuses sur les murs. Theresa repéra sur le côté la porte qui menait aux cuisines et aperçut des plateaux de fruits de mer que venaient chercher des serveurs et des serveuses vêtus de shorts et de T-shirts bleus brodés au nom du restaurant. Les chaises et les tables en bois, d'aspect rustique, avaient été gravées par des centaines de clients. Tout le monde arborait une tenue décontractée, et apparemment la plupart des clients avaient passé la matinée à se dorer au soleil.

— Faites-moi confiance, dit-il tandis qu'ils se dirigeaient vers une table. L'endroit ne paie pas de mine, mais vous allez vous régaler.

Ils s'assirent à une table dans un angle, et Garrett poussa sur le côté deux bouteilles de bière qui n'avaient pas encore été débarrassées. Les menus étaient coincés entre les flacons de Ketchup, Tabasco, sauce tartare et un condiment maison portant une étiquette avec comme seule inscription « Hank's ». C'étaient de vulgaires feuilles plastifiées qui semblaient ne pas avoir été remplacées depuis des années. Theresa regarda autour d'elle et s'aperçut que pratiquement toutes les tables étaient occupées.

— C'est bondé, dit-elle en s'installant confortablement.

— Toujours. Bien avant que Wrighstville Beach n'attire les touristes, cet endroit était déjà une légende. Inutile de venir ici le vendredi ou le samedi soir, à moins de bien vouloir attendre deux heures.

— Qu'est-ce qui attire tout ce monde ?

— La nourriture et les prix. Tous les matins, Hank fait le plein de poisson frais et de crevettes, et vous vous en sortez toujours pour moins de dix dollars avec le service. En comptant deux bières par-dessus le marché.

— Comment fait-il ?

— Une question de débit, je suppose. C'est toujours plein.

— Alors nous avons eu de la chance de trouver une table.

— Exactement. Les gens du coin viennent plus tard et les estivants ne s'attardent jamais très longtemps. Ils avalent un morceau en vitesse et repartent s'allonger au soleil.

Elle jeta un dernier regard autour d'elle avant de consulter le menu.

— Alors, que me recommandez-vous ?

— Vous aimez le poisson ?

— J'adore.

— Prenez donc le thon ou le dauphin. Les deux sont délicieux.

— Du dauphin !

— Pas Flipper. En fait, c'est la dorade coryphène que nous appelons ainsi dans la région.

— Je crois que je prendrai du thon, dit-elle avec un petit clin d'œil. Juste au cas où.

— Vous me croyez capable d'inventer une histoire pareille ?

— Je ne sais que penser, le taquina-t-elle. Nous ne nous sommes rencontrés qu'hier, souvenez-vous. Je ne vous connais pas suffisamment pour savoir de quoi vous êtes capable.

— Vous m'en voyez vexé, répliqua-t-il sur le même ton.

Elle éclata de rire. Il se mit à rire à son tour, et elle le surprit en lui tapotant le bras. Il se souvint brusquement que Catherine faisait ce geste pour attirer son attention.

— Regardez, dit-elle avec un signe de tête vers les fenêtres.

Un vieil homme chargé de son matériel de pêche avançait sur la jetée. Il n'avait rien d'extraordinaire, si ce n'était l'énorme perroquet perché sur son épaule.

Garrett secoua la tête en souriant, encore ému par son geste.

— Nous avons de drôles de numéros par ici. Ce n'est pas encore la Californie, mais nous n'en sommes pas loin.

Theresa suivait des yeux le vieil homme au perroquet.

— Vous devriez vous en acheter un pour vous tenir compagnie quand vous naviguez.

— Et gâcher mon silence et ma tranquillité. Sans compter qu'avec ma chance je tomberais sur un perroquet qui ne parle pas. Il serait tout juste capable de brailler toute la sainte journée et de me bouffer un morceau d'oreille au premier changement de vent !

— Vous ressembleriez à un pirate !

— J'aurais plutôt l'air d'un idiot.

— Oh, vous n'êtes pas drôle, dit Theresa en feignant de bouder. Elle regarda autour d'elle. Dites-moi, y a-t-il quelqu'un pour nous servir ou devons-nous attraper et cuire notre poisson nous-mêmes ?

— Ah, vous, les Yankees ! marmonna-t-il en secouant la tête.

Elle rit de plus belle en se demandant s'il s'amusait autant qu'elle, mais, au fond, elle connaissait la réponse.

Quelques minutes plus tard, une serveuse vint s'occuper d'eux. Theresa et Garrett choisirent de la bière tous les deux, et, après avoir passé leur commande en cuisine, la jeune femme leur apporta les bouteilles sur la table.

— Pas de verres ? s'étonna Theresa après son départ.

— Non. C'est un endroit chic avant tout.

— Je comprends pourquoi il vous plaît tant.

— Dois-je l'interpréter comme une critique sur mon manque de goût ?

— Seulement si vous avez des doutes à ce sujet.

— On croirait entendre un psy.

— Pas du tout, mais je suis une mère, et cela me donne une certaine connaissance de la nature humaine.

— Vraiment ?

— C'est ce que j'affirme à Kevin.

Garrett but une gorgée de bière.

— Vous l'avez appelé aujourd'hui ?

Elle hocha la tête et but à son tour.

— Juste quelques minutes. Il partait à Disneyland quand j'ai téléphoné. Il avait des entrées pour le matin de bonne heure et était pressé. Il voulait être dans les premiers à faire la queue pour Indiana Jones.

— Il s'amuse bien, avec son père ?

— Il se régale. David s'est toujours bien occupé de lui. Je pense qu'il essaie de compenser le fait qu'il ne voit pas très souvent son fils. Chaque fois que Kevin va chez lui, il s'attend à quelque chose d'extraordinaire.

Garrett la dévisagea bizarrement.

— Vous n'avez pas l'air convaincue.

Elle hésita.

— Eh bien, j'espère qu'il ne sera pas déçu, plus tard. David et sa femme ont fondé une nouvelle famille et, quand le bébé grandira, je crois que ce sera plus difficile pour David et Kevin de se retrouver seuls.

— On ne peut pas protéger nos enfants contre certaines déceptions, dit-il en se penchant vers elle.

— Je le sais parfaitement. Seulement...

Elle s'arrêta, et Garrett finit calmement sa phrase.

— C'est votre fils, et vous ne voulez pas le voir souffrir.

— Exactement.

Des gouttes de condensation s'étaient formées sur la paroi de sa bouteille, et Theresa se mit à arracher l'étiquette. Catherine aussi avait cette manie. Garrett but une autre gorgée de bière et dut faire un réel effort pour revenir à leur conversation.

— En tout cas, si Kevin vous ressemble un peu, je suis sûr qu'il s'en sortira très bien.

— Que voulez-vous dire ?

— La vie n'est facile pour personne, commença-t-il en haussant les épaules. Pour vous non plus. Vous avez connu des moments difficiles. Je pense qu'à vous voir affronter l'adversité il apprendra à le faire lui aussi.

— Maintenant, c'est vous qui parlez comme un psy.

— Je vous fais seulement part de ce que j'ai appris en grandissant. J'avais environ l'âge de Kevin quand ma mère est morte d'un cancer. En regardant mon père, j'ai compris que je devais continuer à vivre, quoi qu'il arrive.

— Votre père s'est-il remarié ?

— Non, dit-il en secouant la tête. Je pense qu'il lui est arrivé d'en avoir envie, mais il n'a jamais pu s'y décider.

Ce qui expliquait bien des choses. Tel père, tel fils.

— Il vit toujours ici ?

— Oui. Je le vois très souvent. Nous essayons de nous retrouver au moins une fois par semaine. Il tient à me garder dans le droit chemin.

— Comme tous les parents, dit-elle en souriant.

Ils furent servis quelques minutes plus tard et poursuivirent leur conversation tout en mangeant. Cette fois, c'était Garrett qui parlait le plus. Il lui raconta ce qu'était l'enfance d'un gamin du Sud, et les raisons pour lesquelles il n'aimerait pas vivre ailleurs. Il lui confia quelques aventures qui lui étaient arrivées en voilier ou en plongée. Elle l'écoutait, fascinée. Cela n'avait rien à voir avec les histoires que lui racontaient les hommes qui l'invitaient à Boston et qui tournaient toujours autour de leurs talents en affaires. Il lui parla des centaines de créatures différentes qu'il rencontrait au cours de ses plongées et de ses émotions le jour où il avait été surpris par une tempête qui avait failli couler son bateau. Une autre fois, il avait été pourchassé par un requin-marteau et avait dû se réfugier dans l'épave qu'il explorait.

— J'ai bien cru me retrouver à court d'air avant de pouvoir remonter, dit-il en secouant la tête à ce souvenir.

Theresa l'observait tandis qu'il parlait, ravie de le voir plus détendu que la veille. Elle nota à nouveau ce qu'elle avait déjà remarqué : son visage mince, ses yeux bleu clair et l'aisance de ses gestes. Elle sentait une énergie nouvelle dans sa façon de parler, et ce changement la sidérait. Il ne donnait plus l'impression de peser chaque mot.

Ils terminèrent leur repas – il avait raison, tout était délicieux – et burent tous les deux une seconde bière sous les ventilateurs qui tournaient au-dessus de leurs têtes. Avec le soleil au zénith, il faisait chaud dans le restaurant, pourtant, il y avait toujours autant de monde. Dès qu'on leur apporta l'addition, Garrett posa de l'argent sur la table et donna le signal du départ.

— Vous êtes prête ?

— Quand vous voulez. Merci pour le déjeuner. C'était un régal.

Elle s'attendait que Garrett retourne directement au magasin.

— Que diriez-vous d'une petite promenade sur la plage ? proposa-t-il alors. En principe, il fait moins chaud au bord de l'eau.

Theresa accepta. Il la conduisit au bord de la jetée et descendit l'escalier derrière elle. Les marches étant légèrement incurvées et sablonneuses, ils durent se tenir à la rampe en descendant. Une fois sur la plage, ils se dirigèrent vers la mer en passant sous la jetée. L'ombre était bienvenue dans la chaleur de la mi-journée. Arrivés sur le sable durci par les vagues qui venaient le lécher, ils s'arrêtèrent pour retirer leurs chaussures. Autour d'eux, des familles entières se prélassaient au soleil ou s'ébattaient dans l'eau.

Ils commencèrent à marcher en silence. Theresa regarda autour d'elle, admirant le paysage.

— Êtes-vous beaucoup allée à la plage depuis votre arrivée ? demanda Garrett.

— Non. Je suis arrivée seulement avant-hier. C'est la première fois que je viens ici.

— L'endroit vous plaît ?

— C'est magnifique.

— Ça ressemble aux plages du Nord ?

— Oui, à certaines. En revanche, l'eau est bien plus chaude ici. Vous n'êtes jamais allé plus haut dans le nord ?

— Je n'ai jamais quitté la Caroline du Nord.

— Vous êtes un vrai globe-trotter, dit-elle en souriant.

— Non, mais ça ne m'a jamais manqué. Je me plais ici et je n'arrive pas à imaginer qu'il existe un endroit plus beau au monde. Je n'ai aucune envie de bouger. Ils firent quelques pas. Et vous ? Combien de temps restez-vous à Wilmington ? demanda-t-il en changeant de sujet.

— Jusqu'à dimanche. Je travaille lundi.

Encore cinq jours, compta-t-il.

— Vous avez des amis ici ?

— Non. Je suis venue seule.

— Pourquoi ?

— Je voulais connaître la région. On m'en avait dit du bien et je voulais juger par moi-même.

Il réfléchit à sa réponse.

— Vous partez souvent en vacances toute seule ?

— Non, c'est la première fois.

Une jeune femme qui faisait son jogging avançait vers eux, suivie de son labrador noir. Le chien, la langue pendante, avait l'air épuisé par la chaleur. Mais, sans s'en inquiéter, sa maîtresse continuait à courir, et fit demi-tour au niveau de Theresa. Garrett faillit lui dire quelque chose quand elle passa près d'eux mais se ravisa en pensant que cela ne le regardait pas.

Ils marchèrent un moment sans parler. Ce fut Garrett qui reprit la conversation.

— Puis-je vous poser une question indiscrète ?

— Ça dépend.

Il s'arrêta et ramassa des petits coquillages qui avaient attiré son regard. Il les retourna entre ses doigts et les lui tendit.

— Vous avez quelqu'un dans votre vie, à Boston ?

— Non, répondit-elle en les prenant.

Les vagues venaient mourir à leurs pieds. Il s'était

attendu à cette réponse et pourtant il ne voyait pas comment une fille comme elle pouvait passer ses soirées toute seule.

— Pourquoi ? Vous ne devez pas manquer de soupirants.

Elle sourit de sa réflexion et ils se remirent à marcher.

— Merci, vous êtes gentil. Ce n'est pas facile, surtout quand on a un fils. J'ai beaucoup de choses à considérer quand je rencontre quelqu'un. Elle s'arrêta. Et vous ? Avez-vous quelqu'un ?

— Non.

— C'est à mon tour de vous demander pourquoi.

Il haussa les épaules.

— Je suppose que c'est parce que je n'ai rencontré personne que j'aie envie de voir régulièrement.

— Est-ce la seule raison ?

C'était le moment de dire la vérité, et Garrett le savait. Il suffisait qu'il répète ce qu'il venait de dire et ce serait réglé. Pendant quelques pas, il resta silencieux.

La foule s'éclaircissait au fur et à mesure qu'ils s'éloignaient de la jetée, et ils n'entendaient plus que le bruit des vagues qui se brisaient sur le sable. Garrett regarda un groupe de sternes au bord de l'eau qui s'écartaient déjà en les voyant approcher. Le soleil, maintenant droit au-dessus de leurs têtes, se réverbérait sur le sable et ils plissaient les yeux. Garrett parlait à Theresa, sans la regarder, tandis qu'elle s'était rapprochée de lui pour entendre ses paroles au-dessus du bruit de l'océan.

— Non, ce n'est pas tout. C'est en fait une excuse. Pour être honnête, je n'ai même pas essayé de trouver.

Theresa le dévisageait attentivement. Il gardait les yeux fixés droit devant lui comme s'il rassemblait ses idées, et elle vit qu'il faisait un effort pour continuer.

— Je ne vous ai pas tout dit, hier soir.

Elle se crispa intérieurement, sachant exactement ce qu'il avait tu.

— Oh ! dit-elle simplement, en gardant un visage impassible.

— J'ai été marié, moi aussi. Pendant six ans. Mais elle

est morte, ajouta-t-il en se tournant vers elle avec une expression qui la fit tressaillir.

— Je suis désolée.

Il s'arrêta encore pour ramasser des coquillages, sans les tendre à Theresa cette fois-ci. Après les avoir observés machinalement, il en jeta un dans les vagues. Theresa le regarda disparaître dans l'océan.

— C'était il y a trois ans. Depuis, je n'ai eu aucune envie d'inviter ni même de regarder une seule fille.

Il se tut, embarrassé.

— Vous devez vous sentir seul parfois.

— Oui, mais j'essaie de ne pas y penser. Le magasin m'occupe beaucoup : il y a toujours quelque chose à faire. Je n'ai pas le temps de voir passer la journée qu'il est déjà l'heure de se coucher et, le lendemain, je recommence.

Il lui sourit d'un petit air triste. Voilà, c'était dit. Il y avait des années qu'il voulait en parler à quelqu'un d'autre qu'à son père et il avait fini par se confier à une jeune femme de Boston qu'il connaissait à peine. Une jeune femme qui avait su ouvrir les portes qu'il avait condamnées lui-même.

— Comment était-elle ? demanda-t-elle.

— Catherine ? Il sentit sa gorge se serrer. Vous voulez vraiment le savoir ?

— Oui, j'aimerais bien, l'encouragea-t-elle doucement.

Il jeta encore un coquillage dans les vagues tout en rassemblant ses idées. Comment pourrait-il la décrire avec des mots ? Il fallait qu'il y arrive, il voulait coûte que coûte que Theresa comprenne. Malgré lui, le passé l'enveloppa une fois de plus.

— Ça alors, mon chéri, disait Catherine en levant la tête de ses plates-bandes. Je ne t'attendais pas si tôt !

— C'était le calme plat ce matin au magasin, et j'ai eu envie de venir déjeuner avec toi.

— Je vais nettement mieux.

— Tu crois que c'était la grippe ?

— Je ne sais pas. Plutôt quelque chose que j'ai mangé. Tu n'étais pas parti depuis une heure que je me suis sentie en état de jardiner.

— Je vois ça.

— Que penses-tu de ce massif ? demanda-t-elle en montrant un carré de terre fraîchement planté.

Garrett inspecta les pensées qu'elle venait de repiquer le long de la véranda.

— C'est ravissant, dit-il avec un petit sourire, mais tu n'aurais pas dû garder toute la terre pour toi.

Elle s'essuya le front du revers de la main et le dévisagea en clignant des yeux sous le soleil éclatant.

— Je suis si sale que ça ?

Elle avait les genoux terreux, une traînée de boue sur la joue, sa queue-de-cheval à moitié défaite et le visage rouge et trempé de sueur.

— Tu es parfaite.

Catherine retira ses gants et les jeta sur la véranda.

— Je ne suis pas parfaite, Garrett, mais merci quand même. Allez, viens que je te fasse à manger. Je sais que tu dois retourner au magasin.

Il tourna la tête vers Theresa en soupirant. Elle attendait qu'il parle.

— Elle était tout ce que je désirais. Belle, charmante, le sens de l'humour, et elle me soutenait dans tout ce que j'entreprenais. Je la connaissais depuis toujours, nous allions à l'école ensemble. Nous nous sommes mariés un an après mon diplôme de l'UNC. Notre mariage a duré six ans, et ce furent les plus belles années de ma vie. Quand elle m'a été enlevée... Il s'arrêta, comme à court de mots. Je ne sais pas si je m'habituerai un jour à vivre sans elle.

À l'entendre parler ainsi de Catherine, Theresa éprouva pour lui une peine qui la déconcerta. Elle était bouleversée non seulement par son ton, mais aussi par l'expression de son visage quand il parlait d'elle, comme s'il était déchiré entre la beauté de ses souvenirs et la douleur de les évoquer. Certes, les lettres étaient très émouvantes, mais elles ne l'avaient pas préparée à une telle souffrance. Elle n'aurait pas dû aborder ce sujet. Elle n'avait aucune raison de le faire parler de ça.

Mais si, murmura brusquement une petite voix au fond

d'elle-même. *Tu voulais voir sa réaction de tes propres yeux. Tu voulais voir s'il était prêt à laisser le passé derrière lui.*

Garrett lança distraitement les coquillages qui lui restaient dans la mer.

— Je suis désolé, dit-il.

— Pardon ?

— Je n'aurais pas dû vous parler d'elle. Ni autant de moi.

— Pas du tout, Garrett. C'est moi qui vous ai poussé. Je vous ai interrogé sur elle, souvenez-vous.

— Je n'avais pas l'intention de parler de cette façon.

On eût dit qu'il avait fait quelque chose de mal. La réaction de Theresa fut presque instinctive. Elle fit un pas vers lui, lui prit la main et l'étreignit doucement. Quand elle leva les yeux vers lui, elle vit qu'il était étonné. Pourtant, il n'essaya pas de retirer sa main.

— Vous avez perdu votre femme, c'est une épreuve que peu d'hommes de votre âge ont vécue.

Il baissa les yeux tandis qu'elle cherchait laborieusement ses mots.

— Vos sentiments vous honorent. Vous êtes de ceux qui aiment pour la vie... Vous n'avez pas à en rougir.

— Je sais. Seulement, cela fait déjà trois ans...

— Un jour, vous tomberez amoureux d'une autre femme. C'est généralement ce qui arrive à ceux qui ont déjà aimé. C'est dans leur nature.

Elle lui serra la main à nouveau, et Garrett se sentit réconforté par sa chaleur. Il n'avait pas envie de la lâcher.

— J'espère que vous avez raison.

— Bien sûr que j'ai raison. Je connais la vie. Je suis une mère, rappelez-vous.

Il laissa échapper un petit rire, faisant un effort pour chasser la tristesse qui l'écrasait.

— Je n'ai pas oublié. Et une bonne mère, certainement.

Ils firent demi-tour et repartirent vers la jetée en parlant tranquillement des trois années écoulées sans se lâcher la main. Quand ils remontèrent dans le camion pour revenir au magasin, Garrett était plus perturbé que jamais. Ce qui s'était passé ces deux derniers jours était tellement inattendu. Theresa n'était plus une étrangère sans être toutefois une amie. Elle l'attirait, à quoi bon le nier. Seulement elle repartirait bientôt et il savait que c'était sans doute mieux ainsi.

— À quoi pensez-vous ? demanda-t-elle.

Garrett passa une vitesse tandis qu'ils s'engageaient sur le pont en direction de Wilmington et Island Diving. *Vas-y. Livre-lui le fond de ta pensée.*

— Je pensais, commença-t-il, se surprenant lui-même, je pensais que si vous n'avez rien de prévu ce soir j'aimerais vous inviter à dîner.

— J'attendais que vous me le proposiez, dit-elle avec un grand sourire.

Il n'était pas encore revenu de son étonnement de l'avoir invitée quand il tourna à gauche dans la rue qui conduisait à son magasin.

— Pouvez-vous venir chez moi vers huit heures ? J'ai beaucoup de travail aujourd'hui et je ne pourrai probablement pas rentrer plus tôt.

— C'est parfait. Où habitez-vous ?

— À Carolina Beach. Venez, je vous expliquerai le chemin à l'intérieur.

Ils se garèrent sur le parking. Theresa suivit Garrett jusqu'à son bureau. Il griffonna les indications sur un papier.

— Vous ne devriez avoir aucun mal à trouver, dit-il d'une voix qui se voulait assurée. Vous verrez mon camion devant la maison. Si vous vous perdez, je vous ai inscrit mon numéro de téléphone en dessous.

Après le départ de Theresa, Garrett se mit à penser à la soirée. Deux questions le préoccupaient. D'abord, pourquoi Theresa l'attirait-elle autant ? Ensuite, pourquoi avait-il l'impression de trahir Catherine ?

8.

Theresa consacra le reste de l'après-midi à découvrir les environs pendant que Garrett travaillait au magasin. Ne connaissant pas très bien Wilmington, elle demanda comment se rendre dans le vieux quartier, où elle passa quelques heures à faire du lèche-vitrines. Il y avait surtout des boutiques à touristes et elle trouva quelques petits souvenirs peu à son goût mais qui plairaient beaucoup à Kevin. Après lui avoir acheté un short qu'il pourrait porter à son retour de Californie, elle rentra à son hôtel faire une petite sieste. Les deux derniers jours l'avaient épuisée et elle s'endormit aussitôt.

Garrett, de son côté, affrontait toute une série de problèmes. La livraison d'un nouvel équipement arriva juste après son retour, et une fois qu'il eut remballé ce dont il n'avait pas besoin il appela le fournisseur pour lui renvoyer la marchandise. Ensuite, il s'aperçut que trois des moniteurs qui devaient donner des cours de plongée pendant le week-end seraient absents et il dut annuler les rendez-vous.

Il poussa un soupir de soulagement quand il ferma le magasin à six heures et demie, épuisé. Puis, après avoir fait ses courses à l'épicerie, il rentra chez lui. Il se doucha, enfila un jean propre et une chemise de coton, et prit une bière bien fraîche dans le réfrigérateur. Il sortit sur la terrasse à l'arrière de la maison et se laissa tomber dans un fauteuil en fer forgé. Il regarda alors sa montre et se rendit compte que Theresa allait bientôt arriver.

Garrett était toujours assis sur la terrasse quand il entendit une voiture descendre lentement sa rue. Il dévala les marches, contourna la maison et regarda Theresa se garer derrière son camion.

Elle sortit de sa voiture vêtue d'un jean et du petit haut qu'elle portait le matin, qui lui allait si bien, et s'avança d'un air détendu vers lui. Quand elle lui sourit, il s'aperçut qu'il la trouvait encore plus attirante depuis leur déjeuner, et cela le mit mal à l'aise sans qu'il veuille le reconnaître.

Il s'avança au-devant d'elle de son air le plus naturel. Elle tenait une bouteille de vin blanc et, pour la première fois, sentait le parfum.

— J'ai apporté du vin, dit-elle en lui tendant la bouteille. J'ai pensé qu'il s'harmoniserait bien au dîner. Comment s'est passé votre après-midi ?

— Très chargé. Nous avons eu du monde jusqu'à la fermeture et j'avais une montagne de problèmes administratifs à régler. Je viens à peine d'arriver.

Il l'entraîna vers la porte d'entrée.

— Et vous ? Qu'avez-vous fait de beau ?

— Je suis rentrée faire une petite sieste, dit-elle d'un ton taquin, et il éclata de rire.

— J'aurais dû vous le demander avant, mais qu'est-ce qui vous ferait plaisir pour le dîner ?

— Qu'avez-vous prévu ?

— Je pensais griller des steaks au barbecue mais je ne sais pas si vous aimez ça.

— Vous plaisantez ? Vous oubliez que je suis du Nebraska. J'adore la viande.

— Alors vous serez agréablement surprise.

— Ah bon ?

— Oui, je fais les meilleurs steaks du monde.

— Vraiment ?

— Vous verrez.

Elle éclata de rire. En arrivant devant la porte, Theresa regarda la maison pour la première fois. Elle était relativement petite, un seul étage, rectangulaire, tout en bois, et la peinture se craquelait par endroits. Contrairement aux maisons de Wrightsville Beach, elle était construite de plain-pied sur le sable. Quand elle lui demanda pourquoi elle n'était pas surélevée comme les autres, il lui expliqua qu'elle avait été bâtie avant les lois sur la construction en zone cyclonique.

— Désormais, les maisons doivent être surélevées de façon que le raz de marée passe sous la structure principale. Le prochain cyclone rasera certainement cette vieille maison, mais j'ai eu de la chance jusqu'à présent.

— Ça ne vous inquiète pas ?

— Pas vraiment. Elle n'a pas une grande valeur, c'est d'ailleurs ce qui m'a permis de l'acheter. Je pense que son ancien propriétaire a fini par ne plus supporter son angoisse chaque fois qu'une tempête se formait sur l'Atlantique.

Ils montèrent les marches craquelées et entrèrent. Aussitôt, Theresa remarqua la vue magnifique depuis la salle de séjour. Les fenêtres qui occupaient la totalité du mur du fond donnaient sur la terrasse et Carolina Beach..

— Vous avez une vue incroyable ! s'exclama-t-elle, émerveillée.

— Oui, n'est-ce pas ? J'habite ici depuis plusieurs années et je ne m'en lasse pas.

Sur le côté se trouvait une cheminée surmontée d'une demi-douzaine de photos sous-marines. Elle s'approcha.

— Cela vous ennuie que je fasse le tour de la maison ?

— Non, je vous en prie. D'ailleurs, je dois préparer le barbecue. Il a besoin d'un peu de nettoyage.

Garrett sortit par la porte-fenêtre.

Theresa regarda les photos et commença le tour du propriétaire. Comme la plupart des habitations qu'elle avait vues sur la plage, celle-ci n'était conçue que pour une ou deux personnes. Il n'y avait qu'une seule chambre, à laquelle on accédait par la salle de séjour, avec, elle aussi, de grandes baies vitrées du sol au plafond qui surplombaient la plage. Sur le devant de la maison, côté rue, se trouvaient la cuisine, un petit coin repas et la salle de bains. Tout était bien rangé, mais, visiblement, la maison n'avait pas été refaite depuis des années.

Elle revint vers la salle de séjour, s'arrêta sur le seuil de la chambre de Garrett et jeta un regard à l'intérieur. Les murs étaient décorés eux aussi de photos sous-marines. Il y avait également une grande carte de la côte du nord de la Caroline juste au-dessus de son lit, indiquant l'emplacement de plus de cinq cents épaves. Elle aperçut sur la table de nuit un cadre contenant la photo d'une femme. Elle vérifia d'un coup d'œil que Garrett était toujours dehors à nettoyer le gril et s'approcha afin de la voir de plus près.

Catherine devait avoir environ vingt-cinq ans à cette époque. Comme les clichés sur le mur, la photo avait dû être prise par Garrett, et Theresa se demanda si elle avait été encadrée avant ou après l'accident. Elle la souleva et vit que Catherine était séduisante, peut-être un peu moins grande qu'elle, avec des cheveux blonds qui lui tombaient sur les épaules. Malgré la qualité un peu granuleuse du cliché, comme s'il avait été reproduit à partir d'une photo plus petite, Theresa remarqua ses yeux. D'un vert profond, ils lui donnaient un regard félin, presque exotique, et semblaient la fixer. Elle reposa doucement la photo, exactement dans la même position. Elle se détourna avec l'impression que Catherine continuait à la suivre du regard.

Repoussant cette sensation, elle regarda le miroir de la commode. Bizarrement, on ne voyait Catherine que sur l'une des photos. Elle souriait avec Garrett, debout sur le pont de *Happenstance.* Comme le bateau semblait déjà restauré, Theresa en conclut que la photo datait de quelques mois avant sa mort.

Sachant qu'il risquait de rentrer d'une seconde à l'autre, elle quitta sa chambre, pas très fière de son indiscrétion. Elle se dirigea vers les baies coulissantes qui donnaient de la salle de séjour sur la terrasse et les ouvrit. Garrett finissait de nettoyer le dessus du gril et sourit en l'entendant arriver. Elle s'avança jusqu'au bord de la terrasse et s'adossa à l'un des piliers de la rambarde, les jambes croisées.

— C'est vous qui avez pris toutes les photos ?

Il écarta du revers de la main une mèche de cheveux qui lui tombait dans la figure.

— Oui. Autrefois, j'emportais mon appareil à chaque

plongée. J'en ai accroché beaucoup au magasin, et j'en avais tellement que j'en ai rapporté aussi ici.

— On dirait des photos de professionnel.

— Merci. Je crois que leur qualité vient du nombre de clichés que j'ai réalisés. Si vous saviez la quantité de photos qui n'ont rien donné.

Tout en parlant, Garrett souleva le gril. Bien qu'il fût noirci par endroits, il semblait prêt. Il le releva d'un côté, prit un sac de charbon de bois et le versa dans le bac du barbecue avant de répartir avec la main les morceaux qu'il arrosa ensuite d'un liquide d'allumage.

— Savez-vous qu'il existe des barbecues à gaz, de nos jours ? le taquina-t-elle.

— Oui, mais je préfère la méthode qu'on m'a enseignée autrefois. Ça donne meilleur goût. Tant qu'à utiliser du gaz, autant faire la cuisine à l'intérieur.

— Surtout que vous m'avez promis le meilleur steak de ma vie.

— Et vous l'aurez, faites-moi confiance.

Il reposa la bouteille près du sac de charbon.

— Je laisse le charbon s'imprégner quelques minutes. Voulez-vous boire quelque chose ?

— Que me proposez-vous ?

Il s'éclaircit la voix.

— De la bière, du soda ou le vin que vous avez apporté.

— Une bière, ce sera parfait.

Garrett ramassa le charbon et le liquide et les rangea dans un vieux coffre à bateau posé contre la maison. Après s'être essuyé les pieds pour éliminer le sable, il entra dans la maison en laissant la porte coulissante ouverte.

Theresa se retourna pour regarder la plage. Le soleil se couchait, et les gens étaient rentrés chez eux, à l'exception de quelques retardataires qui se promenaient ou couraient encore sur le sable. Malgré le peu de monde, une demi-douzaine de personnes passèrent devant la maison le temps qu'il revienne.

— Vous n'en avez jamais assez de voir défiler toute cette foule ? demanda-t-elle en se retournant vers lui.

— Non, dit-il en lui tendant une bière. Je ne suis pas

très souvent chez moi. D'habitude, à l'heure à laquelle je rentre, la plage est déserte. Et, en hiver, il n'y a pas un chat.

Un bref instant, elle l'imagina assis sur sa terrasse, contemplant la mer, seul. Garrett plongea la main dans sa poche et en sortit une boîte d'allumettes. Il alluma le charbon de bois et recula dès que les flammes jaillirent. La brise légère fit danser le feu en petits cercles.

— Maintenant que le feu est allumé, je dois préparer le dîner.

— Puis-je vous aider ?

— Il n'y a pratiquement rien à faire. Peut-être qu'avec un peu de chance vous confierai-je ma recette extraordinaire.

Elle le regarda en penchant la tête d'un petit air espiègle.

— Vous savez que vous mettez la barre très haut pour ces steaks.

— Je sais, mais j'ai confiance.

Il lui fit un clin d'œil, et elle éclata de rire avant de lui emboîter le pas en direction de la cuisine. Garrett ouvrit un placard, en sortit des pommes de terre, se tourna vers l'évier pour les laver puis les roula dans du papier d'aluminium et les posa sur l'égouttoir.

— Que puis-je faire ?

— Rien. Je pense avoir la situation bien en main. J'ai acheté de la salade toute prête, et c'est tout ce que nous avons au menu.

Theresa le regarda mettre les pommes de terre au four et sortir la salade du réfrigérateur. Il la versa dans un plat en l'observant à la dérobée. Pourquoi avait-il brusquement envie d'être tout près d'elle ? Il sortit ensuite les steaks qu'il avait spécialement commandés, prit dans le placard voisin les ingrédients dont il avait besoin et posa le tout sur le comptoir devant Theresa.

— Alors, dites-moi ce qu'ils ont de spécial, ces fameux steaks, le défia-t-elle avec un petit sourire.

Il versa du brandy dans un plat creux en faisant un effort pour reprendre ses esprits.

— D'abord, il faut choisir des filets bien épais, comme

ceux-ci. On en trouve rarement de cette grosseur, en principe, il faut les commander. Ensuite, vous les assaisonnez de sel, de poivre et d'ail en poudre et vous les laissez mariner dans le brandy le temps de préparer le barbecue.

Il avait joint le geste à la parole, et Theresa, qui l'observait, trouva pour la première fois qu'il faisait son âge. D'après ce qu'il lui avait dit, il devait avoir quatre ans de moins qu'elle.

— C'est ça, votre secret ?

— Ce n'est que le début, répondit-il, la trouvant brusquement très belle. Juste avant de les poser sur le gril, j'ajoute des épices qui attendrissent la viande. En fait, tout tient dans la façon de les cuire plus que dans leur assaisonnement.

— On croirait entendre un grand cuisinier.

— N'exagérons rien. Je réussis certains plats, mais je fais rarement la cuisine en ce moment. Étant donné l'heure à laquelle je rentre chez moi, je choisis souvent la facilité.

— Moi aussi. Si Kevin n'était pas là, je crois que je ne ferais plus de cuisine du tout.

La préparation des steaks terminée, il sortit un couteau du tiroir et revint à côté d'elle couper des tomates qu'il avait prises sur le comptoir.

— Vous avez l'air de bien vous entendre avec Kevin.

— Oui. Pourvu que ça dure. Il entre dans l'adolescence et j'ai peur qu'en grandissant il ne s'éloigne de moi.

— Je ne m'inquiéterais pas à votre place. À la façon dont vous parlez de lui, je suis persuadé que vous resterez toujours très proches l'un de l'autre.

— Je l'espère aussi. Je n'ai que lui. Je ne sais pas comment je réagirais s'il s'éloignait de moi. Certaines de mes amies qui ont des fils un peu plus âgés que lui me disent que c'est inévitable.

— Il changera, c'est certain. Mais cela ne veut pas dire qu'il cessera de vous parler pour autant.

Elle se tourna vers lui.

— Vous parlez d'expérience ou vous dites ça pour m'encourager ?

Il haussa les épaules tout en remarquant son parfum.

— Je me souviens seulement de ce que j'ai vécu avec mon père. Nous avons toujours été très proches quand j'étais enfant et rien n'a changé quand je suis entré au lycée. J'ai découvert de nouvelles activités, j'ai vu mes copains plus souvent, mais nous parlions toujours autant, tous les deux.

— J'espère que ce sera pareil pour Kevin et moi.

Il finit de préparer leur repas dans un silence paisible. Le simple fait de découper les tomates en sentant Theresa à côté de lui suffit à dissiper la gêne qu'il avait éprouvée jusque-là. C'était la première fois qu'il invitait une femme chez lui, et il trouvait sa présence réconfortante.

Il versa les tranches de tomates dans un saladier et s'essuya les mains.

— Voulez-vous une autre bière ? proposa-t-il en se penchant pour se resservir.

Elle finit la sienne, étonnée de l'avoir vidée si rapidement, et la reposa en hochant la tête. Garrett décapsula deux nouvelles bouteilles. Theresa était appuyée au comptoir et quand il se tourna vers elle quelque chose dans sa façon de se tenir lui parut familier : le sourire qui flottait sur sa bouche, peut-être, ou sa façon de plisser les yeux en le regardant porter le goulot à ses lèvres. Il lui revint aussitôt à l'esprit ce jour d'été où il était rentré chez lui à l'improviste pour déjeuner, un jour qui rétrospectivement lui paraissait tellement chargé de signes..., mais comment aurait-il pu prévoir ce qui arriverait ? Ils se tenaient dans la cuisine, exactement comme Theresa et lui en ce moment.

— Tu as déjeuné ? demanda Garrett à Catherine, debout devant le réfrigérateur ouvert.

— Je n'ai pas très faim, mais j'ai soif. Tu veux du thé glacé ?

— Bonne idée. Sais-tu si le facteur est déjà passé ?

Catherine hocha la tête en prenant le pot de thé sur l'étagère du haut.

— Le courrier est sur la table.

Elle ouvrit le placard pour sortir deux verres. Elle en posa un sur le comptoir et s'apprêtait à remplir l'autre lorsqu'il lui échappa des mains.

— Tu ne te sens pas bien ? s'inquiéta-t-il aussitôt, abandonnant son courrier pour se précipiter vers elle.

Catherine se passa une main dans les cheveux, d'un air ennuyé, puis se pencha pour ramasser les morceaux.

— C'était juste un petit vertige. Ça va déjà mieux.

Garrett s'agenouilla pour l'aider.

— Tu as encore des nausées ?

— Non, je suis peut-être restée trop longtemps dehors ce matin.

Il ne dit rien, le temps de finir de nettoyer.

— Tu es sûre que je peux repartir travailler ? Tu viens de passer une semaine difficile.

— Je vais bien. Et tu as un tel travail qui t'attend là-bas

Elle avait raison, mais, en repartant au magasin, il avait eu le sentiment qu'il n'aurait peut-être pas dû l'écouter.

Il déglutit péniblement, prenant soudain conscience du silence qui pesait sur eux.

— Je vais voir où en est le charbon, dit-il, éprouvant brusquement le besoin de faire quelque chose. Il devrait être prêt.

— Puis-je mettre le couvert pendant ce temps ?

— Bien sûr. Vous trouverez tout ce qu'il vous faut juste devant vous.

Après lui avoir montré l'emplacement de la vaisselle, il sortit en se forçant à retrouver son calme, chassant les fantômes de sa mémoire. Il essaya de se concentrer sur le barbecue. Les braises étaient presque prêtes, encore cinq minutes. Il rouvrit le coffre à bateau pour en sortir cette fois un petit soufflet. Il le posa près du gril et prit une profonde inspiration. La brise marine était rafraîchissante, grisante, presque, et pour la première fois il s'aperçut, malgré la vision qu'il venait d'avoir de Catherine, qu'il était content de la présence de Theresa. En fait, il se sentait heureux, ce qui ne lui était pas arrivé depuis longtemps.

Ça ne tenait pas seulement au fait qu'ils s'entendaient bien, mais aussi à certaines attitudes de Theresa. Sa façon de sourire, de le regarder, et aussi son petit geste cet après-midi quand elle lui avait pris la main. Il commençait à avoir l'impression de la connaître depuis longtemps. Il se demandait si cela venait de ce qu'elle ressemblait à Catherine par de nombreux côtés ou si son père avait raison en lui répétant que fréquenter quelqu'un d'autre ne pourrait lui faire que du bien.

Pendant qu'il était dehors, Theresa dressa la table. Elle posa un verre à vin devant chaque assiette et, en cherchant les couverts dans le tiroir, découvrit deux petits bougeoirs et des bougies. Après avoir hésité, elle décida de les mettre sur la table. Elle laisserait à Garrett le soin de les allumer s'il le souhaitait. Il revint au moment où elle terminait.

— Ce sera prêt dans quelques minutes. Voulez-vous venir vous asseoir dehors en attendant ?

Theresa le suivit, sa bière à la main. Il soufflait une petite brise comme la veille au soir, quoique un peu moins forte. Elle s'assit dans un fauteuil, et Garrett s'installa juste à côté d'elle. Sa chemise claire soulignait son teint hâlé. Theresa l'étudiait tandis qu'il avait le regard perdu sur la mer. Elle ferma les yeux un instant, se sentant brusquement revivre.

— Je suppose que vous n'avez pas une vue pareille de chez vous, à Boston, dit-il, rompant le silence.

— Vous avez raison. J'habite un appartement. Mes parents pensent que je suis folle de vivre en ville. Ils voudraient que je m'installe en banlieue.

— Pourquoi pas ?

— J'y vivais avant mon divorce. Désormais, c'est plus facile pour moi d'être dans le centre. Je ne suis qu'à quelques minutes du journal, l'école de Kevin est au coin de la rue, et je ne prends jamais la route sauf quand je dois me rendre à l'extérieur de Boston. En outre, j'avais envie de changer de style de vie quand je me suis retrouvée seule. Je ne supportais plus les regards de mes voisins quand ils se sont aperçus que David m'avait quittée.

— Que voulez-vous dire ?

— Je ne leur ai jamais dit pourquoi nous nous étions séparés, reprit-elle d'une voix plus douce. Je considérais que ça ne les regardait pas.

— Vous aviez raison.

— Je le sais, mais à leurs yeux David incarnait le mari idéal. Il était beau, brillant, et ils ne pouvaient pas imaginer qu'il puisse mal agir. Quand nous étions ensemble, il donnait toujours l'impression que tout allait à la perfection. Jamais je n'aurais pu imaginer qu'il avait une liaison. L'épouse est toujours la dernière à être au courant, c'est bien connu, ajouta-t-elle en se tournant vers lui avec un petit air piteux.

— Et comment l'avez-vous appris ?

— Je sais que cela peut paraître banal, mais c'est chez le teinturier que j'ai découvert le pot aux roses. J'étais passée récupérer ses vêtements, et l'on m'a donné les papiers qui traînaient dans ses poches. Il y avait la note d'un hôtel en ville. Et, d'après la date, c'était un jour où il avait dormi à la maison. Donc il n'avait pu s'y rendre que dans l'après-midi. Il a nié quand je l'ai interrogé, mais rien qu'à son regard je savais qu'il mentait. J'ai fini par découvrir toute l'histoire et j'ai demandé le divorce.

Garrett l'écoutait en se demandant comment elle avait pu tomber amoureuse d'un homme pareil.

— Vous savez, poursuivit-elle comme si elle lisait dans ses pensées, David est de ceux qui peuvent vous faire croire ce qu'ils veulent. Je pense qu'il croyait d'ailleurs à la majeure partie de ce qu'il me disait. Quand nous nous sommes connus à l'université, j'ai été éblouie par toutes ses qualités. Il était intelligent, charmant, et j'étais flattée qu'il s'intéresse à moi, une fille tout juste sortie de son Nebraska. Jamais je n'avais rencontré quelqu'un comme lui. Et, quand nous nous sommes mariés, j'ai pensé que je vivais un conte de fées. J'ai découvert plus tard qu'il avait eu sa première aventure alors que nous n'étions mariés que depuis cinq mois.

Elle se tut.

— Je ne sais pas quoi vous dire, soupira Garrett en contemplant sa bière.

— Il n'y a rien à ajouter, conclut-elle d'un ton catégorique. C'est fini, et, comme je le disais hier, tout ce que je lui demande désormais c'est d'être un bon père pour Kevin.

— À vous entendre, cela paraît facile.

— Non, pas du tout. David m'a fait beaucoup de mal et il m'a fallu plus de deux ans et de nombreuses séances chez la thérapeute pour en arriver là. Elle m'a appris beaucoup de choses, entre autres sur moi-même. Un jour que j'étais furieuse contre David, elle m'a fait remarquer que je restais dépendante de lui en continuant à lui en vouloir, et cela ne m'a pas plu. Alors j'ai lâché prise.

Elle but une longue gorgée de bière.

— Et elle vous a dit d'autres choses qui vous ont marquée ?

Elle réfléchit.

— Oui, répondit-elle avec un petit sourire. Elle m'a dit que si je rencontrais quelqu'un qui me rappelle David il fallait que je parte en courant me cacher dans les montagnes.

— Est-ce que je vous le rappelle ?

— Pas le moins du monde. Vous êtes on ne peut plus différent.

— Voilà une bonne nouvelle, dit-il d'un petit air pince-sans-rire. Nous n'avons pas beaucoup de montagnes dans la région. Vous auriez une sacrée trotte à faire.

Elle pouffa. Garrett se tourna vers le gril. Les braises étaient parfaites.

— Vous êtes prête ?

— Me révélerez-vous la suite de votre recette secrète ?

— Avec plaisir, dit-il tandis qu'ils se levaient.

Il retourna à la cuisine, saupoudra les steaks d'épices pour les attendrir sur les deux faces. Il ouvrit le réfrigérateur et sortit un petit sac en plastique.

— Qu'est-ce que c'est ?

— C'est le gras que le boucher a retiré des tranches. Je lui ai demandé de me le garder.

— Pour quoi faire ?

— Vous verrez.

Il repartit vers le barbecue avec la viande et des pincettes. Puis il saisit le soufflet et chassa les cendres qui recouvraient les braises.

— Pour bien cuire le steak, les braises doivent être brûlantes et il faut donc les débarrasser des cendres, qui arrêtent la chaleur.

Il posa le gril sur le barbecue et le laissa chauffer une minute avant d'y mettre les steaks.

— Comment aimez-vous la viande ?

— À point.

— Avec des tranches de cette taille, il faut compter six minutes de chaque côté.

— Quelle précision ! s'exclama-t-elle en haussant les sourcils.

— Je vous ai promis un bon dîner et j'ai bien l'intention de tenir mes engagements.

Pendant que la viande cuisait, Garrett étudiait Theresa du coin de l'œil. Le soleil couchant soulignait voluptueusement les courbes de son corps. Le ciel virait à l'orange, la nimbant d'une chaude lumière qui la mettait particulièrement en beauté et assombrissait ses yeux bruns tandis que le vent jouait dans ses cheveux.

— À quoi pensez-vous ?

Il se crispa au son de sa voix, s'apercevant brusquement qu'il ne disait rien depuis un moment.

— Je pensais seulement que votre ex-mari ne savait pas ce qu'il a perdu.

— Si j'étais encore mariée, je ne serais pas avec vous ce soir, souligna-t-elle en lui tapotant gentiment l'épaule.

— Et ce serait bien dommage, répliqua-t-il, troublé par son geste.

— Oui.

Leurs regards se croisèrent. Il détourna les yeux, se pencha pour prendre le gras et s'éclaircit la voix.

— Je crois que c'est le moment de l'ajouter.

Il posa le gras coupé en petits morceaux directement sur les braises, juste sous les steaks, et se pencha pour attiser le feu.

— Que faites-vous ?

— Les flammes vont caraméliser la viande en gardant le jus à l'intérieur, ce qui va la rendre encore plus tendre. C'est aussi la raison pour laquelle on utilise des pincettes et non pas une fourchette.

Il posa d'autres morceaux sur les braises et répéta l'opération.

— Comme cet endroit est calme ! s'exclama Theresa en regardant autour d'elle. Je comprends pourquoi vous avez choisi cette maison.

Il but une gorgée de bière pour s'humecter la gorge.

— L'océan a un effet apaisant. Voilà pourquoi tant de gens viennent ici pour se détendre.

— Dites-moi, Garrett, à quoi pensez-vous quand vous êtes tout seul ici ?

— À beaucoup de choses.

— Rien de particulier ?

Je pense à Catherine, eut-il envie de répondre.

— Non, dit-il pourtant. Parfois je pense à mon travail, ou à de nouveaux sites que j'aimerais explorer en plongée. Il m'arrive de rêver que je pars en voilier en abandonnant tout derrière moi.

Elle l'avait observé attentivement pendant qu'il prononçait ces derniers mots.

— Seriez-vous capable de le faire ? De partir ainsi sans jamais revenir ?

— Je n'en suis pas certain, mais je me plais à le croire. Contrairement à vous, je n'ai pas de famille en dehors de mon père et, d'une certaine manière, je suis sûr qu'il comprendrait. Nous nous ressemblons énormément, tous les deux, et s'il ne m'avait pas eu il serait parti depuis longtemps.

— Ce serait une fuite.

— Je sais.

— Et que voulez-vous fuir ? insista-t-elle, se doutant déjà de la réponse. Il ne répondit pas. Garrett, reprit-elle d'une voix douce en se penchant vers lui, je sais que ça ne me regarde pas, mais vous ne pouvez pas fuir l'épreuve que vous traversez en ce moment. Elle lui sourit d'un air rassurant. Vous avez tant à offrir à une femme.

Garrett ne répondit rien. Il pensait à ce qu'elle venait de dire, se demandant comment elle arrivait toujours à trouver le mot juste qui le réconfortait.

Pendant quelques instants, le silence ne fut troublé que par les bruits de l'extérieur. Garrett retourna les steaks, qui se mirent à grésiller sur le gril. La douce brise du soir faisait tinter un carillon dans le lointain. Les vagues roulaient sur le sable dans un murmure apaisant.

Garrett pensait aux deux derniers jours. Il revoyait le moment où il l'avait aperçue pour la première fois, les heures qu'ils avaient passées ensemble sur *Happenstance,* et leur promenade sur la plage quand il lui avait parlé de Catherine. La tension qu'il éprouvait plus tôt s'était pratiquement dissipée et, assis près d'elle sous ce coucher de soleil, il sentait que cette soirée représentait plus qu'aucun des deux n'aurait pu l'admettre.

Voyant que les steaks seraient bientôt prêts, Theresa rentra finir de mettre le couvert. Elle sortit les pommes de terre du four, les débarrassa de leur papier d'aluminium avant d'en poser une sur chaque assiette. Elle mit la salade au milieu de la table, entourée de diverses sauces qu'elle avait trouvées dans la porte du réfrigérateur. Elle termina par le sel, le poivre, le beurre et les serviettes. Comme il faisait très sombre, elle alluma la lumière de la cuisine et, la trouvant trop vive, l'éteignit aussitôt. Elle décida alors d'allumer les bougies, puis elle recula pour juger de leur effet. Trouvant le résultat parfait, elle alla chercher la bouteille et la posa sur la table au moment où Garrett arrivait.

Il referma la baie coulissante et marqua un temps d'arrêt devant la cuisine plongée dans le noir, à l'exception des petites flammes pointées en l'air. Theresa était ravissante, ses cheveux lui donnaient un air mystérieux à la lueur des bougies qui dansaient dans son regard profond. Incapable d'articuler un mot, Garrett la dévisageait malgré lui, comprenant brusquement ce qu'il refusait d'admettre depuis le début.

— J'ai pensé que ce serait mieux ainsi, dit-elle doucement.

— Vous avez raison.

Ils continuèrent à se dévisager, tous les deux pétrifiés à l'idée de ce qui pouvait arriver. Theresa finit par détourner les yeux.

— Je n'ai pas trouvé le tire-bouchon, dit-elle, saisissant la première phrase qui lui venait à l'idée.

— Je vous le donne tout de suite, s'empressa-t-il de répondre. Je ne m'en sers pas souvent, il doit être au fond du tiroir.

Il posa les steaks sur la table, ouvrit le tiroir et, après avoir fourragé quelques secondes, finit par trouver ce qu'il cherchait. En deux temps, trois mouvements, il ouvrit la bouteille et remplit les verres.

Puis il s'assit et servit la viande avec les pincettes.

— Voici la seconde de vérité, dit-elle, juste avant de goûter la première bouchée.

Garrett la regarda mâcher en souriant. Theresa découvrit, à son grand plaisir, qu'il n'avait pas menti.

— Garrett, c'est absolument délicieux !

— Merci.

La soirée s'écoula à la lueur des bougies qui fondaient doucement. Garrett lui dit par deux fois qu'il était heureux de la recevoir et, par deux fois, Theresa se sentit frissonner et dut boire une gorgée de vin pour reprendre ses esprits.

Dehors, la marée montait lentement, éclairée par un croissant de lune qui semblait avoir surgi de nulle part.

Après le dîner, Garrett proposa une nouvelle promenade sur la plage.

— C'est magnifique, la nuit, lui dit-il.

Il faisait très bon. Ils sortirent de la maison par la terrasse et se retrouvèrent directement sur le sable.

Arrivés au bord de l'eau, ils retirèrent leurs chaussures comme ils l'avaient déjà fait et les laissèrent sur place. Ils marchaient tout doucement, l'un près de l'autre. À la surprise de Theresa, Garrett lui prit la main. À son contact, elle se demanda un instant ce qu'elle éprouverait s'il posait sa main sur sa peau, sur son corps. Cette idée la fit frissonner et elle jeta un regard inquiet vers lui en se demandant s'il pouvait lire dans ses pensées.

Ils avançaient sans se presser, perdus dans leurs songes.

— Il y a bien longtemps que je n'avais pas passé de soirée comme celle-ci, murmura Garrett d'une voix nostalgique.

— Moi aussi, dit-elle.

Le sable était frais sous leurs pied..

— Garrett, vous vous souvenez quand vous m'avez invitée sur le bateau ?

— Oui.

— Pourquoi m'avez-vous demandé de vous accompagner ?

Il lui jeta un regard interrogateur.

— Que voulez-vous dire ?

— Vous avez eu l'air de le regretter aussitôt.

Il haussa les épaules.

— Je ne crois pas que regretter soit le terme qui convienne. Je pense que j'ai été étonné de ma proposition, mais je ne l'ai pas regrettée.

— Vous en êtes sûr ? demanda-t-elle en souriant.

— Certain. N'oubliez pas que je n'avais jamais invité qui que ce soit depuis trois ans. Quand vous m'avez dit que vous n'aviez jamais fait de voile, je crois que, tout d'un coup, je me suis aperçu que j'en avais assez d'être seul.

— Vous voulez dire que je suis passée juste au bon moment ?

— Pas tout à fait, protesta-t-il en secouant la tête. J'avais envie de vous emmener, je ne crois pas que je l'aurais proposé à quelqu'un d'autre. Sans compter que je ne m'attendais pas que ça finisse ainsi. Il y avait bien longtemps que je n'avais pas passé deux jours aussi agréables.

Ses paroles lui réchauffèrent le cœur. Elle sentit qu'il dessinait avec son pouce des petits cercles sur sa main.

— Vous pensiez que vos vacances se passeraient de cette façon ? continua-t-il.

Elle hésita et décida qu'il n'était pas encore temps de lui dire la vérité.

— Non.

Ils marchaient paisiblement. Il y avait d'autres personnes sur la plage, mais trop loin pour qu'on distingue autre chose que des ombres.

— Pensez-vous revenir dans la région ? Pour d'autres vacances, par exemple ?

— Je ne sais pas. Pourquoi ?

— Parce que ça me ferait plaisir.

Elle distinguait les lumières d'une jetée dans le lointain. Elle sentit à nouveau sa main bouger contre la sienne.

— Vous me ferez à nouveau à dîner si je reviens ?

— Je vous cuisinerai tout ce que vous voudrez du moment que c'est du steak.

Elle laissa échapper un petit rire.

— Alors je vais y réfléchir, c'est promis.

— Et que diriez-vous de quelques leçons de plongée en prime ?

— Je crois que Kevin apprécierait plus que moi.

— Alors venez avec lui.

— Ça ne vous dérangerait pas ? demanda-t-elle en le dévisageant à la dérobée.

— Pas du tout. Je serais ravi de faire sa connaissance.

— Je suis sûre qu'il vous plaira.

— J'en suis certain.

Ils firent quelques pas en silence.

— Garrett, puis-je vous poser une question ? laissa-t-elle échapper brusquement.

— Bien sûr.

— Je sais que cela risque de vous paraître bizarre, mais...

Elle s'arrêta. Il la regarda d'un air interrogateur.

— Quoi ?

— Quelle est la pire chose que vous ayez jamais faite ?

Il éclata de rire.

— Où allez-vous chercher des questions pareilles ?

— Je voudrais juste savoir. Je pose toujours cette question. Je sais ainsi à quoi m'en tenir sur les gens.

— La pire chose ?

— Oui, vraiment la pire.

Il réfléchit.

— Je crois que je n'ai jamais rien fait de pire qu'un soir de java avec une bande de copains. C'était en décembre, nous avions bu et nous faisions un boucan de tous les diables quand nous sommes arrivés dans une rue illuminée de décorations de Noël. Nous nous sommes arrêtés et nous avons dévissé toutes les ampoules sans exception.

— Non !

— Si. Nous étions cinq et nous avons rempli l'arrière du camion d'ampoules volées. En laissant les fils, c'était ça le pire. On aurait dit que la désolation s'était abattue sur la rue.

Pendant deux heures, nous avons ri comme des bossus. Les journaux avaient consacré cette rue l'une des mieux décorées de la ville, et après notre passage... Je n'ose imaginer ce que ces gens ont pensé. Ils devaient être fous furieux.

— Quelle horreur !

— Je sais. Rétrospectivement, je me rends compte que c'était affreux. Mais, sur le moment, nous étions morts de rire.

— Et moi qui vous prenais pour un gentil garçon...

— Je suis un gentil garçon.

— Et qu'avez-vous fait d'autres avec vos amis ? insista-t-elle, curieuse.

— Tenez-vous vraiment à le savoir ?

— Absolument.

Il commença à la régaler de ses aventures d'adolescent, depuis les vitres de voitures couvertes de mousse jusqu'aux arbres autour des maisons des anciennes petites amies enrobés de papier toilette. Il lui raconta qu'un copain s'était rangé à côté de sa voiture alors qu'il était avec une fille. Le garçon lui avait fait signe de baisser sa vitre, ce qu'il avait fait, et avait alors lancé une bombe à eau qui avait explosé à ses pieds.

Au bout de vingt minutes, il lui retourna la question.

— Oh, je n'ai jamais rien fait de semblable, lui dit-elle, jouant les timorées. J'ai toujours été une petite fille très sage.

Il se mit à rire, sachant qu'il s'était fait manipuler, ce qui n'était pas pour lui déplaire, et qu'elle ne disait pas la vérité.

Ils allèrent jusqu'au bout de la plage tout en continuant à échanger des anecdotes sur leur enfance. Tout en l'écoutant, Theresa essayait de l'imaginer adolescent, se demandant ce qu'elle aurait pensé de lui si elle l'avait rencontré à l'université. L'aurait-elle trouvé aussi séduisant qu'à présent ou serait-elle tombée à nouveau amoureuse de David ? Elle se plaisait à croire qu'elle aurait su apprécier la différence entre eux, mais en aurait-elle été capable ? David lui semblait tellement parfait à cette époque.

Ils s'arrêtèrent un instant pour contempler l'eau. Il se tenait près d'elle, leurs épaules s'effleurant à peine.

— À quoi pensez-vous ? demanda-t-il.

— Je me disais que le silence est bien agréable à partager avec vous.

Il sourit.

— Et je pensais justement que je vous ai raconté bien des choses que je n'avais jamais dites à personne.

— Est-ce parce que je vais bientôt rentrer à Boston et que vous savez que je ne le répéterai à personne ?

— Non, pas du tout, dit-il en riant.

— Alors pourquoi ?

Il la dévisagea d'un air étrange.

— Vous ne le savez pas ?

— Non, dit-elle avec un petit sourire, le défiant presque de poursuivre.

Il se demandait comment exprimer ce que lui-même avait tant de mal à cerner.

— C'est parce que vous vouliez vraiment savoir qui je suis. Et si vous me connaissez bien, et que vous avez encore envie de passer du temps avec moi...

Theresa ne dit rien, mais elle voyait parfaitement où il voulait en venir. Garrett détourna les yeux.

— Je suis désolé. Je ne voulais pas vous embarrasser.

— Pas du tout, protesta Theresa. Je suis ravie que vous me l'ayez dit...

Elle s'arrêta. Ils repartirent lentement.

— Mais vous n'éprouvez pas la même chose que moi.

— Garrett..., commença-t-elle en se tournant vers lui. Je...

— Non, vous n'êtes pas forcée de répondre.

— Si, le coupa-t-elle aussitôt. Vous voulez une réponse et je veux vous la donner. Elle réfléchit, cherchant ses mots. Quand David et moi nous nous sommes séparés, j'ai traversé une période affreuse. Quand j'ai pensé que j'allais mieux, j'ai recommencé à sortir. Les hommes que j'ai alors rencontrés..., je ne sais pas, j'avais l'impression que le monde avait changé depuis que je m'étais mariée. Tous voulaient prendre sans rien donner en échange. Je crois que j'ai fini par me lasser des hommes en général.

— Je ne sais pas quoi dire...

— Garrett, ne prenez surtout pas ça pour vous. Bien au contraire. C'est d'ailleurs ce qui m'effraie un peu. Car si je vous dis combien je tiens à vous... je m'expose à de nouvelles souffrances.

— Jamais je ne vous ferai du mal, dit-il d'une voix douce.

Elle s'arrêta et le força à la regarder.

— Je sais que vous êtes sincère, Garrett. Mais vous avez eu à combattre vos propres démons depuis trois ans. Je ne sais pas si vous êtes prêt à refaire votre vie, et si jamais vous ne l'étiez pas c'est moi qui en souffrirais.

Les mots étaient directs, et il lui fallut du temps avant de répondre.

— Theresa, commença-t-il en cherchant son regard. Depuis que nous nous sommes rencontrés..., je ne sais pas...

Il s'arrêta, s'apercevant qu'il était incapable de traduire en paroles ce qu'il ressentait. Il leva alors la main et lui caressa la joue d'un doigt si léger qu'elle eut l'impression qu'une plume effleurait sa peau. Elle ferma les yeux et, malgré ses doutes, s'abandonna au frémissement qui lui parcourut le corps, enflammant son cou et sa poitrine. Elle oublia aussitôt tout le reste et soudain elle se sentit heureuse d'être ici. Le dîner qu'ils avaient partagé, leur promenade sur la plage, la façon dont il la regardait, elle ne pouvait rien imaginer de meilleur à cet instant précis.

Les vagues venaient mourir à leurs pieds. La brise chaude soulevait ses cheveux, exacerbant la douceur de ses caresses. Le clair de lune nimbait l'océan d'un éclat éthéré tandis que les nuages jetaient des ombres sur la plage, enlevant toute réalité au paysage.

Ils s'abandonnèrent à tout ce qui s'était accumulé en eux depuis qu'ils s'étaient rencontrés. Elle se laissa aller contre lui, cherchant la chaleur de son corps. Il lui lâcha la main pour l'attirer vers lui et posa doucement ses lèvres sur les siennes en la serrant dans ses bras. Il s'écarta un instant pour la regarder et l'embrassa à nouveau. Répondant à ses baisers, elle sentit sa main remonter le long de son dos et venir s'enfouir dans ses cheveux.

Ils s'embrassèrent ainsi un long moment sous le clair de lune, se moquant tous les deux d'être vus. Ils avaient attendu si longtemps cet instant. Puis ils s'écartèrent enfin l'un de l'autre et se regardèrent longuement. Theresa le prit alors par la main et l'entraîna doucement vers la maison.

Ils étaient dans un rêve. Garrett l'embrassa à nouveau dès qu'il eut refermé la porte, avec une telle passion que Theresa sentit tout son corps trembler d'excitation. Elle alla chercher les deux bougies sur la table de la cuisine et l'entraîna vers la chambre. Elle les posa sur le bureau, il tira des allumettes de sa poche et les alluma tandis qu'elle fermait les rideaux des fenêtres.

Garrett était debout devant le bureau quand elle revint vers lui. Elle passa les mains sur son torse, caressant ses muscles sous le tissu de la chemise, cédant à sa sensualité. En le regardant dans les yeux, elle tira sur sa chemise et la fit glisser par-dessus sa tête tandis qu'il levait les bras. Elle se serra contre lui en lui embrassant la poitrine puis le cou, et frissonna en sentant ses mains s'avancer vers le devant de son chemisier. Elle s'écarta légèrement tandis qu'il la déshabillait lentement, bouton après bouton. Quand son chemisier s'ouvrit, il passa les mains sur son dos et l'attira contre lui, goûtant la chaleur de sa peau contre la sienne. Il l'embrassa dans le cou et lui mordilla le lobe de l'oreille tandis que ses mains descendaient le long de sa colonne vertébrale. Elle écarta les lèvres, frissonnant sous la douceur de ses caresses. Il s'arrêta au niveau de son soutien-gorge et le dégrafa avec une facilité qui la laissa pantelante. Puis, sans cesser de l'embrasser, il fit glisser les bretelles sur ses épaules, libérant ses seins. Il se pencha pour les embrasser tendrement, l'un après l'autre, et elle renversa la tête en arrière, succombant à la chaleur de son souffle et à la douceur de sa bouche qui parcourait sa peau.

L'haleine courte, elle descendit la main vers la ceinture de son jean. Les yeux plongés à nouveau dans ceux de

Garrett, elle le déboutonna et baissa lentement la fermeture Éclair. Sans détacher son regard, elle passa un doigt dans sa ceinture, effleurant doucement son nombril de son ongle avant d'écarter le tissu de sa peau. Il recula pour retirer son jean puis il la souleva dans ses bras et traversa la pièce pour la poser délicatement sur le lit.

Allongée contre lui, elle caressa à nouveau sa poitrine, à présent moite de transpiration, et sentit ses mains descendre vers son jean. Il le déboutonna, et, soulevant les hanches, elle le retira, une jambe après l'autre, pendant qu'il continuait à explorer son corps. Elle reprit ses caresses et lui mordilla tendrement le cou, tandis que leur respiration s'accélérait. Il enleva son caleçon pendant qu'elle faisait glisser son slip, et, enfin nus, leurs corps se pressèrent l'un contre l'autre.

Elle était splendide à la lueur des bougies. Garrett passa la langue entre ses seins, descendit le long de son ventre, dépassa le nombril et remonta. Il sentit les mains de Theresa presser son dos pour l'attirer plus près.

Il continua pourtant à la caresser, ne voulant rien précipiter. Il frotta doucement sa joue sur son ventre. Un frisson la parcourut en sentant le contact rêche de son menton où la barbe repoussait. Elle se renversa en arrière en plongeant les mains dans les cheveux de Garrett. Il continua jusqu'à l'affoler complètement et remonta doucement vers ses seins.

Elle l'attira vers elle en se cambrant. Il embrassa le bout de ses doigts l'un après l'autre et quand enfin ils ne firent plus qu'un elle ferma les yeux. S'embrassant tendrement, ils firent l'amour avec une passion enfouie au fond d'eux depuis trois ans.

Leurs corps bougeaient d'un seul mouvement, chacun à l'écoute du désir de l'autre et décidé à le satisfaire. Garrett ne cessait de l'embrasser, l'empreinte de chaque baiser gardant la moiteur de sa bouche, et elle sentit son corps se tendre dans l'attente de plus en plus impatiente de quelque chose de merveilleux. Brusquement, elle planta les doigts dans son dos, emportée par une vague de plaisir.

Quand ils eurent fini de faire l'amour, Theresa, épuisée,

le prit dans ses bras et le serra contre elle. Elle se détendit tandis qu'il continuait à la caresser doucement. Le regard perdu sur les bougies qui finissaient de se consumer, elle pensait à ce qu'ils venaient de partager.

Ils passèrent la plus grande partie de la nuit à faire l'amour. Theresa s'endormit voluptueusement dans les bras de Garrett, qui la contempla un long moment. Juste avant de sombrer à son tour dans le sommeil, il repoussa les cheveux qui lui tombaient sur le visage, faisant de grands efforts pour en graver le moindre détail dans sa mémoire.

Un peu avant le lever du jour, Theresa ouvrit les yeux, sentant instinctivement qu'il n'était plus là. Elle se retourna. Il était parti. Elle se leva et ouvrit son placard, dans lequel elle trouva un peignoir qu'elle enfila. Elle sortit de la chambre et scruta les ténèbres qui enveloppaient la cuisine. Il n'était pas là non plus. Elle jeta un œil dans la salle de séjour. Personne. Et soudain elle sut où il était.

Elle sortit sur la terrasse et le trouva assis dans un fauteuil, vêtu simplement de son caleçon et d'un sweat-shirt gris. Il se retourna en l'entendant approcher et lui sourit.

— Bonjour !

Il lui fit signe de venir s'asseoir sur ses genoux et l'embrassa en l'attirant contre lui. Elle lui passa les bras autour du cou puis se recula, sentant vaguement que quelque chose n'allait pas.

— Tu vas bien ? demanda-t-elle en lui caressant la joue.

Il mit quelques instants à répondre.

— Oui, dit-il enfin sans la regarder.

— Tu en es sûr ?

Il hocha la tête, évitant toujours son regard, et elle le prit par le menton afin de le forcer à la regarder.

— Tu as l'air... triste, dit-elle doucement.

Il esquissa un pauvre sourire sans répondre.

— Tu regrettes ce qui s'est passé ?

— Non. Pas du tout. Je ne regrette rien.

— Alors qu'y a-t-il ?

Il ne dit rien, évitant son regard une fois de plus.

— Tu es parti à cause de Catherine ?

Il marqua un temps d'hésitation, lui prit la main et leva la tête vers elle.

— Non, à cause de toi.

Puis, avec une tendresse qui lui évoqua un petit enfant, il la serra doucement contre lui sans rien dire, et ne relâcha son étreinte que lorsque le jour commença à se lever et que le premier promeneur apparut sur la plage.

9.

— Comment ça ? Tu ne déjeunes pas avec moi aujourd'hui ? Nous le faisons depuis des années. Comment peux-tu avoir oublié ?

— Je n'ai pas oublié, papa, mais aujourd'hui c'est impossible. Remettons cela à la semaine prochaine, tu veux bien ?

Jeb Blake marqua une pause à l'autre bout du fil. Il tambourinait sur son bureau.

— J'ai la curieuse impression que tu me caches quelque chose.

— Non, rien du tout.

— Tu es sûr ?

— Oui, évidemment.

Theresa appela Garrett depuis la douche en lui demandant de lui apporter une serviette. Garrett couvrit le combiné de la main et cria qu'il arrivait tout de suite.

— Qu'est-ce que c'était ? demanda son père.

— Rien.

— Cette Theresa est chez toi, c'est ça ? s'exclama-t-il, comprenant brusquement.

— Oui, reconnut Garrett, sachant qu'il était inutile de lui cacher la vérité plus longtemps.

Jeb laissa échapper un sifflement, visiblement ravi.

— Il était grand temps.

— Papa, je t'en prie, ne va pas imaginer je ne sais quoi, protesta aussitôt Garrett.

— Non, non, c'est promis.

— Merci.

— Tu me permets cependant de te poser une question ?

— Bien sûr.

— Es-tu bien avec elle ?

— Oui, reconnut Garrett après un moment de réflexion.

— Eh bien, il était grand temps ! s'exclama à nouveau son père en riant avant de raccrocher.

Garrett reposa le combiné en le regardant fixement.

— Oui, je suis bien avec elle. Vraiment bien, murmura-t-il, un petit sourire aux lèvres.

Theresa sortit de la chambre quelques minutes plus tard, fraîche et dispose. Attirée par une bonne odeur de café frais, elle se rendit à la cuisine. Garrett mit des tranches dans le grille-pain et vint l'embrasser dans le cou.

— Bonjour, dit-il.

— Bonjour.

— Je suis désolé de m'être levé, cette nuit.

— Ne t'inquiète pas..., je comprends.

— Vraiment ?

— Oui. J'ai passé une nuit merveilleuse, dit-elle en se tournant vers lui avec un grand sourire.

— Moi aussi. Il se retourna et sortit une tasse à café du placard. Que veux-tu faire aujourd'hui ? demanda-t-il pardessus son épaule. J'ai appelé le magasin pour prévenir que je ne viendrai pas.

— Que proposes-tu ?

— Que dirais-tu de visiter Wilmington et ses environs ?

— Pourquoi pas ? répondit-elle d'un ton peu convaincu.

— À moins que tu n'aies une autre suggestion.

— Et si nous restions ici tout simplement ?

— Pour quoi faire ?

— Oh, j'ai bien une ou deux petites idées, dit-elle en lui passant les bras autour de la taille. À moins que ça ne t'ennuie.

— Non, répondit-il avec un grand sourire. Je n'y vois aucune objection. Absolument aucune.

Theresa et Garrett ne se quittèrent pas pendant quatre jours. Garrett confia le magasin à Ian, lui laissant même assurer les cours de plongée du samedi, ce qu'il n'avait jamais fait auparavant. Ils partirent en voilier à deux occasions. La seconde fois, ils passèrent la nuit en mer et dormirent dans la cabine, bercés par la douce houle de l'Atlantique. Elle demanda à Garrett de lui raconter d'autres histoires sur les marins d'autrefois et l'écouta en lui caressant les cheveux tandis que les accents chauds de sa voix résonnaient contre la coque.

Ce qu'elle ignorait, c'est que, dès qu'elle s'était endormie, Garrett s'était levé, comme la première fois qu'ils avaient passé la nuit ensemble, pour arpenter le pont. Il pensait à Theresa qui dormait à l'intérieur et à son prochain départ et soudain un souvenir lui était revenu à la mémoire.

— Vraiment, tu ne devrais pas y aller, disait Garrett en regardant Catherine d'un air inquiet.

Elle s'arrêta devant la porte d'entrée, sa valise à côté d'elle, exaspérée par sa réflexion.

— Allons, Garrett, nous en avons déjà parlé cent fois. Je ne pars que quelques jours.

— Tu n'es pas en forme ces temps-ci.

— Combien de fois dois-je te répéter que je vais bien ! s'exclama-t-elle en faisant un effort pour ne pas lever les bras au ciel. Ma sœur a besoin de moi, tu le sais pertinemment. Elle se fait énormément de souci pour le mariage et maman ne l'aide pas beaucoup.

— Mais moi aussi, j'ai besoin de toi.

— Garrett, ce n'est pas parce que tu es obligé de passer tes journées au magasin que je suis tenue de rester ici. Nous ne sommes pas siamois, que je sache.

Garrett fit un pas en arrière, comme si elle l'avait frappé.

— Je n'ai jamais dit ça. Je pensais simplement que tu ferais peut-être mieux de rester ici vu ton état.

— Tu ne veux jamais me laisser aller nulle part.

— Je n'y peux rien si tu me manques quand tu n'es pas là.

Le visage de Catherine se radoucit légèrement.

— Même si je pars, Garrett, tu sais bien que je reviens toujours.

Quand le souvenir se fut estompé, Garrett redescendit dans la cabine et vit Theresa allongée sous le drap. Doucement, il se glissa contre elle et la prit dans ses bras.

Ils passèrent le lendemain à la plage, non loin de la jetée où ils avaient déjeuné la première fois. Quand Theresa sentit qu'elle brûlait sous les rayons du soleil matinal, Garrett se rendit dans l'une des boutiques installées sur le bord de mer pour lui acheter de la crème solaire. Il lui enduisit le dos avec autant de douceur que si elle était une enfant. Malgré toutes ses attentions, elle sentait pourtant, même si elle ne voulait pas se l'avouer, qu'il avait des moments d'absence. Puis, tout aussi soudainement, son impression s'évanouissait, et elle se demandait si elle n'avait pas rêvé.

Ils retournèrent déjeuner chez Hank, la main dans la main, sans se quitter des yeux. Ils parlaient tranquillement, ignorant la foule qui les entourait, sans même remarquer qu'on leur avait apporté l'addition ni que les clients commençaient à se faire rares.

Theresa observait Garrett attentivement en se demandant s'il avait eu autant d'intuition avec Catherine qu'il semblait en avoir avec elle. Elle avait l'impression qu'il lisait dans ses pensées. Avait-elle envie qu'il lui prenne la main, il le faisait aussitôt avant même qu'elle ait dit quoi que ce soit. Parlait-elle sans vouloir être interrompue, il l'écoutait patiemment. Si elle voulait savoir ce qu'il éprouvait envers elle, il suffisait de voir la façon dont il la regardait. Personne, pas même David, ne l'avait comprise aussi bien que Garrett, pourtant, depuis combien de temps le connaissait-elle ? Quelques jours à peine. Non, ce n'était pas possible. La nuit, elle s'interrogeait pendant qu'il dormait contre elle, et à chaque fois la réponse la ramenait aux messages qu'elle avait trouvés. Mieux elle le connaissait, plus elle pensait qu'elle était destinée à trouver ses lettres adressées à Catherine, comme si une force supérieure les avait poussées vers elle, dans l'intention de les réunir.

Le samedi soir, Garrett lui prépara à nouveau un dîner qu'ils prirent sur la terrasse, sous les étoiles. Après avoir fait l'amour, ils restèrent allongés sur le lit, serrés l'un contre l'autre. Ils savaient tous les deux qu'elle devait repartir pour Boston le lendemain. C'était un sujet qu'ils avaient évité jusque-là.

— Te reverrai-je ? lui demanda-t-elle.

Il était calme, presque trop calme.

— Je l'espère, dit-il enfin.

— En as-tu envie ?

— Bien sûr que oui.

Il se redressa dans le lit en s'écartant légèrement d'elle. Au bout d'un moment, elle s'assit à son tour et alluma la lampe de chevet.

— Qu'y a-t-il , Garrett ?

— Je ne veux pas que cela se termine, dit-il, les yeux baissés. Je ne veux pas que notre histoire s'arrête là. Imagine, tu débarques dans ma vie sans crier gare et voilà que tu repars.

— Oh, Garrett, je n'ai aucune envie non plus de m'arrêter là, lui dit-elle en lui prenant doucement la main. Je viens de vivre l'une des plus belles semaines de ma vie. J'ai l'impression de te connaître depuis toujours. Nous pourrons nous revoir. Je viendrai ici ou tu monteras à Boston. Rien ne nous empêche d'essayer.

— Quand pourrons-nous nous voir ? Une fois par mois ? Moins que ça ?

— Je ne sais pas. Je pense que ça ne tient qu'à nous. Si nous sommes prêts tous les deux à faire un effort, ça pourra marcher.

Il réfléchit un long moment.

— Crois-tu que ce soit possible en se voyant si peu ? Quand pourrai-je te prendre dans mes bras ? Quand pourrai-je voir ton visage ? En étant si rarement ensemble, crois-tu que nous pourrons construire une relation durable ? Chaque fois que nous nous retrouverons, ce ne sera que pour deux ou trois jours. Notre amour n'aura pas le temps de grandir.

Ses paroles la blessaient doublement, d'abord parce que c'était la vérité, ensuite parce qu'elle avait l'impression qu'il voulait tout arrêter là. Quand il se tourna vers elle avec un sourire plein de regrets, elle ne sut que dire. Elle lui lâcha la main, décontenancée.

— Tu ne veux même pas essayer ? C'est ça ? Tu veux oublier tout ce qui s'est passé...

— Non. Pas du tout. J'en serais incapable. Je ne sais pas... Apparemment, nous n'allons pas nous voir très souvent, et cela ne me plaît pas.

— À moi non plus. Mais nous n'avons pas le choix, alors à nous d'en tirer le meilleur parti. Non ?

— Je ne sais pas...

— Garrett, qu'est-ce qui ne va pas ? insista-t-elle en scrutant son visage, sentant qu'il y avait autre chose. Y a-t-il une raison qui t'empêche d'essayer ? continua-t-elle, voyant qu'il ne répondait pas.

Sans dire un mot, il se tourna vers la photo de Catherine sur la table de nuit.

— Comment s'est passé ton voyage ?

Garrett attrapa la valise sur le siège arrière tandis que Catherine descendait de voiture. Elle lui souriait mais il voyait bien qu'elle était fatiguée.

— Très bien, mais ma sœur ne changera jamais. Elle voudrait que tout soit parfait et nous avons découvert que Nancy était enceinte et que sa robe de mariée ne lui allait plus.

— La belle affaire ! Il suffit de la retoucher.

— C'est ce que j'ai dit, mais tu la connais. Elle dramatise tout.

Catherine posa les mains sur ses hanches et s'étira le dos en laissant échapper une petite grimace.

— Ça ne va pas ?

— Je suis un peu raide, c'est tout. Je me suis sentie fatiguée pendant tout mon séjour là-bas, et j'ai mal au dos depuis deux ou trois jours.

Elle se dirigea vers la porte d'entrée, et Garrett lui emboîta le pas.

— Catherine, je voulais te dire que j'étais désolé pour ce que je t'ai dit quand tu es partie. Je suis content que tu sois allée là-bas, mais je suis encore plus heureux que tu sois revenue.

— Garrett, parle-moi.

Elle le regardait, inquiète.

— Theresa... C'est si difficile pour moi. Après tout ce que j'ai traversé...

Brusquement Theresa devina à quoi il faisait allusion. Elle sentit son cœur se serrer.

— Est-ce à cause de Catherine ? C'est bien d'elle qu'il s'agit ?

— Non, seulement...

Il s'interrompit, et elle sentit avec une certitude angoissante qu'elle ne s'était pas trompée.

— C'est bien cela, n'est-ce pas ? Tu ne veux même pas nous laisser essayer... à cause de Catherine.

— Tu ne peux pas comprendre.

Malgré elle, elle sentit la moutarde lui monter au nez.

— Oh si, je comprends parfaitement. Tu as bien voulu m'accorder un peu de temps cette semaine parce que tu savais que je repartirais. Et qu'ensuite tu pourrais retrouver ta petite vie. Je n'ai été qu'une aventure en passant, c'est ça ?

— Non, pas du tout. Je tiens vraiment à toi.

Elle lui lança un regard acéré.

— Mais pas assez pour faire en sorte que ça marche ?

Il leva la tête vers elle ; la peine se lisait dans son regard.

— Ne dis pas ça...

— Alors que veux-tu que je dise ? Simplement : « D'accord, Garrett, arrêtons là car c'est trop difficile et nous ne pourrons pas nous voir souvent. J'ai été ravie de faire ta connaissance. » C'est ça que tu veux ?

— Non.

— Alors quoi ? Je t'ai déjà dit que j'étais prête à essayer..., que j'avais envie d'essayer...

Il secoua la tête, incapable de soutenir son regard. Theresa sentait les larmes lui monter aux yeux.

— Écoute, Garrett, je sais que tu as perdu ta femme. Je sais que tu en as terriblement souffert. Mais, là, tu joues les martyrs. Tu as toute la vie devant toi. Ne la gâche pas en t'accrochant au passé.

— Ce n'est pas vrai, protesta-t-il.

— Garrett, reprit-elle d'une voix adoucie en faisant un effort pour refouler ses larmes. Je n'ai peut-être pas perdu de femme, mais j'ai perdu quelqu'un que j'aimais, moi aussi. La souffrance et le chagrin, moi aussi je connais. Mais, pour être franche, j'en ai assez d'être seule. Cela fait trois ans, exactement comme toi, et ça me suffit. Je suis prête à refaire ma vie et à trouver quelqu'un pour la partager. Et tu devrais faire pareil de ton côté.

— Je le sais, qu'est-ce que tu crois !

— En cet instant précis, je n'en suis pas sûre. Nous avons partagé des moments merveilleux et nous n'avons pas le droit de les oublier.

— Tu as raison, dit-il après un grand silence, cherchant ses mots. Dans ma tête, je sais que tu as raison. Mais dans mon cœur... je ne sais plus.

— Et le mien, de cœur ? Tu t'en moques ?

Le regard qu'elle lui lança le peina profondément.

— Pas du tout. Il compte plus pour moi que tu ne le crois.

Il voulut lui prendre la main, elle recula, et il découvrit alors combien il l'avait blessée.

— Theresa, je suis désolé de te faire..., de nous faire subir une telle épreuve pour notre dernière soirée. Ce n'était pas du tout dans mes intentions. Crois-moi, tu n'es pas une aventure pour moi. Mon Dieu, tout mais pas ça. Je t'ai dit que je tenais vraiment à toi et c'est vrai.

Il écarta les bras en la regardant d'un air suppliant. Elle hésita une seconde avant de se laisser aller contre lui, déchirée par toutes sortes de sentiments contradictoires, et appuya la tête contre sa poitrine pour ne pas voir son expression. Il lui embrassa les cheveux.

— Je tiens à toi, dit-il d'une voix douce, tout juste audible. Tellement que ça m'effraie. Je n'ai pas ressenti cela depuis si longtemps, j'ai comme l'impression d'avoir oublié combien un autre être pouvait compter pour moi. Je ne crois pas que je pourrais te laisser partir et t'oublier comme ça, et je ne le souhaite pas. Surtout, je ne veux pas que notre amour s'arrête là, maintenant. Pendant quelques secondes, elle n'entendit plus que le souffle doux et régulier de sa respiration. Je te promets de tout faire de mon côté pour te voir. Et nous ferons tout pour que ça marche.

Sa voix exprimait tant de tendresse qu'elle fondit en larmes. Il continua, si doucement qu'elle avait du mal à l'entendre.

— Theresa, je crois que je suis amoureux de toi.

Je crois que je suis amoureux de toi, entendit-elle encore. *Je crois...*

Je crois...

— Serre-moi contre toi, dit-elle dans un murmure. Ne dis plus rien.

Ils firent l'amour en se réveillant le lendemain matin et restèrent dans les bras l'un de l'autre jusqu'au moment où le soleil déjà bien haut leur indiqua qu'il était temps pour Theresa de se préparer. Bien qu'elle n'ait pas passé beaucoup de temps à son hôtel et qu'elle ait rapporté toutes ses affaires chez Garrett, elle avait gardé sa chambre dans l'éventualité où Kevin ou Deanna auraient tenté de la joindre.

Ils se douchèrent ensemble puis Garrett prépara le petit déjeuner pendant qu'elle finissait de ranger ses affaires. Au moment où elle fermait sa valise, elle entendit un petit grésillement tandis qu'une délicieuse odeur de bacon se répandait dans la maison. Elle finit de se sécher les cheveux, se maquilla légèrement et se rendit à la cuisine.

Garrett buvait du café, assis à table. Il lui fit un clin d'œil. Il avait laissé une tasse sur le comptoir près de la cafetière électrique ; elle se servit. Le petit déjeuner l'attendait : des œufs brouillés, du bacon et des toasts. Theresa s'assit près de lui.

— Je ne savais pas ce que tu voulais, dit-il en faisant un geste vers la table.

— Je n'ai pas très faim, Garrett, ne m'en veux pas.

— Ne t'inquiète pas. Moi non plus.

Elle se leva pour s'asseoir sur ses genoux, lui passa les bras autour du cou et enfouit son visage au creux de son épaule. Il la serra très fort en glissant une main dans ses cheveux.

Après une semaine au grand air, elle était toute bronzée. Avec son short en jean et son chemisier blanc, elle avait l'air d'une adolescente insouciante. Pendant quelques secondes, elle regarda fixement les petites fleurs brodées sur ses sandales.

— C'est bientôt l'heure de mon avion et je dois encore régler l'hôtel et rendre la voiture de location, dit-elle.

— Tu es sûre que tu ne veux pas que je t'accompagne ?

Elle hocha la tête, les lèvres serrées.

— Non, il faut que je me dépêche si je veux attraper mon avion et tu devras me suivre avec ton camion. Autant nous dire au revoir ici.

— Je t'appellerai ce soir.

— J'espère bien, dit-elle en souriant alors que ses yeux se remplissaient de larmes.

— Tu vas me manquer, fit-il en la serrant contre lui alors qu'elle se mettait à pleurer pour de bon. Il essuya ses larmes du bout des doigts.

— Et je vais regretter tes petits plats, murmura-t-elle, se sentant stupide.

Il éclata de rire.

— Ne sois pas si triste. Nous nous reverrons dans deux semaines, c'est bien ça ?

— À moins que tu ne changes d'avis.

— Je compte déjà les jours. Et, la prochaine fois, tu viendras avec Kevin, n'est-ce pas ?

Elle hocha la tête.

— Bien. Je suis impatient de le connaître. S'il te ressemble ne serait-ce qu'un petit peu, je suis sûr que nous nous entendrons à merveille.

— J'en suis certaine.

— En attendant, je n'arrêterai pas de penser à toi.

— C'est vrai ?

— Absolument. J'y pense déjà.

— Parce que je suis sur tes genoux.

Il rit à nouveau et elle lui sourit à travers ses larmes. Puis elle se leva en s'essuyant les joues. Garrett partit chercher sa valise et ils sortirent ensemble de la maison. Dehors, le soleil était déjà haut dans le ciel et la température montait rapidement. Theresa prit ses lunettes de soleil dans son sac et les garda à la main tandis qu'ils avançaient vers sa voiture.

Elle ouvrit le coffre, et il posa ses bagages à l'intérieur. Puis il la prit dans ses bras et l'embrassa une seule fois, doucement, avant de la relâcher pour lui ouvrir la portière et l'aider à monter. Elle tourna la clé de contact. La porte ouverte, ils se dévisagèrent jusqu'à ce qu'elle mette le moteur en marche.

– Je dois partir si je veux attraper mon avion.

— Je sais.

Il recula et ferma la portière. Elle baissa la vitre et sortit la main. Garrett la serra tendrement. Puis elle passa la marche arrière.

— Tu m'appelles ce soir ?

— Promis.

Garrett la suivit des yeux jusqu'à ce qu'elle lui fasse un dernier au revoir de la main avant de disparaître, et se demanda comment diable il allait pouvoir survivre pendant les deux semaines à venir.

Malgré la circulation, Theresa regagna rapidement son hôtel et régla sa note. Il y avait trois messages de Deanna, de plus en plus pressants au fil des jours. « Que se passe-t-il ? Comment s'est déroulé ton rendez-vous ? » demandait le premier. « Pourquoi me laisses-tu sans nouvelles ? Je veux absolument tout savoir », disait le deuxième, et le troisième déclarait. « Tu veux ma mort ! Rappelle-moi pour tout me raconter, je t'en supplie ! » Il y avait également un message de Kevin – elle l'avait appelé deux fois de chez Garrett – qui devait remonter à deux jours au moins.

Elle rendit la voiture de location et arriva à l'aéroport moins d'une demi-heure avant son vol. Heureusement, il n'y avait pas de queue à l'enregistrement des bagages et elle parvint à la porte d'embarquement au moment où il commençait. Le vol pour Charlotte n'était pas complet, et il n'y avait personne sur le siège à côté d'elle.

Elle ferma les yeux en pensant à tous les événements incroyables de cette dernière semaine. Non seulement elle avait trouvé Garrett, mais elle avait fait sa connaissance et même mieux qu'elle n'aurait jamais cru pouvoir le faire.

Il avait réveillé en elle des sentiments enfouis très profondément et qu'elle croyait définitivement enterrés.

Mais l'aimait-elle ?

Elle envisagea cette question avec prudence, inquiète de ce qu'une réponse affirmative pouvait signifier.

Elle repensa à leur conversation de la veille. À la façon dont il se raccrochait au passé, à son amertume de ne pas pouvoir la voir plus souvent. Tout cela, elle le comprenait parfaitement. Mais...

Je crois que je suis amoureux de toi.

Elle fronça les sourcils. Pourquoi avait-il éprouvé le besoin d'ajouter « je crois » ? Ou il était amoureux ou il ne l'était pas... Non ? Avait-il dit cela pour la tranquilliser ? Ou pour une autre raison ?

Je crois que je suis amoureux de toi.

Dans sa tête, elle l'entendait répéter cette phrase inlassablement, avec dans sa voix une pointe de..., de quoi ? D'ambiguïté ? En y réfléchissant, à présent, elle aurait préféré qu'il se taise. Au moins, elle ne serait pas là à chercher ce qu'il avait voulu dire.

Mais elle ? L'aimait-elle ?

Elle ferma les yeux, fatiguée, brusquement lasse de tous ces sentiments contradictoires. Une chose était sûre, cependant, elle ne lui dirait pas qu'elle l'aimait tant qu'elle ne serait pas certaine qu'il pourrait oublier Catherine.

Le soir même, dans le rêve de Garrett, la tempête faisait rage. La pluie cinglait latéralement la maison et il courait frénétiquement d'une pièce à l'autre. C'était la maison qu'il habitait actuellement, et il se dirigeait sans difficulté malgré la pluie aveuglante qui entrait par les fenêtres. Il voulait justement fermer celles de sa chambre et se trouvait empêtré dans les rideaux que le vent poussait vers l'intérieur. Il se débattait et arrivait enfin à saisir un montant lorsque toutes les lumières s'éteignirent.

La pièce se trouva plongée dans l'obscurité. Au-dessus de la tempête, il entendait sonner l'alerte de cyclone dans le lointain. Un éclair illumina le ciel tandis qu'il se battait avec les montants de la fenêtre. Ils ne voulaient pas bouger.

La pluie continuait à inonder l'intérieur, et, avec ses mains trempées, il n'avait aucune prise.

Au-dessus de sa tête, le toit craqua sous la furie du vent.

Malgré tous ses efforts, la baie refusait de coulisser. Elle était voilée. Il essaya alors de refermer celle d'à côté. Elle était coincée, elle aussi.

Il entendit le vent arracher les bardeaux du toit. Puis un bruit de verre brisé. Il courut vers la salle de séjour. Une vitre avait explosé vers l'intérieur, et le sol était jonché d'éclats de verre. La pluie entrait transversalement dans la pièce ; le vent était terrifiant. La porte d'entrée tremblait sur son cadre.

Il entendit Theresa qui l'appelait, dehors.

— Garrett, sors tout de suite !

Au même instant, les fenêtres de la chambre explosaient à leur tour. Le vent s'engouffrait brutalement dans la maison et perçait une trouée dans le plafond. La construction ne résisterait plus longtemps.

Catherine.

Il fallait qu'il aille rechercher sa photo et ses affaires sur sa table de nuit.

— Garrett ! Il va être trop tard ! cria à nouveau Theresa.

Malgré la pluie et l'obscurité, il la voyait dehors qui faisait de grands gestes pour qu'il sorte.

La photo. L'alliance. Les cartes de la Saint-Valentin.

— Sors ! continuait-elle à crier en agitant les bras frénétiquement.

Dans un rugissement, un côté du toit se détacha de la maison et le vent commença à le mettre en pièces. Instinctivement, il leva les bras au-dessus de la tête tandis qu'une partie du plafond s'écroulait sur lui.

D'ici à quelques secondes, tout serait perdu.

Au mépris du danger, il avança vers la chambre. Il ne pouvait pas partir sans les emporter.

— Tu peux encore y arriver !

Quelque chose dans la voix de Theresa l'arrêta. Il regarda la jeune femme, puis la chambre, pétrifié.

D'autres morceaux de plafond tombèrent autour de lui. Dans un craquement déchirant, le toit finissait de céder.

Il fit un pas vers la chambre et vit Theresa baisser les bras. Il eut subitement l'impression qu'elle l'abandonnait.

Des bourrasques traversaient la pièce dans un ululement lugubre qui semblait venir de lui. Les meubles étaient renversés les uns sur les autres, lui bloquant le passage.

— Garrett ! Je t'en supplie ! hurlait Theresa.

À nouveau, il s'arrêta au son de sa voix et, tout d'un coup, sentit que s'il s'obstinait à vouloir sauver les souvenirs de son passé il finirait par y rester.

Et alors ?

La réponse était évidente.

Il se rua vers le trou laissé par la fenêtre, balaya les échardes d'un coup de poing et bondit sur la terrasse. Au même moment, le vent arracha totalement le toit et les murs s'écrasèrent les uns sur les autres dans un grondement de tonnerre.

Il regarda dans la direction de Theresa pour voir si elle allait bien, mais, bizarrement, elle n'était plus là.

10.

Le lendemain matin très tôt, Theresa fut réveillée en sursaut par le téléphone. Elle décrocha à tâtons et reconnut aussitôt la voix de Garrett.

— Tu es bien rentrée ?

— Oui. Quelle heure est-il ? demanda-t-elle d'une voix ensommeillée.

— Six heures passées. Je te réveille ?

— Oui. Je me suis couchée tard hier soir en attendant ton coup de fil. Je me demandais si tu n'avais pas oublié ta promesse.

— Pas du tout. J'ai pensé que je devais te laisser le temps de souffler.

— Tu as également pensé que je serais debout au lever du jour.

Il éclata de rire.

— Je suis désolé. Comment s'est passé ton voyage ? Comment te sens-tu ?

— Bien. Fatiguée, mais en forme.

— Dois-je en déduire que le rythme de la grande ville t'a déjà épuisée ?

Elle rit à son tour.

— Je voudrais que tu saches une chose, reprit-il d'un ton sérieux.

— Laquelle ?

— Tu me manques.

— Vraiment ?

— Oui. J'ai travaillé hier. Le magasin était fermé,

j'espérais en profiter pour régler un tas de paperasses, hélas, je n'ai pratiquement rien fait parce que je n'ai pas cessé de penser à toi.

— C'est agréable à entendre.

— C'est la vérité. Je me demande si je réussirai à travailler ces deux semaines.

— Oh, tu y arriveras.

— Et je ne pourrai peut-être pas dormir non plus.

Elle se mit à rire, elle savait qu'il la taquinait.

— Arrête. Les types superdépendants, ce n'est pas trop mon style. J'aime les hommes, les vrais.

— J'essaierai de ne pas l'oublier.

— Où es-tu ?

— Je suis assis sur la terrasse et je regarde le soleil se lever. Pourquoi ?

Theresa pensa à la vue qu'elle manquait.

— C'est beau ?

— Comme d'habitude, malheureusement, ce matin je l'apprécie moins que ces derniers jours.

— Pourquoi ?

— Parce que tu n'es pas près de moi pour en profiter.

Elle se renfonça confortablement dans ses oreillers.

— Tu me manques aussi.

— Je l'espère bien. Je détesterais être seul à souffrir.

Elle sourit, tenant le combiné d'une main contre son oreille et jouant distraitement de l'autre avec une mèche de cheveux jusqu'à ce qu'ils finissent par se dire au revoir, bien à contrecœur, vingt minutes plus tard.

Elle arriva à son bureau plus tard qu'à l'accoutumée en constatant que sa petite aventure l'avait bien fatiguée. Elle n'avait pas beaucoup dormi et quand elle s'était vue dans le miroir après sa conversation avec Garrett elle s'était trouvé dix ans de plus que son âge. Comme d'habitude, elle commença par se rendre à la salle de repos pour boire un café, auquel elle ajouta un sachet de sucre pour se donner du tonus.

— Bonjour, Theresa, lui dit joyeusement Deanna, qui entra derrière elle. J'ai bien cru que tu n'arriverais jamais. Je meurs de curiosité.

— Bonjour, marmonna Theresa tout en remuant son café. Désolée d'être en retard.

— Comme je suis contente de te voir. J'ai failli passer chez toi, hier soir, mais je ne savais pas à quelle heure tu rentrais.

— Je suis navrée de ne pas t'avoir appelée mais j'étais un peu fatiguée par ma semaine.

— Ça, je m'en doutais, dit Deanna en s'appuyant contre le comptoir.

— Que veux-tu dire ?

Les yeux de Deanna brillaient.

— Tu n'as pas encore vu ton bureau !

— Non, je viens d'arriver. Pourquoi ?

— Je crois que tu as fait très bonne impression.

— Mais de quoi parles-tu, Deanna ?

— Suis-moi.

Elle l'entraîna avec un sourire de conspiratrice vers la salle de rédaction. Quand Theresa vit son bureau, elle resta bouche bée. À côté de la pile de courrier accumulé en son absence trônaient une douzaine de roses, magnifiquement présentées dans un grand vase.

— C'est arrivé ce matin à la première heure. Le livreur avait l'air un peu déçu que tu ne sois pas là pour les recevoir, alors je me suis avancée en me faisant passer pour toi. Il n'est pas près de s'en remettre.

Écoutant à peine ce que Deanna racontait, Theresa saisit la carte posée contre le vase et la décacheta sans attendre. Deanna se tenait derrière elle, penchée par-dessus son épaule.

À la plus belle femme du monde
Je suis seul à nouveau et rien n'est plus comme avant.
Le ciel est plus gris, l'océan plus sévère,
Veux-tu que tout s'arrange ?
Reviens vite me voir

Tu me manques
Garrett.

Theresa remit la carte dans son enveloppe en souriant et se pencha pour sentir le bouquet.

— Je parie que tu as passé une semaine inoubliable, dit Deanna.

— Oui, répondit simplement Theresa.

— Je meurs d'impatience de tout savoir dans les moindres détails.

— Je crois que nous ferons mieux d'attendre d'être seules, répliqua Theresa en jetant un bref coup d'œil aux collègues qui la regardaient discrètement. Je n'ai pas envie d'alimenter les ragots de la salle de rédaction.

— Ils ne t'ont pas attendue, qu'est-ce que tu crois ? Il y a bien longtemps que personne n'a reçu de fleurs ici. Enfin, tu as raison, nous en parlerons plus tard.

— Leur as-tu dit de qui elles venaient ?

— Bien sûr que non. Pour être honnête, ça ne me déplaît pas d'entretenir le suspense, dit-elle avec un clin d'œil. Bon, j'ai du travail. Penses-tu pouvoir déjeuner avec moi à midi ? Tu pourras tout me raconter.

— Bien sûr. Où ça ?

— Que dirais-tu du Mikuni ? Tu n'as pas dû trouver beaucoup de sushis à Wilmington.

— Excellente idée. Et Deanna... merci d'avoir gardé le secret.

— Pas de problème.

Deanna lui tapota l'épaule et regagna son bureau. Theresa se pencha sur les roses pour les sentir une dernière fois avant de repousser le vase au bout de la table. Elle commença à regarder son courrier en feignant d'ignorer le bouquet jusqu'à ce que la salle de rédaction retrouve son effervescence habituelle. Après s'être assurée que plus personne ne s'occupait d'elle, elle composa le numéro de Garrett au magasin.

Ce fut Ian qui décrocha.

— Ne quittez pas, je pense qu'il est dans son bureau. C'est de la part de qui, s'il vous plaît ?

— Dites-lui que c'est une personne qui voudrait réserver des leçons de plongée dans quinze jours.

Elle parlait d'une voix qui se voulait détachée, ne sachant pas si Ian était au courant pour eux deux.

Ian la mit en attente. Puis il y eut un déclic, et Garrett prit la ligne.

— Que puis-je pour votre service ? demanda-t-il d'une voix empreinte d'une certaine lassitude.

— Tu n'aurais pas dû, mais ça m'a fait très plaisir.

— Ah, c'est toi ! dit-il d'un ton aussitôt plus enjoué. Elles sont bien arrivées ?

— Elles sont magnifiques. Comment savais-tu que j'aimais les roses ?

— Je l'ignorais, mais ne connaissant aucune femme qui ne les aime pas j'ai pris le risque.

— Tu en envoies donc tant que ça ? demanda-t-elle.

— Des tonnes. J'ai une foule d'admiratrices. Les moniteurs de plongée sont presque aussi populaires que les stars de cinéma, tu sais.

— Ah bon ?

— Ne me dis pas que tu l'ignorais. Et moi qui te prenais pour une nouvelle groupie.

— Je te remercie, dit-elle en éclatant de rire.

— On t'a demandé d'où elles venaient ?

— Bien sûr.

— J'espère que tu as dit des choses gentilles.

— Oui. Je leur ai dit que tu avais soixante-huit ans, que tu étais gros, avec un cheveu sur la langue qui te rendait totalement incompréhensible que tu faisais tellement peine à voir que j'avais déjeuné avec toi. Et que maintenant tu ne voulais plus me lâcher.

— Là, tu y vas un peu fort. Eh bien..., j'espère que ces roses te rappelleront que je pense à toi.

— Peut-être, le taquina-t-elle.

— Bref, je pense à toi et je ne veux pas que tu m'oublies.

— Moi de même, dit-elle en regardant le bouquet.

Quand ils raccrochèrent, Theresa relut la carte, et cette fois, au lieu de la remettre avec les fleurs, elle préféra la glisser dans son sac. Connaissant ses collègues, elle était sûre que quelqu'un essaierait de la lire dès qu'elle aurait le dos tourné.

— Alors, comment est-il ?

Deanna était assise en face de Theresa au restaurant. Theresa lui tendit les photos de ses vacances.

— Je ne sais pas par où commencer.

— Commence par le commencement, la conseilla Deanna, sans lever les yeux de la photo montrant Theresa et Garrett sur la plage. Je veux tout savoir.

Lui ayant déjà dit comment elle avait rencontré Garrett à la marina, Theresa reprit son histoire à partir de leur première sortie en voilier. Elle lui raconta comment elle avait laissé sa veste sur le bateau afin d'avoir une bonne excuse pour le revoir. Puis elle enchaîna sur le déjeuner du lendemain, le dîner et les quatre jours suivants.

— Quelle merveilleuse semaine tu as passée ! dit Deanna en souriant comme une mère fière de sa progéniture.

— Oui. C'est l'une des plus belles de ma vie. Seulement...

— Seulement quoi ?

— Eh bien, Garrett m'a dit quelque chose à la fin et je me demande où tout cela va nous mener.

— Quoi donc ?

— Ce n'est pas tellement ce qu'il a dit mais plutôt sa façon de le faire. Il ne semblait pas très sûr de vouloir qu'on se revoie.

— Je croyais que tu retournais là-bas dans quinze jours.

— Oui.

— Alors où est le problème ?

Elle joua avec la nourriture dans son assiette, essayant de rassembler ses idées.

— Eh bien, il pense toujours à Catherine et... je ne suis pas certaine qu'il arrivera à l'oublier.

Deanna éclata de rire.

— Qu'y a-t-il de si drôle ? demanda Theresa, interloquée.

— C'est toi qui me fais rire, Theresa. À quoi t'attendais-tu ? Tu savais qu'il ne s'était jamais remis de sa disparition avant d'aller là-bas. Rappelle-toi, c'est son amour « éternel » qui t'a séduite avant tout. Pensais-tu qu'il oublierait Catherine en deux jours, simplement parce que vous étiez bien ensemble ?

Theresa prit un air piteux, et Deanna rit de plus belle.

— Tu l'as cru, c'est bien ça ?

— Deanna, tu n'étais pas là... Tu ne peux pas savoir comme tout allait bien entre nous jusqu'au dernier soir.

— Theresa, je sais qu'on croit toujours pouvoir changer les autres, mais en réalité c'est impossible. Tu peux te changer toi-même, et Garrett peut aussi se changer, mais tu ne peux pas le faire à sa place.

— Je le sais...

— Je ne crois pas, la coupa doucement Deanna. Ou alors tu refuses de le voir sous cet angle. Ta vision est obscurcie.

Theresa réfléchit à ce qu'elle venait de dire.

— Étudions d'un œil objectif ce qui s'est passé avec Garrett, tu veux bien ?

Theresa hocha la tête.

— Si toi tu savais quelques petites choses sur Garrett, lui ne savait rien de toi. Pourtant, c'est lui qui t'a proposé de faire de la voile. Donc, il y a eu une sorte de déclic entre vous. Tu l'as revu quand tu as récupéré ta veste et il t'a emmenée déjeuner. Il t'a parlé de Catherine puis il t'a invitée à dîner. Ensuite, vous avez passé quatre jours merveilleux ensemble à vous découvrir et à vous aimer. Si tu m'avais dit avant de partir que ça arriverait, je ne l'aurais pas cru possible. Mais c'est arrivé, c'est ça l'important. Et vous avez l'intention de vous revoir. Pour moi, c'est un succès éclatant.

— Tu penses que je ne devrais pas m'inquiéter de savoir s'il se remettra de la disparition de Catherine ?

— Ce n'est pas tout à fait ça. Écoute, tu dois procéder pas à pas. En fait, vous n'avez passé que quelques jours ensemble, cela ne fait pas assez longtemps pour pouvoir se prononcer. À ta place, j'attendrais de voir comment évoluent vos sentiments dans les semaines à venir, et la prochaine fois que tu le verras tu en sauras déjà beaucoup plus qu'aujourd'hui.

— Tu crois vraiment ? demanda Theresa en regardant son amie d'un air inquiet.

— J'ai eu raison de te pousser à aller là-bas, non ?

Pendant que Theresa et Deanna déjeunaient, Garrett travaillait à son bureau, qui disparaissait sous une montagne de papiers, lorsque sa porte s'ouvrit brusquement. Jeb Blake entra et vérifia que son fils était seul avant de refermer derrière lui. Il s'assit dans un fauteuil devant le bureau de Garrett, sortit son paquet de tabac et du papier de sa poche, et entreprit de se rouler une cigarette.

— Je t'en prie, fais comme chez toi. Comme tu vois, je n'ai que ça à faire ! dit Garrett avec de grands gestes vers son bureau encombré.

Jeb sourit sans s'interrompre.

— J'ai appelé le magasin plusieurs fois et on m'a dit qu'on ne t'avait pas vu de la semaine. Que t'est-il arrivé ?

Garrett se renversa dans son fauteuil en toisant son père.

— Je suis sûr que tu connais déjà la réponse à ta question, ce qui explique certainement la raison de ta visite.

— Tu es resté tout ce temps-là avec Theresa ?

— Oui.

— Et qu'est-ce que vous avez fait de beau ? demanda-t-il nonchalamment en continuant de rouler sa cigarette.

— Nous sommes sortis en voilier, nous avons marché sur la plage et nous nous sommes beaucoup parlé... Bref, nous avons fait connaissance.

Jeb mit la cigarette dans sa bouche, sortit un Zippo de sa poche de chemise, l'alluma et aspira profondément. Et lança à Garrett un sourire polisson en exhalant la fumée.

— As-tu cuit les steaks comme je te l'avais appris ?

— Bien sûr, répondit Garrett en se forçant à sourire.

— Elle a été impressionnée ?

— Oui, très.

Jeb hocha la tête et tira à nouveau sur sa cigarette. Garrett trouva que le bureau commençait à empester.

— Eh bien, apparemment, ça lui fait déjà un bon point, non ?

— Papa, ce n'est pas le seul, tu sais.

— Elle te plaît.
— Énormément.
— Pourtant tu ne la connais pas très bien ?
— J'ai l'impression de tout savoir sur elle.
Jeb hocha la tête sans rien dire.
— Vas-tu la revoir ? finit-il par demander.
— En principe, elle doit revenir dans quinze jours avec son fils.
Jeb observa Garrett avec attention. Puis il se leva et se dirigea vers la porte. Avant de l'ouvrir, il se retourna.
— Garrett, me permets-tu de te donner un conseil ?
— Bien sûr, dit-il, étonné de ce départ subit.
— Si elle te plaît, si elle te rend heureux, et si tu as l'impression de la connaître, alors, ne la laisse pas passer.
— Pourquoi dis-tu cela ?
Jeb aspira lentement la fumée en regardant son fils droit dans les yeux.
— Parce que, tel que je te connais, ce sera toi qui mettras fin à vos relations et je serai là pour t'en empêcher, si je le peux.
— Que veux-tu dire ?
— Tu m'as très bien compris.
Sur ces mots, il pivota sur lui-même, ouvrit la porte et quitta le bureau de Garrett.

Les paroles de son père revinrent le hanter le soir même et il ne put trouver le sommeil. Il se leva et se dirigea vers la cuisine, sachant ce qui lui restait à faire. Dans le tiroir, il trouva le papier à lettres qu'il utilisait toujours quand il était préoccupé et il s'assit avec l'espoir de trouver les mots pour exprimer ce qu'il ressentait.

Ma Catherine chérie,
Je ne sais pas ce qui m'arrive, et peut-être ne le saurai-je jamais. Ma vie vient de connaître un tel bouleversement que je ne sais plus où j'en suis.

Garrett resta une heure devant sa table après avoir écrit ces premières lignes, mais il eut beau essayer, rien d'autre ne lui vint à l'esprit. Cependant, quand il se réveilla le lendemain matin, sa première pensée ne fut pas pour Catherine.

Elle fut pour Theresa.

Pendant les deux semaines qui suivirent, Garrett et Theresa se téléphonèrent tous les soirs, parfois pendant des heures. Garrett lui écrivit deux fois, de petits messages, en fait, pour qu'elle sache qu'elle lui manquait, et il lui fit livrer une autre douzaine de roses, la semaine suivante, accompagnée d'une boîte de bonbons.

Theresa, de son côté, lui envoya une chemise en oxford bleu qui irait bien avec ses jeans, ainsi que deux cartes.

Kevin rentra quelques jours plus tard, et la semaine passa plus vite pour Theresa que pour Garrett. Le soir de son retour, Kevin raconta ses vacances à sa mère en long et en large avant de sombrer dans un sommeil profond et de dormir presque quinze heures d'affilée. Quand il se réveilla, une longue liste de choses à faire l'attendait. Il lui fallait des vêtements neufs pour la rentrée et il devait s'inscrire au football. Sans compter qu'il était revenu avec une valise pleine de linge sale, qu'il voulait faire développer ses photos de vacances et qu'il avait un rendez-vous chez l'orthodontiste, le mardi après-midi, pour décider s'il devait porter un appareil.

En résumé, la vie reprenait normalement son cours chez les Osborne.

Le lendemain du retour de Kevin, ce fut à Theresa de raconter ses vacances à Cape Cod et son voyage à Wilmington. Elle mentionna Garrett, essayant de faire comprendre à son fils, sans l'inquiéter, ce qu'elle éprouvait envers lui. Quand elle lui annonça qu'ils lui rendraient visite le week-end suivant, Kevin ne parut pas très chaud. En revanche, dès qu'elle précisa le métier qu'exerçait Garrett, Kevin commença à manifester des signes d'intérêt.

— Tu veux dire qu'il m'apprendra à plonger ? demanda-t-il pendant qu'elle passait l'aspirateur.

— Il l'a proposé.

— Cool ! dit-il avant de retourner à ses occupations.

Quelques jours plus tard, elle l'emmena acheter des magazines sur la plongée, si bien que, le jour de leur départ, il connaissait le nom de tous les accessoires de l'équipement, visiblement impatient de découvrir ce qui l'attendait.

Garrett, pendant ce temps, ne pensait plus qu'à Theresa et s'abrutissait dans le travail, jusque fort tard le soir, exactement comme après la disparition de Catherine. Quand il dit à son père combien Theresa lui manquait, ce dernier hocha la tête en souriant. Au regard qu'il lui lança, Garrett se demanda ce qui pouvait bien se passer dans la tête du vieil homme.

Theresa et Garrett avaient décidé qu'il valait mieux qu'elle et Kevin n'habitent pas chez lui lors de leur visite. C'était encore l'été et tout était complet, heureusement Garrett connaissait le propriétaire d'un petit hôtel sur la plage, à mille cinq cents mètres de chez lui, où il put leur réserver une chambre.

Quand arriva enfin le jour tant attendu, Garrett remplit son réfrigérateur, lava son camion de fond en comble puis se doucha avant de partir à l'aéroport.

Vêtu d'un pantalon kaki, de chaussures de bateau et de la chemise que Theresa lui avait offerte, il attendit nerveusement à la porte de débarquement.

Au cours des deux semaines passées, ses sentiments pour Theresa s'étaient renforcés. Il savait désormais que ce qui les liait l'un à l'autre n'était pas fondé uniquement sur l'attirance physique, il souhaitait une relation plus profonde, plus durable. Tandis qu'il se tordait le cou pour essayer de l'apercevoir parmi les passagers, il se sentit brusquement angoissé. Il y avait si longtemps qu'il n'avait pas éprouvé une telle impatience. Où tout cela allait-il le mener ?

Quand Theresa descendit de l'avion, Kevin à son côté, toute son anxiété s'envola brusquement. Elle resplendissait, plus encore que dans son souvenir. Quant à Kevin, il était tel que sur sa photo et ressemblait énormément à sa mère. Un peu plus d'un mètre cinquante, les cheveux et les yeux de Theresa, l'allure dégingandée, avec ses bras et ses jambes qui semblaient avoir grandi plus vite que le reste de son corps. Il portait un long bermuda, des Nike et une chemise d'un concert de Hootie and the Blowfish. Sa tenue était nettement inspirée de MTV, et Garrett ne put s'empêcher de sourire intérieurement. À Boston comme à Wilmington, les enfants étaient tous les mêmes.

Dès qu'elle l'eut aperçu, Theresa lui fit de grands signes. Garrett s'avança à leur rencontre et les débarrassa de leurs sacs. Hésitant à l'embrasser devant Kevin, il laissa Theresa se pencher vers lui et déposer un baiser enjoué sur sa joue.

— Garrett, je suis heureuse de te présenter mon fils Kevin, dit-elle fièrement.

— Bonjour, Kevin.

— Bonjour, monsieur Blake, répondit-il d'un ton guindé, comme si Garrett était son professeur.

— Appelle-moi Garrett, proposa ce dernier en tendant la main.

Kevin la serra, un peu intimidé. Jusqu'à ce jour, aucun adulte, à part Annette, ne lui avait permis de l'appeler par son prénom.

— Comment s'est passé votre voyage ?

— Bien, répondit Theresa.

— Avez-vous dîné ?

— Pas encore.

— Eh bien, que diriez-vous de manger un morceau avant que je vous conduise à votre motel ?

— Bonne idée.

— Qu'est-ce qui te ferait plaisir ? demanda-t-il à Kevin.

— J'aime bien McDonald's.

— Oh non, mon chéri, je t'en prie ! protesta aussitôt Theresa, mais Garrett l'arrêta d'un signe de tête.

— Je n'ai rien contre McDonald's.

— Tu es sûr ? demanda Theresa.

— Certain, j'y mange tout le temps.

Kevin parut ravi de sa réponse. Ils se dirigèrent ensemble vers l'arrivée des bagages.

— Est-ce que tu nages bien ? demanda Garrett à Kevin alors qu'ils sortaient de l'aéroport.

— Oui, assez bien.

— Que dirais-tu de quelques leçons de plongée ce week-end ?

— J'aimerais beaucoup. J'ai lu pas mal de choses à ce sujet, dit-il en essayant de jouer les grands.

— Eh bien, c'est parfait. Je n'en attendais pas moins de toi. Avec un peu de chance, je pourrais peut-être te faire passer ton certificat avant ton départ.

— Qu'est-ce que c'est ?

— C'est une licence qui te permet de plonger quand tu veux, un peu comme un permis de conduire.

— On peut la préparer en quelques jours ?

— Bien sûr. Il suffit de passer un test écrit et quelques heures dans l'eau avec un instructeur. Comme tu seras mon seul élève pendant le week-end, à moins que ta mère ne veuille suivre les cours elle aussi, nous aurons largement le temps.

— Cool, dit Kevin. Tu vas apprendre aussi, maman ? demanda-t-il en se tournant vers sa mère.

— Je ne sais pas. Peut-être.

— Tu devrais, ça serait amusant.

— Il a raison, tu devrais t'y mettre, toi aussi, ajouta Garrett avec un grand sourire, sachant qu'elle se sentirait forcée d'accepter s'ils insistaient tous les deux.

— Très bien, dit-elle en levant les yeux au ciel. Je viendrai aussi. Mais si je vois un seul requin, j'arrête.

— Tu veux dire qu'il risque d'y avoir des requins ? demanda aussitôt Kevin.

— Oui, nous devrions en voir. Mais ils sont petits et n'ennuient personne.

— Petits comment ? demanda Theresa, en se souvenant du requin-marteau qu'il avait rencontré.

— Assez petits pour ne pas t'inquiéter.

— Tu en es sûr ?

— Certain.

— Cool !

Theresa regarda Garrett en se demandant s'il disait la vérité.

Ils récupérèrent leurs bagages et s'arrêtèrent en route pour dîner rapidement, puis Garrett accompagna Theresa et Kevin à leur motel. Il les aida à monter les valises dans la chambre puis repartit chercher dans son camion un livre et des documents.

— Tiens, Kevin, c'est pour toi.

— Qu'est-ce que c'est ?

— Le livre et les tests que tu dois lire pour ton certificat. Ne t'inquiète pas, c'est moins gros qu'il n'y paraît. Mais si tu veux démarrer sur les chapeaux de roues demain, lis les deux premiers chapitres et fais la première série de tests.

— C'est difficile ?

— Non, pas du tout, mais tu dois le faire. Et tu peux t'aider du livre si tu as un doute.

— Vous voulez dire que je peux chercher les réponses pendant que je fais le test ?

— Oui. Quand je donne ces questionnaires à mes élèves, ils les remplissent chez eux et je suis sûr qu'ils se servent du livre. Le plus important, c'est que tu apprennes ce dont tu as besoin. C'est très amusant de plonger mais ça peut être dangereux si tu ne sais pas ce que tu fais. Si tu peux me lire ça pour demain, ajouta-t-il en lui tendant le livre, les deux chapitres plus le test, nous irons directement à la piscine pour la première partie de ton certificat. Je t'apprendrai comment mettre ton équipement et nous commencerons l'entraînement.

— Nous n'irons pas en mer ?

— Pas demain. Il faut d'abord que tu t'habitues à l'équipement. Quand tu te seras entraîné quelques heures, nous serons prêts. En principe, nous devrions commencer lundi ou mardi tes premières leçons de plongée en eau libre. Et si tu y passes suffisamment d'heures tu auras ton certificat provisoire avant de rentrer chez toi. Il ne te restera plus qu'à l'envoyer par la poste pour le faire homologuer et, quinze jours plus tard, tu auras ton certificat définitif.

Kevin commença à feuilleter le manuel.

— Maman devra le faire, elle aussi ?

— Oui, si elle veut avoir son certificat.

Theresa s'approcha pour regarder par-dessus l'épaule de son fils pendant qu'il feuilletait le livre. Ça n'avait pas l'air trop ardu.

— Kevin, nous pourrons travailler ensemble demain

matin, si tu es trop fatigué pour commencer tout de suite, dit-elle.

— Je ne suis pas fatigué, protesta-t-il aussitôt.

— Alors, ça ne t'ennuie pas si nous allons parler un moment sur le balcon, Garrett et moi ?

— Non, allez-y, répondit-il distraitement, attaquant déjà la première page.

Une fois dehors, Garrett et Theresa s'assirent l'un en face de l'autre. Elle se retourna et vit que Kevin lisait.

— Tu ne vas pas brûler des étapes pour qu'il obtienne son certificat, n'est-ce pas ?

— Non, pas du tout. Pour être certifié, il faut passer des tests et un certain nombre d'heures de plongée avec un instructeur, c'est tout. Généralement, on étale le tout sur trois ou quatre week-ends, uniquement parce que la plupart des gens n'ont pas le temps en semaine. Il aura le même nombre d'heures, elles seront simplement plus condensées.

— J'apprécie ce que tu fais pour lui.

— Hé, tu oublies que c'est mon métier. Après s'être assuré que Kevin était toujours absorbé dans sa lecture, il rapprocha sa chaise de Theresa. Tu m'as manqué, ces deux semaines, dit-il doucement en lui prenant la main.

— Tu m'as manqué aussi.

— Tu es ravissante. Tu étais de loin la plus jolie femme de l'avion.

Theresa ne put s'empêcher de rougir.

— Merci... Tu n'étais pas mal non plus..., surtout avec cette chemise.

— J'ai pensé que ça te ferait plaisir.

— Tu n'es pas trop déçu qu'on ne loge pas chez toi ?

— Non. C'est normal. Kevin ne me connaît pas et je préfère qu'il s'entende bien avec moi plutôt que de le bousculer.

— Oui, malheureusement, nous ne pourrons pas passer beaucoup de temps tous les deux ce week-end.

— Je prendrai ce qu'il y aura.

Theresa regarda à nouveau par-dessus son épaule et vit que Kevin était plongé dans son livre. Elle se pencha et embrassa Garrett. Bien qu'elle ne puisse passer la nuit avec lui, elle se sentait bizarrement heureuse. Il lui suffisait d'être assise à côté de lui et de le regarder pour sentir son cœur s'emballer.

— Je regrette que nous habitions si loin l'un de l'autre, dit-elle. Tu es un peu comme une drogue.

— Je considérerai qu'il s'agit d'un compliment.

Trois heures plus tard, bien après que Kevin se fut endormi, Theresa raccompagna silencieusement Garrett à la porte. Ils sortirent dans le couloir et tirèrent la porte derrière eux avant de s'embrasser longuement, n'ayant ni l'un ni l'autre le courage de se séparer. Dans ses bras, Theresa se sentait comme une adolescente qui vole un baiser sur le perron de ses parents, ce qui ajoutait du piment à son excitation.

— J'aimerais tant que tu restes ce soir, chuchota-t-elle.

— Moi aussi.

— Toi aussi tu as du mal à me quitter ?

— Je parierais que c'est encore plus dur pour moi. Je vais rentrer dans une maison vide.

— Ne dis pas ça. Je m'en veux.

— Un peu de culpabilité ne te fera pas de mal. Ça prouve que tu tiens à moi.

— Sinon, je ne serais pas là.

Ils s'embrassèrent à nouveau, avidement.

— Il faut vraiment que je m'en aille, dit-il d'un ton peu convaincu.

— Oui.

— Mais je n'en ai aucune envie, ajouta-t-il avec un sourire espiègle.

— Je sais. Il le faut, pourtant. Tu dois nous apprendre à plonger demain.

— Je préférerais te donner une ou deux petites leçons dans un autre domaine.

— Je croyais que tu m'avais déjà tout appris.

— Certes, mais rien ne vaut l'entraînement.

— Alors il va nous falloir trouver du temps pendant que je suis là.

— Tu crois que ce sera possible ?

— Je crois qu'avec nous tout est possible.

— J'espère que tu as raison.

— J'ai raison, dit-elle en l'embrassant une dernière fois. Presque toujours.

Elle s'écarta doucement de lui et revint vers la porte

— Voilà ce qui me plaît en toi, Theresa, ton assurance. Tu maîtrises toujours la situation.

— Rentre à la maison, Garrett, répondit-elle sans se départir de son flegme. Et fais-moi plaisir.

— Tout ce que tu voudras.

— Rêve de moi, promis ?

Kevin se réveilla tôt le lendemain matin et ouvrit aussitôt les rideaux. Le soleil inonda la pièce. Theresa cligna des yeux et se retourna, essayant de gagner quelques minutes de répit mais il en avait décidé autrement.

— Maman, tu dois faire ton test avant de partir, lui dit-il d'un ton impatient.

Theresa se retourna vers le réveil en grommelant. Il était à peine six heures. Elle avait eu moins de cinq heures de sommeil.

— C'est trop tôt, fit-elle en refermant les yeux. Tu peux me laisser dormir encore un petit moment, mon chéri ?

— Nous n'avons pas le temps, dit-il en s'asseyant sur son lit pour la secouer doucement par l'épaule. Tu n'as même pas lu le premier chapitre.

— Tu as tout terminé hier soir ?

— Oui ! Mon test est là. Attention, tu ne copies pas, hein ? Je ne veux pas avoir d'ennuis.

— Aucun risque, répondit-elle d'une voix ensommeillée. Nous connaissons le professeur.

— Oui, mais ce ne serait pas juste. En plus, il faut que tu saches le cours, comme l'a dit M. Blake..., enfin je veux dire Garrett..., sinon, ça pourrait être dangereux pour toi.

— D'accord, dit-elle en s'asseyant dans son lit. Elle se frotta les yeux. As-tu vu s'il y avait du café instantané dans la salle de bains ?

— Non. Si tu veux, je peux aller te chercher un Coca au bout du couloir.

— J'ai de la monnaie dans mon sac...

Kevin se précipita sur son sac, trouva quelques pièces et courut vers la porte, les cheveux en bataille. Elle l'entendit dévaler le couloir. Elle se leva en s'étirant et ramassa le livre sur la table. Elle commençait à lire le premier chapitre quand il revint avec deux Coca.

— Tiens, dit-il en posant une canette devant elle. Je prends ma douche et je m'habille. Où as-tu mis mon maillot de bain ?

Mon Dieu, quelle énergie !

— Dans le tiroir du haut, avec tes chaussettes.

— Merci. J'ai trouvé.

Il partit à la salle de bains, et Theresa l'entendit ouvrir la douche. Elle décapsula son Coca et se replongea dans le livre.

Heureusement, Garrett n'avait pas menti en disant que cela ne présentait aucune difficulté. C'était facile à lire, avec toutes les illustrations présentant l'équipement, et elle avait terminé quand Kevin eut finit de s'habiller. Elle posa la feuille de test devant elle. Kevin vint se poster derrière elle tandis qu'elle prenait connaissance de la première question. Se souvenant de ce qu'elle avait lu, elle se mit à feuilleter le livre afin de retrouver la page.

— Maman, c'est une question facile. Tu n'as pas besoin du livre.

— À six heures du matin, j'ai besoin de toute l'aide possible, marmonna-t-elle sans éprouver l'ombre d'un remords. Garrett a bien dit qu'on pouvait se servir du manuel, non ?

Kevin continua à regarder par-dessus son épaule, tandis qu'elle répondait à la suite, sans pouvoir retenir ses commentaires : « Non, tu ne regardes pas où il faut », ou : « Tu es sûre d'avoir bien lu le chapitre ? » jusqu'au moment où elle lui proposa de regarder la télévision.

— Mais il n'y a rien, répondit-il d'un air dégoûté.

— Lis, dans ce cas.

— Je n'ai rien apporté.

— Alors reste tranquille.

— Je ne bouge pas.

— Si. Tu n'arrêtes pas de me surveiller.

— J'essaie simplement de t'aider.
— Assieds-toi sur le lit, d'accord. Et ne dis plus rien.
— Je ne dis rien.
— Tu viens juste de parler.
— Parce que tu me parlais.
— Peux-tu me laisser faire ce test en paix ?
— D'accord. Je me tais. Je vais être sage comme une image.

En effet. Deux minutes. Puis il se mit à siffler.

Elle posa son stylo et se tourna vers lui.

— Pourquoi siffles-tu ?
— Je m'ennuie.
— Mets donc la télé.
— Il n'y a rien.

Et ainsi de suite jusqu'à ce qu'elle ait fini. Il lui avait fallu une heure pour accomplir ce qui lui aurait demandé deux fois moins de temps dans son bureau. Elle se doucha longuement, enfila son maillot de bain et s'habilla. Kevin, affamé, voulait retourner au McDonald's. Elle l'arrêta tout de suite en lui proposant de prendre leur petit déjeuner au Waffle House, juste en face du motel.

— J'aime pas.
— Tu n'y es jamais allé.
— Non.
— Alors comment sais-tu que tu n'aimes pas ?
— Je le sais, c'est tout.
— Serais-tu omniscient ?
— Qu'est-ce que ça veut dire ?
— Cela signifie, jeune homme, que pour une fois nous déjeunerons là où je l'ai décidé.
— Vraiment ?
— Oui, répondit-elle, prise soudain d'une envie de café comme elle n'en avait pas éprouvée depuis longtemps.

Garrett frappa à la porte de leur chambre à neuf heures précises, et Kevin se précipita pour lui ouvrir.

— Êtes-vous prêts ? demanda-t-il.
— Bien sûr, s'empressa de répondre Kevin. J'ai fait mon test. Je vais le chercher.

Il courut vers la table tandis que Theresa se levait du lit et venait embrasser Garrett rapidement.

— Comment vas-tu ce matin ?

— J'ai l'impression que nous sommes déjà l'après-midi. Kevin m'a réveillée aux aurores pour faire le test.

— Tenez, monsieur Blake..., pardon, Garrett.

Garrett regarda les réponses.

— Maman a eu du mal avec une ou deux questions, je l'ai un peu aidée, continua Kevin tandis que Theresa levait les yeux au plafond. Tu es prête, maman ?

— Quand tu veux, dit-elle en attrapant la clé de la chambre et son sac.

— Alors on y va ! s'exclama Kevin, les entraînant dans le couloir en direction du camion de Garrett.

Pendant toute la matinée et le début de l'après-midi, Garrett leur enseigna les bases de la plongée sous-marine. Ils apprirent comment fonctionnait l'équipement, la façon de le mettre et de le vérifier, et finalement comment respirer avec l'embout, d'abord au bord de la piscine, puis sous l'eau.

— Retenez avant tout qu'il faut respirer normalement, leur expliqua Garrett. Ne bloquez pas votre souffle, ne respirez pas trop lentement ni trop vite. Faites-le naturellement.

Évidemment, rien de tout cela ne semblait naturel à Theresa, qui avait plus de difficultés que Kevin. Lui, toujours aussi intrépide, était persuadé de tout savoir au bout de quelques minutes sous l'eau.

— C'est facile, dit-il à Garrett. Je pense que je serai prêt à aller en mer cet après-midi.

— Je suis sûr que tu le pourrais, mais nous devons suivre le cours à la lettre.

— Comment s'en sort maman ?

— Bien.

— Aussi bien que moi ?

— Vous vous débrouillez comme des chefs tous les deux.

Kevin remit l'embout dans sa bouche et replongea au moment où Theresa remontait à la surface.

— Ça me fait une drôle d'impression quand je respire, dit-elle en retirant l'embout.

— Tu t'en sors très bien. Détends-toi et respire normalement.

— C'est ce que tu m'as dit tout à l'heure quand j'ai eu des haut-le-cœur.

— Les règles n'ont pas changé depuis, Theresa.

— Je le sais. Je me demandais simplement s'il n'y aurait pas un problème avec ma bouteille.

— Ne t'inquiète pas de ta bouteille. Je l'ai vérifiée deux fois ce matin.

— Ce n'est pas toi qui t'en sers, tu sais.

— Tu veux que je la teste ?

— Non, marmonna-t-elle en le regardant de travers. Je m'en sortirai.

Et elle disparut sous l'eau. Kevin remonta au même moment.

— Ça va, pour maman ? J'ai vu qu'elle était sortie.

— Impeccable. Elle s'habitue petit à petit. Comme toi.

— Parfait. Je n'aimerais pas avoir mon certificat et qu'elle le rate.

— Ne t'inquiète pas. Continue à t'entraîner.

Au bout de quelques heures dans l'eau, Kevin et Theresa ressentirent la fatigue. Ils allèrent déjeuner, et Garrett raconta à nouveau ses aventures de plongée, à l'intention de Kevin cette fois. Le garçon lui posa mille questions auxquelles Garrett répondit avec une patience infinie. Theresa était soulagée de voir qu'ils s'entendaient si bien.

Après être passé au motel prendre le manuel pour la leçon du lendemain, Garrett les emmena chez lui. Bien que Kevin ait eu l'intention d'attaquer immédiatement les chapitres suivants, il changea d'avis en découvrant que Garrett habitait sur la plage.

— Est-ce que je peux aller me baigner, maman ? demanda-t-il.

— Ce ne serait pas raisonnable, dit-elle doucement. Nous venons de passer la journée à la piscine.

— Oh, maman..., je t'en prie ! Tu n'es pas forcée de venir avec moi. Tu peux me surveiller depuis la terrasse.

Elle hésita. Kevin sentit qu'il avait gagné.

— S'il te plaît, insista-t-il avec son sourire le plus charmeur.

— D'accord. Mais ne nage pas trop loin.

— C'est promis.

Il attrapa la serviette que Garrett lui tendait et partit en courant. Garrett et Theresa s'assirent sur la terrasse et le regardèrent jouer dans l'eau.

— C'est presque un jeune homme, commenta Garrett.

— Oui. Et je crois que tu lui plais. Au déjeuner, quand tu t'es absenté, il a dit que tu étais cool.

Garrett sourit.

— Je suis ravi. Il me plaît bien lui aussi. C'est l'un des meilleurs élèves que j'ai eus.

— Tu dis ça pour me faire plaisir.

— Non, pas du tout. C'est vrai. Je vois beaucoup de jeunes dans mes cours et je le trouve très mûr. Et puis il s'exprime bien pour son âge. Sans compter qu'il est gentil. La plupart des enfants sont trop gâtés, mais je n'ai pas cette impression avec lui.

— Merci.

— Je le pense. Tu l'as très bien élevé.

Elle lui prit la main et l'embrassa tendrement.

— Ce que tu viens de dire me touche particulièrement. Je n'ai pas rencontré beaucoup d'hommes qui s'intéressent à lui et encore moins qui s'en occupent.

— Tant pis pour eux.

Elle sourit.

— Comment fais-tu pour toujours trouver le mot qui me fera plaisir ?

— Peut-être parce que tu stimules ce que j'ai de meilleur en moi.

— Peut-être.

Le soir, Garrett emmena Kevin choisir deux films dans un magasin de vidéo et commanda des pizzas pour eux trois. Ils mangèrent en regardant le premier film ensemble, dans la salle de séjour. Après le dîner, Kevin tombait de sommeil et vers neuf heures il finit par s'assoupir devant la télévision.

Theresa le secoua doucement en lui disant qu'il était temps de rentrer.

— On ne pourrait pas dormir ici, juste ce soir, marmonna-t-il à moitié endormi.

— Je crois que nous devrions rentrer.

— Si vous voulez, vous n'avez qu'à dormir tous les deux dans mon lit, proposa Garrett. Je prendrai le canapé.

— Oh, maman, dis oui. Je suis tellement fatigué.

— Tu crois ? demanda-t-elle alors que Kevin se dirigeait déjà vers la chambre d'un pas chancelant.

Ils entendirent les ressorts grincer quand il se laissa tomber sur le lit de Garrett. Arrivant sur ses talons, ils glissèrent un œil dans la chambre. Il s'était déjà rendormi.

— Je ne crois pas qu'il t'ait vraiment laissé le choix, chuchota Garrett.

— Je ne suis pas sûre que ce soit une bonne idée.

— Je me comporterai en parfait gentleman, je te le promets.

— Ce n'est pas toi qui m'inquiètes. Je ne voudrais pas que Kevin se fasse des idées.

— Tu as peur qu'il découvre que nous tenons l'un à l'autre ? Je crois qu'il s'en doute déjà.

— Tu sais bien ce que je veux dire.

— Oui, dit-il en haussant les épaules. Écoute, si tu veux que je t'aide à le porter dans le camion, tu n'as qu'un mot à dire.

Elle regarda Kevin en écoutant sa respiration profonde et régulière. Il dormait comme une souche.

— Enfin, une nuit, ce n'est pas si grave, reconnut-elle enfin.

— J'espérais cette réponse.

— Attention, tu m'as promis de bien te tenir.

— Compte sur moi.

— Tu as l'air bien sûr de toi.

— Hé..., une promesse est une promesse.

Elle ferma doucement la porte et passa ses bras autour du cou de Garrett. Elle l'embrassa tendrement en lui mordillant la lèvre.

— Tant mieux, parce que si ça ne tenait qu'à moi je ne crois pas que je saurais me retenir.

— Dis donc, tu ne me rends pas les choses faciles.

— Tu ne serais pas en train de me traiter d'allumeuse, par hasard ?

— Non, je voulais simplement dire que tu étais parfaite.

Au lieu de regarder le second film, Garrett et Theresa s'assirent sur le canapé et parlèrent en buvant du vin. Theresa vérifia à deux reprises que Kevin dormait bien. Il n'avait pas bougé.

Vers minuit, Theresa commença à bâiller, et Garrett lui suggéra de se coucher.

— Mais je suis venue pour te voir, protesta-t-elle d'une voix endormie.

— Tu risques de me voir un peu flou si tu ne dors pas.

— Je me sens en pleine forme, vraiment, reprit-elle avant de bâiller à nouveau.

Garrett se leva et sortit d'un placard un drap, une couverture et un oreiller qu'il posa sur le canapé.

— J'insiste. Essaie de dormir. Nous aurons tout le temps de nous voir dans les prochains jours.

— Tu en es sûr ?

— Certain.

Elle aida Garrett à faire son lit et se dirigea vers la chambre.

— Si tu ne veux pas dormir avec tes affaires, tu trouveras un survêtement dans le deuxième tiroir.

— J'ai passé une merveilleuse journée, dit-elle en l'embrassant.

— Moi aussi.

— Je suis désolée d'être si fatiguée.

— Tu as fait beaucoup d'exercice aujourd'hui. C'est normal.

— Es-tu toujours aussi facile à vivre ? lui demanda-t-elle en se serrant dans ses bras.

— J'essaie.

— Eh bien, bravo !

Quelques heures plus tard, Garrett se réveilla avec l'impression que quelqu'un lui donnait des coups dans les côtes. Il ouvrit les yeux et aperçut Theresa assise à côté de lui. Elle portait l'un de ses survêtements.

— Tu vas bien ? lui demanda-t-il en se redressant.

— Très bien, chuchota-t-elle en lui caressant le bras.

— Quelle heure est-il ?

— Trois heures passées.

— Kevin dort toujours ?

— Comme un loir.

— Puis-je savoir ce qui t'a sortie du lit ?

— J'ai fait un rêve qui m'a réveillée et je n'arrive plus à me rendormir.

— De quoi as-tu rêvé ? demanda-t-il en se frottant les yeux.

— De toi.

— C'était bien ?

— Oh oui...

Elle se pencha pour l'embrasser sur le torse, et Garrett l'attira contre lui. Il jeta un coup d'œil vers la porte de la chambre. Elle l'avait refermée derrière elle.

— Tu n'as pas peur pour Kevin ?

— Un peu, mais je te fais confiance pour être le plus discret possible.

Elle glissa la main sous la couverture.

— Tu es sûre ?

— Oui, oui.

Ils firent l'amour tendrement, sans bruit, puis ils restèrent un long moment l'un contre l'autre, en silence. Quand une lueur imperceptible éclaira l'horizon, Theresa regagna sa chambre. Quelques minutes plus tard, elle dormait profondément.

Garrett la contemplait depuis le seuil. Sans raison, il ne put trouver le sommeil.

Le lendemain matin, Theresa et Kevin étudièrent ensemble le manuel pendant que Garrett allait chercher des *bagels* frais pour le petit déjeuner. Puis ils repartirent à la piscine. Les exercices devenaient plus difficiles. Theresa et

Kevin s'entraînèrent à respirer à deux sur un seul réservoir au cas où l'un d'eux manquerait d'air pendant une plongée et devrait alors partager une bouteille. Garrett les prévint des dangers de l'affolement en plongée et de la remontée précipitée à la surface.

— Cela peut entraîner ce qu'on appelle la maladie des caissons. Non seulement c'est douloureux, mais on peut en mourir.

Ils restèrent en profondeur et nagèrent longuement. Ils s'habituaient progressivement à l'équipement et s'entraînaient à décompresser. Pour terminer, Garrett leur enseigna comment se mettre à l'eau du bord de la piscine, sans risquer d'arracher leurs masques. Comme il fallait s'y attendre, au bout de quelques heures, ils étaient épuisés et en avaient assez pour la journée.

— Demain, est-ce que nous pourrons aller en pleine mer ? demanda Kevin pendant qu'ils regagnaient le camion.

— Si tu veux. Je pense que tu es suffisamment entraîné, mais si tu veux encore passer un jour à la piscine il n'y a pas de problème.

— Non, ce n'est pas la peine.

— Tu es sûr ? Je ne voudrais pas te bousculer.

— Pas du tout. Je suis fin prêt.

— Et toi, Theresa ? Comment te sens-tu ?

— Si Kevin est prêt, moi aussi.

— Et j'aurai mon certificat mardi ? insista Kevin.

— Si la plongée en mer se passe bien, vous l'aurez tous les deux.

— Formidable.

— Qu'y a-t-il de prévu, maintenant ? questionna Theresa.

— Je pensais vous emmener sur le voilier. Nous devrions avoir un temps idéal.

— Je pourrai aussi apprendre à faire de la voile ? demanda Kevin.

— Bien sûr. Tu seras mon second.

— Devrai-je aussi avoir un certificat pour cela ?

— Non. C'est à la discrétion du capitaine, et, comme c'est moi, je peux te nommer tout de suite.

— Comme ça ?

— Comme ça.

Kevin regarda sa mère avec de grands yeux. Elle eut l'impression de lire dans ses pensées. *D'abord j'apprends à plonger et ensuite me voilà capitaine en second. Quand je dirai ça aux copains...*

Garrett avait raison en prédisant un temps idéal. Il apprit à Kevin des rudiments de voile, la façon de tirer un bord et de juger le moment de le faire en anticipant la direction du vent d'après la course des nuages. Comme lors de leur première sortie, leur repas se composa de sandwiches et de salade, et ils eurent en prime une famille de tortues qui vinrent nager autour du bateau.

Il était tard quand ils revinrent au port. Après que Garrett eut montré à Kevin comment fermer le bateau pour le protéger d'une tempête imprévue, il les reconduisit au motel. Comme ils étaient morts de fatigue tous les trois, Garrett et Theresa se dirent rapidement au revoir ; Kevin et sa mère étaient couchés le temps que Garrett rentre chez lui.

Le lendemain, il les emmena pour leur première plongée en mer. Une fois passée l'appréhension initiale, ils trouvèrent cela très amusant et vidèrent chacun deux réservoirs dans le cours de l'après-midi. La mer était plate et l'eau claire, avec une excellente visibilité. Garrett prit quelques photos d'eux pendant qu'ils exploraient une épave en eau peu profonde, non loin de la côte. Il leur promit de les faire développer et de les leur envoyer aussi vite que possible.

Ils passèrent la soirée à nouveau chez lui, sur la plage. Dès que Kevin se fut endormi, Garrett et Theresa s'assirent l'un contre l'autre sur la terrasse, sous la douce caresse de la brise.

Après avoir parlé de leur dernière plongée, Theresa resta un long moment silencieuse.

— Je n'arrive pas à croire que nous repartons demain soir, dit-elle d'une petite voix triste. Le temps a filé si vite.

— C'est parce que nous n'avons pas arrêté.

— Maintenant, tu vois à quoi ressemble ma vie à Boston, dit-elle en souriant.

— Toujours courir ?

— Exactement. Je suis ravie d'avoir Kevin, mais partois il est usant. Il faut l'occuper sans arrêt.

— Tu n'en changerais pas, pourtant, n'est-ce pas ? Tu ne voudrais pas qu'il soit vautré toute la journée devant la télé ou allongé dans sa chambre à écouter de la musique.

— Non.

— Alors, estime-toi heureuse. Il est formidable, j'ai vraiment passé un bon moment avec lui.

— Ça me fait tellement plaisir. Je sais que lui aussi. Elle réfléchit. Tu sais, même si nous n'avons pas eu beaucoup de temps rien qu'à nous, j'ai l'impression de bien mieux te connaître que lorsque je suis venue seule

— Que veux-tu dire ? Je suis toujours le même.

— Oui et non. La dernière fois, tu m'avais toute à toi, et tu sais bien que c'est plus facile de s'entendre à deux. Cette fois-ci, tu as vu à quoi ressemblait la vie avec Kevin et tu t'en es sorti bien mieux que je ne l'aurais imaginé.

— Eh bien, merci, mais ce n'était pas difficile. Du moment que tu es là, peu importe ce que nous faisons. Seule ta présence compte.

Il passa un bras autour de ses épaules et l'attira contre lui. Elle posa la tête contre son épaule. Ils écoutèrent les vagues qui roulaient sur le sable.

— Tu restes là ce soir ?

— J'y pensais sérieusement.

— Veux-tu encore que je me comporte en parfait gentilhomme ?

— Peut-être. Je ne sais pas...

— Serais-tu en train de flirter avec moi ?

— J'essayais, reconnut-elle et il éclata de rire. Tu sais, Garrett, je me sens vraiment à l'aise avec toi.

— À l'aise ? On dirait que tu parles d'un canapé.

— Ce n'est pas ce que je voulais dire. C'est seulement que je me sens bien dans ma peau quand nous sommes ensemble.

— C'est normal. Je te trouve très bien.

— Très bien ? C'est tout ?

— Mais non, ce n'est pas tout, dit-il en secouant la tête.

Tu sais, reprit-il d'une voix presque timide, après ton départ, mon père est venu me faire la leçon.

— Ah bon ?

— Il m'a dit que si j'étais heureux avec toi, il ne fallait pas que je te laisse filer.

— Et qu'as-tu l'intention de faire ?

— Je suppose qu'il ne me reste plus qu'à t'éblouir.

— C'est déjà fait.

Il la dévisagea puis il reporta son regard sur la mer.

— Alors je suppose que je dois te dire que je t'aime.

Je t'aime.

Au-dessus de leurs têtes, les étoiles brillaient de tout leur éclat dans le ciel. Des nuages apparaissaient à l'horizon, éclairés par le croissant de lune. Les mots résonnaient dans la tête de Theresa. *Je t'aime.*

Pas d'ambiguïté cette fois-ci, pas de doute sur ce qu'il avait dit.

— C'est vrai ? finit-elle par demander.

— Oui, répondit-il en se tournant vers elle. Je t'aime.

Elle découvrit dans son regard une expression nouvelle.

— Oh, Garrett... commença-t-elle d'un ton hésitant, mais il l'arrêta aussitôt d'un hochement de tête.

— Theresa, je ne m'attends pas a ce que tu ressentes la même chose. Je voulais simplement que tu saches ce que j'éprouve. Il réfléchit et son rêve lui revint à la mémoire. Ces dernières semaines, il s'est passé beaucoup de choses... Il se tut.

Elle voulut parler mais il l'arrêta à nouveau d'un geste. Il réfléchit un moment avant de poursuivre.

— Je ne suis pas sûr de bien saisir tout ce qui m'arrive, mais je suis certain de ce que j'éprouve pour toi. Il lui caressa la joue du dessus du doigt. Je t'aime, Theresa.

— Je t'aime aussi, dit-elle dans un souffle, s'essayant à ces mots en espérant qu'ils soient vrais.

Ils restèrent un long moment blottis l'un contre l'autre puis ils rentrèrent faire l'amour et parlèrent jusqu'au lever du jour. Cette fois, quand Theresa partit se coucher, Garrett s'endormit d'un sommeil profond pendant qu'elle restait éveillée, à penser au miracle qui les avait réunis.

Le lendemain se déroula merveilleusement bien. Dès que Kevin tournait le dos, Garrett et Theresa se prenaient par la main ou échangeaient des baisers furtifs.

Ils passèrent la journée à s'entraîner et leur dernière leçon terminée, Garrett remplit les certificats provisoires, alors qu'ils étaient encore sur le bateau.

— Tu pourras plonger où et quand tu voudras désormais, dit-il à Kevin en lui tendant son certificat comme si c'était un trésor. Il ne te reste plus qu'à envoyer ce formulaire et tu recevras ton diplôme définitif d'ici quinze jours. Mais n'oublie jamais qu'il n'est pas prudent de plonger seul. Pars toujours avec quelqu'un.

Comme c'était leur dernier jour à Wilmington, Theresa régla l'hôtel puis ils se rendirent tous les trois chez Garrett. Kevin voulait passer ses dernières heures sur la plage, et Theresa et Garrett l'accompagnèrent.

Ils mangèrent rapidement sur la terrasse des hot dogs cuits au barbecue, puis Garrett les raccompagna à l'aéroport.

Il resta à contempler l'avion qui emmenait Theresa et Kevin jusqu'à ce qu'il le perde de vue. Puis il remonta dans son camion et rentra chez lui, surveillant déjà l'heure pour calculer d'ici combien de temps il pourrait la rappeler chez elle.

De leur côté, Theresa et Kevin trompaient le temps en feuilletant des magazines.

— Maman, tu aimes Garrett ? demanda brusquement Kevin.

— Oui. Mais dis-moi plutôt comment tu le trouves, toi.

— Je trouve qu'il est cool pour un adulte.

Theresa sourit.

— Je crois que vous vous êtes bien entendus, tous les deux. Tu es content de ton voyage ?

— Oh, oui, dit-il en hochant vigoureusement la tête. Il réfléchit en jouant avec le magazine. Maman, je peux te poser une question ?

— Tout ce que tu veux.

— Est-ce que tu vas te marier avec Garrett ?

— Je ne sais pas. Pourquoi ?

— Tu aimerais bien ?

Elle dut réfléchir quelques secondes avant de répondre.

— Je ne suis pas sûre. Je sais que je ne veux pas me marier avec lui tout de suite. Nous devons attendre de mieux nous connaître.

— Mais peut-être que tu te marieras avec lui plus tard ?

— Peut-être.

Kevin parut soulagé.

— Je suis content. Tu avais l'air vraiment heureuse avec lui.

— Comment pouvais-tu le voir ?

— Maman, j'ai douze ans. Je sais plus de choses que tu ne crois.

Elle lui prit la main.

— Eh bien, qu'aurais-tu pensé si je t'avais dit que je voulais me marier avec lui tout de suite ?

Il resta silencieux quelques secondes.

— Je me demande où nous aurions habité.

Theresa eut été bien en peine de lui donner une réponse...

11.

Quatre jours après le départ de Theresa, Garrett rêva à nouveau, mais de Catherine cette fois. Ils se trouvaient dans un pré, au bord d'une falaise qui dominait l'océan. Ils marchaient, main dans la main, lorsque Garrett disait quelque chose qui la faisait rire. Elle s'écartait alors brusquement de lui et partait à toutes jambes, lui criant par-dessus son épaule de la rattraper. Il la poursuivait, en riant lui aussi, heureux comme le jour de leur mariage.

En la regardant courir devant lui, il était frappé par sa beauté, et admirait ses longs cheveux qui brillaient au soleil et ses jambes sveltes qui ne montraient aucune trace de fatigue. Elle souriait d'un air détendu comme si cela ne lui demandait aucun effort

— Tu m'attraperas pas, tu m'attraperas pas, criait-elle.

Son rire flottait derrière elle telle une musique.

Il gagnait peu à peu du terrain lorsqu'il s'apercevait qu'elle se dirigeait vers le bord de la falaise. Dans sa joie et son exaltation, elle ne semblait pas s'en rendre compte.

— Mais c'est ridicule, se disait-il. Elle doit bien le voir.

Il lui criait de s'arrêter, mais elle courait de plus en plus vite. Elle approchait du précipice. Avec le sentiment d'un malheur imminent, il constatait qu'il était trop loin pour pouvoir l'attraper.

Il courait aussi vite qu'il pouvait en lui hurlant de se retourner. Elle ne semblait pas l'entendre. Il sentait l'adrénaline monter en lui, alimentée par la panique.

— Arrête-toi, Catherine ! criait-il hors d'haleine. La falaise ! Regarde où tu vas !

Plus il criait, plus sa voix faiblissait, jusqu'à ne plus être qu'un murmure.

Catherine continuait à avancer sans s'apercevoir de rien. La falaise n'était plus qu'à quelques mètres.

Il gagnait du terrain.

Mais il était encore trop loin.

— Arrête ! s'époumonait-il à nouveau, bien qu'il sût qu'elle ne pouvait pas l'entendre. Sa voix n'était plus qu'un souffle. Jamais il n'avait éprouvé une telle frayeur. Il essayait de toute sa volonté d'accélérer, mais ses jambes commençaient à se raidir, plus lourdes à chaque pas.

— Je n'y arriverai pas, constatait-il, fou de peur.

Puis aussi soudainement qu'elle s'était mise à courir, elle s'arrêtait. Tournée vers lui, elle semblait inconsciente du danger. Elle n'était qu'à quelques centimètres du précipice.

— Ne bouge pas, criait-il, mais seul un murmure franchissait ses lèvres. Il s'immobilisait à quelques pas d'elle et lui tendait la main, à bout de souffle.

— Viens vers moi, la suppliait-il. Tu es tout au bord de la falaise.

Elle lui souriait et regardait derrière elle. Constatant qu'elle avait failli tomber, elle se retournait vers lui.

— Tu as cru que tu allais me perdre ?

— Oui, répondait-il calmement et je te promets que cela n'arrivera jamais plus.

Garrett se réveilla en sursaut et ne put se rendormir qu'au petit matin. Et encore, d'un sommeil si mauvais qu'il lui fallut attendre dix heures avant de se sentir en état de se lever. Aussi épuisé que déprimé, il n'avait pas la force de penser à autre chose qu'à son rêve. En désespoir de cause, il appela son père qui le rejoignit pour prendre le petit déjeuner à leur café habituel.

— Je ne sais pas pourquoi je me sens aussi mal, dit-il à son père après avoir échangé quelques banalités. Je n'y comprends rien.

Son père ne répondit pas. Il l'observait par-dessus sa tasse, attendant qu'il continue.

— Pourtant je n'ai rien à lui reprocher. Nous avons passé un long week-end ensemble, et je tiens vraiment à elle. J'ai aussi fait la connaissance de son fils et il est adorable. Seulement... Je ne sais pas... Je ne sais pas si je vais pouvoir continuer.

— Continuer quoi ? demanda son père.

Garrett remua son café distraitement.

— Je ne sais pas si je dois la revoir.

Son père haussa les sourcils mais ne dit rien.

— Peut-être que ça n'aurait jamais dû arriver. Oui, elle habite loin. À plus de mille cinq cents kilomètres. Elle a sa vie, ses centres d'intérêts. Et moi, je mène une vie totalement différente ici. Peut-être qu'elle n'est pas faite pour moi. Il aurait mieux valu qu'elle rencontre quelqu'un qu'elle puisse voir plus régulièrement.

Il réfléchit à ce qu'il venait de dire, sachant qu'il n'y croyait pas lui-même. Mais il ne voulait pas parler du rêve à son père.

— Oui, comment pourrons-nous construire une relation durable en ne nous voyant que rarement ?

Son père ne disait toujours rien. Garrett continua, comme se parlant à lui-même.

— Si elle habitait ici, je pourrais la voir tous les jours, je penserais différemment. Mais depuis qu'elle est partie...

Il réfléchit, essayant d'analyser ce qu'il ressentait.

— Je ne vois pas comment ça pourrait marcher. Je ne veux pas aller vivre à Boston, et je suis sûr qu'elle n'a aucune envie de venir s'installer ici, alors où cela nous mènera-t-il ?

Garrett se tut, attendant que son père lui réponde quelque chose, n'importe quoi. Rien. Il soupira et détourna les yeux.

— J'ai l'impression que tu cherches des excuses, dit alors son père. Tu essaies de te convaincre et tu te sers de moi pour t'écouter parler.

— Non, papa, pas du tout. J'essaie simplement de savoir où j'en suis.

— Pour qui me prends-tu, Garrett ? Tu me crois

vraiment tombé de la dernière pluie. Je sais exactement ce que tu éprouves. Tu t'es tellement habitué à vivre seul que tu redoutes d'avoir rencontré quelqu'un qui te sorte de là.

— Ça ne me fait pas peur, protesta Garrett.

— En plus, tu ne veux même pas le reconnaître, tu vois, le contra aussitôt son père, d'un ton dépité. Tu sais, Garrett, quand ta mère est morte, je me suis inventé des excuses, moi aussi. Au fil des années, je m'en suis raconté des histoires. Et tu veux savoir où tout cela m'a conduit ? Il dévisagea son fils Je suis vieux, je suis fatigué et surtout, je suis seul. Si je pouvais revenir en arrière, je changerais du tout au tout, et que je sois damné si je te laisse faire la même erreur. J'ai eu tort, Garrett, reprit-il d'une voix plus douce. Tort de ne pas chercher quelqu'un d'autre, tort de me sentir coupable vis-à-vis de ta mère. Tort de mener cette vie à souffrir en me demandant ce qu'elle aurait pensé. Parce que je suis maintenant persuadé que ta mère aurait voulu que je refasse ma vie. Elle aurait voulu que je sois heureux. Et sais-tu pourquoi ?

Garrett ne dit rien.

— Parce qu'elle m'aimait. Et si tu crois prouver ton amour envers Catherine en souffrant ainsi, eh bien, cela veut dire que d'une certaine manière, j'ai raté ton éducation.

— Tu n'as rien raté...

— Si. Parce que en te regardant, c'est moi que je vois, et pour être honnête, je préférerais voir quelqu'un d'autre. Quelqu'un qui saurait que c'est normal de refaire sa vie avec une femme qui le rend heureux. Mais pour le moment, j'ai l'impression de me voir dans un miroir tel que j'étais il y a vingt ans.

Garrett passa le reste de l'après-midi à marcher sur la plage en pensant à ce que son père lui avait dit. Il reconnaissait qu'il n'avait pas été franc avec lui et ce n'était pas étonnant qu'il s'en soit aperçu. Pourquoi dans ce cas avait-il éprouvé le besoin de lui parler ? Voulait-il que son père le secoue comme il l'avait fait ?

Au fil des heures, son découragement se transforma en confusion puis en torpeur. Quand il appela Theresa en fin de soirée, le sentiment de trahison qu'il avait ressenti à la suite de son rêve s'était suffisamment estompé pour qu'il puisse lui parler. Ses derniers remords s'envolèrent dès qu'il entendit sa voix.

— Je suis contente que tu m'appelles, dit-elle d'une voix chaleureuse. J'ai beaucoup pensé à toi aujourd'hui.

— Moi aussi, j'ai pensé à toi, dit-il. J'aimerais tellement que tu sois là.

— Tu vas bien ? Je te sens triste.

— Je me sens bien... mais seul, c'est tout. Comment s'est passée ta journée ?

— Toujours pareil. La course au journal, la course à la maison. Mais je me sens mieux maintenant que je t'entends.

Garrett sourit.

— Kevin est là ?

— Il est dans sa chambre, il lit un livre sur la plongée sous-marine. Il m'a dit qu'il voulait être moniteur quand il serait grand.

— Où a-t-il été chercher une idée pareille ?

— Je me le demande, dit-elle d'un ton amusé. Et toi ? Qu'as-tu fait de beau aujourd'hui ?

— Rien de particulier. Je ne suis pas allé au magasin. En fait, j'ai pris ma journée pour aller me promener sur la plage.

— En rêvant de moi, j'espère.

L'ironie de sa remarque ne lui échappa pas. Il répondit indirectement.

— Tu m'as beaucoup manqué aujourd'hui.

— Je ne suis rentrée que depuis quelques jours, dit-elle d'une voix tendre.

— Je sais. À propos, quand nous reverrons-nous ?

Theresa s'assit devant la table de la salle à manger et consulta son agenda.

— Hum... dans trois semaines, ça t'irait ? C'est toi qui pourrais venir cette fois-ci. Kevin part en stage de foot pendant une semaine et nous serons seuls tous les deux.

— Tu ne préférerais pas descendre plutôt ?

— J'aimerais mieux que tu viennes, si cela t'est possible. Je n'ai plus beaucoup de jours de vacances, en revanche je pourrais organiser mon emploi du temps. Et il est grand temps que tu sortes de ta Caroline du Nord et que tu découvres le reste du pays.

Pendant qu'elle parlait, il se surprit à regarder la photo de Catherine sur la table de chevet. Il mit quelques secondes à répondre.

— Bien sûr. Je devrais pouvoir arranger ça.

— Tu n'as pas l'air très convaincu.

— Si.

— Y a-t-il autre chose alors ?

— Non.

— Es-tu sûr que tout va bien, Garrett ? demanda-t-elle d'une voix hésitante.

Il lui fallut quelques jours et plusieurs communications téléphoniques avec Theresa avant de redevenir lui-même. Il lui arriva plusieurs fois de l'appeler tard le soir, juste pour entendre sa voix.

— Hé, disait-il, c'est encore moi.

— Bonsoir, Garrett, que se passe-t-il ? demandait-elle d'une voix ensommeillée.

— Rien. Je voulais seulement te dire bonsoir avant que tu te glisses entre les draps.

— Je suis déjà couchée.

— Quelle heure est-il ?

— Presque minuit, répondait-elle en regardant le réveil.

— Mais pourquoi es-tu encore éveillée ? Tu devrais dormir, la taquinait-il, et il la laissait raccrocher pour qu'elle puisse se reposer.

Parfois, quand il n'arrivait pas à dormir, il repensait à la semaine passée avec Theresa, et au souvenir de la douceur de sa peau, il éprouvait aussitôt le désir de la serrer dans ses bras.

Puis, en arpentant sa chambre, il voyait la photo de Catherine sur la table de nuit. Et le rêve lui revenait aussitôt avec la clarté du cristal.

Il ne s'en remettait pas. Autrefois, il aurait écrit une lettre à Catherine, ce qui lui aurait permis de s'éclaircir les idées. Il aurait ensuite conduit *Happenstance* sur la route qu'ils avaient empruntée tous les deux lors de leur première sortie après la restauration du voilier, et l'aurait jetée à la mer.

Bizarrement, il se sentait incapable de le faire cette fois-ci. Quand il s'asseyait pour écrire, les mots refusaient de venir. Finalement, désemparé, il se plongea dans ses souvenirs.

— Tiens, quelle surprise ! disait Garrett en montrant l'assiette de Catherine sur laquelle elle empilait de la salade d'épinards.

— Qu'y a-t-il d'extraordinaire à manger de la salade d'épinards ? demanda Catherine en haussant les épaules.

— Rien, s'empressa-t-il de répondre. C'est seulement la troisième fois de la semaine que tu manges des épinards.

— Je sais. Une envie. Je ne sais pas pourquoi.

— Si tu continues, tu vas te transformer en lapin.

Elle se servit de vinaigrette en riant.

— Dans ce cas, répondit-elle en montrant l'assiette de Garrett remplie de poisson et de fruits de mer, toi tu te changeras en requin.

— J'en suis déjà un, dit-il en haussant les sourcils.

— Peut-être, mais si tu continues à me taquiner, je ne te laisserai pas l'occasion de me le prouver.

— Et si je te le prouvais ce week-end ? demanda-t-il avec un grand sourire.

— Quand ? Tu travailles tout le temps.

— Non. Tu ne vas pas le croire, mais j'ai réussi à me libérer. Il y a une éternité que cela ne nous est pas arrivé.

— Tu as des projets ?

— Nous pourrions partir en voilier, ou... je ne sais pas... qu'as-tu envie de faire ?

— Eh bien, moi aussi, j'avais des projets, dit-elle en éclatant de rire. Un petit voyage à Paris pour faire des courses, un ou deux safaris vite faits... mais je pense pouvoir me décommander.

— Eh bien alors, rendez-vous ce week-end.

Avec le temps, son rêve s'estompait. Chaque fois que Garrett téléphonait à Theresa, son moral remontait. Il parla également deux ou trois fois à Kevin qui semblait si content de le voir entrer dans leur vie que cela lui mit également du baume au cœur. Malgré la lourdeur du mois d'août, il travaillait le plus possible, en essayant de ne pas penser aux complications de la situation dans laquelle il se trouvait.

Deux semaines plus tard, quelques jours avant son départ pour Boston, Garrett faisait la cuisine lorsque le téléphone sonna.

— Salut, bel étranger. Tu as quelques minutes ?

— J'ai tout mon temps quand il s'agit de toi.

— Je t'appelais juste pour savoir l'heure d'arrivée de ton avion. Tu n'avais pas l'air très sûr la dernière fois qu'on en a parlé.

— Ne quitte pas, dit-il en fouillant le tiroir de la cuisine pour trouver ses billets. Ah, voilà. J'arriverai à Boston vers treize heures.

— C'est parfait. J'aurai déposé Kevin le matin et cela me laissera le temps de ranger la maison.

— En mon honneur ?

— Tu auras droit à la totale. Je vais même faire la poussière.

— Je me sens flatté.

— Tu peux. Il n'y a que toi et mes parents qui avez droit à ce genre d'attention.

— Dois-je préparer une paire de gants blancs pour vérifier si c'est bien fait ?

— Si jamais tu fais ça, je t'étrangle.

Il éclata de rire.

— Je suis impatient de te voir, dit-il, changeant de sujet. Ces trois dernières semaines ont été bien plus difficiles que les deux premières.

— Je sais. À ta voix, je sentais bien que tu n'avais pas du tout le moral et ... enfin bref, tu commençais à m'inquiéter.

Il se demanda si elle avait deviné la raison de sa mélancolie.

— Oui, mais c'est passé. Mes bagages sont déjà prêts.

— J'espère que tu ne t'encombres pas d'affaires inutiles.

— Que veux-tu dire ?

— Eh bien... je ne sais pas, moi... un pyjama, par exemple...

— Rassure-toi. Je n'en ai pas, dit-il en éclatant de rire.

— Ça tombe bien, car de toute façon, tu n'en avais pas besoin.

Trois jours plus tard, Garrett Blake arrivait à Boston.

Après être passée le prendre à l'aéroport, Theresa lui fit visiter la ville. Ils déjeunèrent au Faneuil Hall, regardèrent les rameurs glisser sur la Charles River et firent rapidement le tour du campus d'Harvard, main dans la main, simplement heureux d'être ensemble.

À plusieurs reprises, Garrett se demanda pourquoi les trois dernières semaines avaient été si éprouvantes pour lui. Son angoisse venait en grande part de son rêve, et la présence de Theresa le rendait rétrospectivement insignifiant. Chaque fois qu'elle riait ou qu'elle serrait sa main dans la sienne, il retrouvait les sentiments qu'elle avait éveillés en lui lors de sa dernière visite, et les pensées sombres qui l'avaient assailli en son absence s'envolaient.

Au coucher du soleil, alors que la température commençait à baisser, Garrett et Theresa s'arrêtèrent pour acheter des plats mexicains qu'ils rapportèrent à l'appartement. Assis par terre dans la salle de séjour éclairée aux chandelles, Garrett regarda autour de lui.

— Tu as un appartement ravissant, dit-il en prenant des haricots sur une tortilla. Je ne sais pas pourquoi, je le voyais plus petit. En fait, c'est plus grand que chez moi.

— À peine. En tout cas, merci. Il nous convient et il est très bien situé pour tout.

— Comme les restaurants, par exemple ?

— Exactement. Je ne plaisantais pas en disant que je n'aimais pas cuisiner. Je n'ai rien d'un cordon bleu.

On entendait le bruit de la circulation. Il y eut un crissement de pneus dans la rue, en bas, suivi d'un coup de klaxon et brusquement éclata une véritable cacophonie.

— C'est toujours aussi calme ?

— Pas tellement le vendredi et le samedi, sinon c'est relativement tranquille. On finit par s'y habituer.

Une sirène retentit dans le lointain, de plus en plus forte au fur et à mesure qu'elle approchait.

— Si tu nous mettais de la musique ? proposa Garrett.

— Bien sûr. Quel genre aimes-tu ?

— Les deux, dit-il en marquant une pause pour ménager son effet. La country et la western.

— Je n'en ai pas, dit-elle en riant.

Il secoua la tête, fier de sa plaisanterie.

— Je plaisantais. C'est une vieille blague. Pas très drôle mais il y a des années que j'essaie de la placer. Choisis ce que tu veux.

— Du jazz, ça t'irait ?

— Parfait.

Theresa glissa un CD dans le lecteur. Au moment où la musique commença, les bruits de la rue parurent se calmer.

— Alors que penses-tu de Boston, jusqu'à présent ? demanda-t-elle en regagnant son siège.

— Je m'y plais. Elle n'est pas désagréable pour une grande ville. Elle est moins impersonnelle que je le craignais et plus propre aussi. En fait, je m'étais fait une idée très différente. Tu sais, la foule, le béton, les gratte-ciel, pas de verdure et des voyous à tous les coins de rue. Ce n'est pas du tout le cas.

Elle sourit.

— C'est une belle ville, n'est-ce pas ? Bien sûr, ce n'est pas le bord de mer, mais elle a son charme. Surtout quand tu penses à tout ce qu'elle a à t'offrir. Tu n'as que l'embarras du choix entre les concerts et les musées, à moins que tu ne préfères te promener le long des Commons. Chacun peut y trouver de quoi se distraire, il y a même un club de voile.

— Je comprends que tu te plaises ici, dit-il en se demandant pourquoi il avait l'impression qu'elle lui faisait l'article.

— Je m'y plais vraiment. Et Kevin aussi.

— Tu disais qu'il était parti en stage de foot ?

— Oui. Il voudrait entrer dans l'équipe des meilleurs de moins de douze ans. Je ne sais pas s'il y arrivera mais il pense avoir ses chances. L'an dernier, il a été sélectionné chez les moins de onze ans.

— Il doit être bon.

— Oui, dit-elle en hochant la tête. Elle poussa leurs assiettes vides sur le côté et se rapprocha de lui.

— Mais assez parlé de Kevin. Si nous passions à un autre sujet.

— Lequel, par exemple ?

— Que pourrais-je bien faire de toi maintenant que je t'ai rien que pour moi ? demanda-t-elle en l'embrassant dans le cou.

— Tu es sûre de vouloir seulement en parler ?

— Tu as raison. Quelle idée de parler dans un moment pareil !

Le lendemain, Theresa emmena à nouveau Garrett à la découverte de Boston. Ils passèrent une grande partie de la matinée dans les rues tortueuses et étroites du quartier italien du North End, en s'arrêtant de temps à autre pour manger des *cannoli* ou boire un café.

Garrett savait qu'elle travaillait dans un journal, mais il ignorait ce qu'impliquait exactement son travail. Il profita de leur promenade pour l'interroger.

— Peux-tu écrire ta rubrique chez toi ?

— Un jour, je pense que j'y arriverai. Mais pour le moment, c'est impossible.

— Pourquoi ?

— D'abord, ce n'est pas dans mon contrat. Ensuite, mon travail ne se limite pas à s'asseoir devant un ordinateur et à écrire. Je dois très souvent interviewer des gens, ce qui me prend du temps, surtout quand je dois me déplacer. Je dois également faire énormément de recherches, en particulier quand mon article porte sur des problèmes médicaux ou psychologiques et, au bureau, j'ai accès à beaucoup plus d'informations. Et pour finir, j'ai besoin d'avoir un endroit où l'on peut me joindre. Beaucoup de mes articles touchent à la psychologie et je reçois des appels toute la journée. Si je travaillais chez moi, je sais que beaucoup de gens m'appelleraient le soir aux heures que je consacre à Kevin et je n'ai aucune envie d'empiéter sur ces moments-là.

— On te téléphone souvent chez toi ?

— De temps en temps. Comme je ne suis pas dans l'annuaire, c'est limité.

— Tu n'as jamais des cinglés qui t'appellent ?

— Si, comme tous les journalistes, je pense. Beaucoup de gens veulent faire parler d'eux dans les journaux. Je reçois des appels concernant des personnes qui sont en prison par erreur, ou de gens qui se plaignent des services municipaux, en disant que les éboueurs ne passent pas régulièrement dans leur quartier... On m'appelle pour des faits divers. En fait, j'ai l'impression qu'on m'appelle pour n'importe quoi.

— Je croyais que tu étais spécialisée dans l'éducation des enfants.

— Oui.

— Alors pourquoi t'appellent-ils ? Pourquoi ne s'adressent-ils pas à quelqu'un d'autre ?

— Ils le font. La plupart du temps, ils commencent par me dire : « Personne ne veut m'écouter et vous êtes mon dernier espoir. » Elle le dévisagea avant de continuer. Ils croient que je pourrais faire quelque chose pour eux.

— Pourquoi ?

— Les chroniqueurs sont différents des autres journalistes. La plupart des articles de journaux sont impersonnels, reportages directs, faits divers, etc. D'autre part, à force de lire ma rubrique tous les jours, les gens ont l'impression de me connaître. Ils en arrivent à me considérer comme une sorte d'amie. Et c'est vers ses amis que l'on se tourne lorsqu'on a des ennuis.

— Cela doit te mettre dans de drôles de situations parfois.

— Oui, mais j'essaie de ne pas y penser, dit-elle en haussant les épaules. Mon métier a également beaucoup de bons côtés. J'informe les gens dans toutes sortes de domaines, je les tiens au courant des dernières découvertes médicales en utilisant des termes de tous les jours, et il m'arrive aussi de leur raconter des histoires drôles juste pour rendre leur journée plus facile.

Garrett s'arrêta devant une échoppe qui vendait des fruits. Il choisit deux pommes et en tendit une à Theresa.

— Quelle a été ta rubrique la plus populaire ? demanda-t-il.

Theresa en eut le souffle coupé. La plus populaire ? *Facile. J'ai trouvé un message dans une bouteille, et j'ai reçu plusieurs centaines de lettres.*

Elle se força à penser à autre chose.

— Oh... j'ai reçu beaucoup de courrier après un article sur l'enseignement des enfants handicapés.

— Cela doit être gratifiant, dit-il en payant le vendeur.

— Oui.

— Et tu pourrais continuer à écrire ta rubrique en travaillant dans un autre journal ?

Elle réfléchit à la question.

— Ce serait difficile, surtout si je veux continuer à vendre mes articles dans d'autres journaux. Je suis nouvelle dans ce métier, mon nom n'est pas encore très connu, et le fait de travailler pour le *Boston Times* m'aide beaucoup. Pourquoi ?

— Juste par curiosité.

Le lendemain matin, Theresa dut travailler quelques heures au journal et revint chez elle à l'heure du déjeuner. Ils passèrent l'après-midi aux Commons où ils pique-niquèrent. Leur repas fut interrompu deux fois par des gens qui avaient vu la photo de Theresa dans le journal, et Garrett s'aperçut qu'elle était plus connue qu'il ne le pensait.

— Je ne te savais pas si célèbre, lui dit-il avec une petite pointe d'ironie.

— Je ne suis pas si célèbre que ça. Seulement comme mon portrait apparaît au-dessus de ma rubrique, les gens me reconnaissent.

— Cela t'arrive souvent ?

— Non. Juste quelques fois dans la semaine.

— C'est beaucoup ! s'exclama-t-il, étonné.

— Non, par rapport aux vraies célébrités qui ne peuvent pas entrer dans un magasin sans qu'on les prenne en photo. Moi, je mène une vie normale.

— Ça doit pourtant te faire une drôle d'impression quand des étrangers t'accostent.

— En fait, c'est plutôt flatteur. Les gens sont toujours charmants avec moi.

— En tout cas, je suis content de ne pas avoir su que tu étais si célèbre.

— Pourquoi ?

— Parce que je n'aurais jamais osé t'inviter sur mon voilier.

— J'ai du mal à croire que quoi que ce soit puisse t'intimider, dit-elle en lui prenant la main.

— C'est que tu ne me connais pas très bien.

Elle ne dit rien pendant quelques instants.

— Cela t'aurait réellement intimidé ? demanda-t-elle d'un air penaud.

— Probablement.

— Pourquoi ?

— Je pense que je me serais demandé ce qu'une femme comme toi pouvait bien me trouver.

Elle se pencha pour l'embrasser.

— Tu veux savoir ce que je te trouve ? Quand je te regarde, je vois l'homme que j'aime, l'homme qui me rend heureuse, quelqu'un avec qui j'ai envie d'être longtemps, longtemps.

— Comment fais-tu pour toujours trouver les mots qu'il faut ?

— Parce que j'en sais plus sur toi que tu ne peux l'imaginer.

— Quoi, par exemple ?

Un sourire langoureux se dessina sur ses lèvres.

— Par exemple, je sais que tu as envie que je t'embrasse.

— Tu crois ?

— Absolument.

Et elle avait raison.

— Tu sais, Theresa, je n'arrive pas à te trouver le moindre défaut, lui dit-il plus tard dans la soirée.

Ils étaient dans la baignoire, sous une montagne de mousse, Theresa appuyée contre sa poitrine. Il lui passait une éponge sur le corps tout en parlant.

— Que veux-tu dire ? demanda-t-elle en se retournant vers lui.

— Je te trouve parfaite.

— J'en suis loin, Garrett, protesta-t-elle, néanmoins flattée.

— Mais si. Tu es belle, tu es douce, tu me fais rire, tu es intelligente, et en plus tu es une mère fantastique. Quand on sait que de surcroît tu es célèbre, je ne connais personne qui t'arrive à la cheville.

Elle lui caressa le bras en se laissant aller contre lui.

— Tu m'idéalises, quoique ce ne soit pas pour me déplaire...

— Insinuerais-tu que je suis de parti pris ?

— Non, mais tu n'as vu que mon bon côté jusqu'à présent.

— Je ne savais pas que tu en avais un mauvais, dit-il en lui serrant les deux bras à la fois. Ils me semblent très bien l'un comme l'autre.

— Tu sais bien ce que je veux dire, dit-elle en riant. Tu n'as pas encore découvert mes défauts.

— Tu n'en as pas.

— Bien sûr que si. Tout le monde en a. Seulement, quand je suis avec toi, j'essaie de les cacher.

— Alors dis-moi lesquels.

Elle réfléchit un moment.

— Eh bien, pour commencer, je suis têtue, et je peux être méchante quand je suis en colère. J'ai tendance à lancer la première vacherie qui me vient à la tête et, crois-moi, ce n'est pas très joli. J'ai aussi la manie de dire le fond de ma pensée, alors même que je sais que je ferais mieux de me taire.

— Cela ne me paraît pas trop catastrophique.

— Tu n'as pas eu à en pâtir jusqu'à présent.

— Oh, quand même.

— Tiens, par exemple, quand j'ai découvert que David me trompait, je l'ai traité de tous les noms.

— Il le méritait.

— En revanche, peut-être qu'il ne méritait pas de recevoir un vase en pleine figure.

— Tu as fait ça ?

— Tu aurais vu sa tête ! Il ne m'avait jamais vue ainsi.

— Qu'a-t-il fait ?

— Rien. Je crois qu'il était trop choqué pour réagir. Surtout quand j'ai commencé à lancer les assiettes. J'ai vidé le placard, ce soir-là.

— Je ne te savais pas si teigneuse, dit-il, de l'admiration dans la voix.

— Ça vient de mes origines du Middle West. Faut pas me chercher, mon pote !

— C'est promis.

— Bien. Surtout que je vise mieux, à présent.

— Je m'en souviendrai.

Ils s'enfoncèrent dans l'eau chaude. Garrett continuait à lui passer l'éponge sur la peau.

— Je te trouve toujours parfaite.

— Même avec mes défauts ? demanda-t-elle en fermant les yeux.

— Surtout avec tes défauts. Ils te donnent du piment.

— Tant mieux, parce que je te trouve vraiment parfait, toi aussi.

Le temps filait à toute vitesse. Le matin, Theresa travaillait quelques heures, puis elle revenait chez elle passer l'après-midi et la soirée avec Garrett. Ils se faisaient livrer à manger ou ils se rendaient dans l'un des petits restaurants près de chez elle. Il leur arriva de louer un film mais, en principe, ils préféraient passer leur temps à d'autres distractions.

Le vendredi soir, Kevin appela pour annoncer, tout excité, qu'il avait été sélectionné. Bien que cela signifie qu'il jouerait très souvent en dehors de Boston et qu'ils devraient passer les week-ends sur les routes, Theresa se réjouit pour lui. Puis, à son grand étonnement, Kevin demanda à parler à Garrett. Il lui raconta tout en détail, et Garrett le félicita. Après avoir raccroché, Theresa ouvrit une bouteille de vin et ils célébrèrent le succès de Kevin jusqu'au petit matin.

Le dimanche, jour du départ de Garrett, ils retrouvèrent Deanna et Brian pour le brunch. Garrett comprit aussitôt pourquoi Theresa adorait Deanna. Elle était aussi charmante que drôle, et il rit pendant tout le repas. Deanna l'interrogea sur la plongée et la voile, tandis que Brian avouait qu'il n'aurait pas pu posséder sa propre affaire car il ne s'en serait jamais occupé et aurait passé sa vie au golf. Theresa se réjouissait de les voir s'entendre si bien.

À la fin du repas les deux amies s'excusèrent et se dirigèrent vers les toilettes pour parler.

— Alors, qu'en penses-tu ? demanda Theresa, tout impatiente.

— Il est superbe, reconnut Deanna. Il est encore plus beau que sur tes photos.

— Oui. Mon cœur bat la chamade dès que je le regarde.

Deanna se tapota les cheveux en essayant de leur donner du gonflant.

— Ta semaine s'est bien passée ?

— Merveilleusement.

— Je peux te dire, à la façon dont il te regarde, qu'il tient à toi, s'exclama Deanna d'un air rayonnant. Vous me rappelez Brian et moi autrefois. Vous allez bien ensemble.

— Tu le crois vraiment ?

— Sinon, je ne le dirais pas.

Deanna sortit un tube de rouge de son sac et commença à se maquiller les lèvres.

— Comment trouve-t-il Boston ? demanda-t-elle d'un ton désinvolte.

Theresa se remettait du rouge elle aussi.

— Il n'a pas l'habitude de ce genre de vie, mais il a l'air de s'y faire. Je l'ai emmené dans des tas d'endroits sympathiques.

— Il n'a rien dit de particulier ?

— Non... Pourquoi ? demanda Theresa en scrutant le visage de son amie.

— Il aurait pu faire certaines allusions laissant penser qu'il serait prêt à venir s'installer ici si tu le lui demandais.

Deanna mettait le doigt sur un sujet que Theresa avait préféré éviter.

— Nous n'en avons pas encore parlé.

— Tu vas le faire ?

La distance qui nous sépare est un problème, mais ce n'est pas le seul, n'est-ce pas ? entendit-elle une petite voix murmurer au fond d'elle-même.

— Je ne crois pas que le moment soit encore venu, répondit-elle, peu désireuse de s'attarder sur ce sujet. En fait... je sais que nous devrons en parler un jour, mais nous nous fréquentons depuis trop peu de temps pour envisager la moindre décision actuellement. Nous devons attendre de mieux nous connaître.

Deanna la considéra avec une suspicion toute maternelle.

— Tu le connais pourtant depuis suffisamment de temps pour l'aimer, non ?

— Oui, reconnut Theresa.

— Donc, tu sais que l'heure de la décision approche, que tu le veuilles ou non.

— Je sais.

— Et que feras-tu si tu dois choisir entre le perdre ou quitter Boston ? demanda Deanna en posant une main sur son bras.

Theresa réfléchit à la question et à ce qu'elle impliquait.

— Je l'ignore, dit-elle, en regardant Deanna d'un air perplexe.

— Me permets-tu de te donner un conseil ?

Theresa hocha la tête. Deanna sortit des toilettes en la tenant par le bras et se pencha vers elle pour que personne ne les entende.

— Quelle que soit ta décision, souviens-toi qu'il faut savoir avancer dans la vie sans regarder en arrière. Si tu es certaine que Garrett peut te donner l'amour dont tu as besoin, à toi de faire en sorte de le garder. Le véritable amour est rare et c'est la seule chose qui donne un sens à la vie.

— Mais c'est aussi valable pour lui, non ? Ne devrait-il pas être prêt à se sacrifier, lui aussi ?

— Bien sûr.

— Alors, où j'en suis dans tout ça ?

— Tu te retrouves exactement au point de départ,

Theresa, et il va falloir que tu réfléchisses sérieusement à la question.

Au cours des deux mois qui suivirent, leur relation évolua d'une façon qu'ils n'avaient anticipée ni l'un ni l'autre.

En jonglant avec leurs emplois du temps respectifs, ils réussirent à se retrouver en trois autres occasions, à chaque fois pour un week-end. Un jour, Theresa descendit à Wilmington en avion pour qu'ils puissent être seuls et ils ne sortirent de chez lui que pour faire un tour en mer. Garrett vint deux fois à Boston et passa la majeure partie du week-end sur la route à accompagner Kevin à ses matchs de foot, ce qui ne le dérangea pas le moins du monde. C'était la première fois qu'il assistait à des matchs de ce genre, et, à sa grande surprise, il fut aussitôt conquis par ce sport.

— Comment peux-tu rester aussi calme ? demanda-t-il à Theresa à un moment particulièrement palpitant du jeu.

— Attends d'avoir assisté à une centaine de rencontres et on en reparlera, répliqua-t-elle en riant.

Quand ils étaient ensemble, plus rien d'autre ne comptait au monde. Ils s'organisaient toujours pour que Kevin dorme une nuit chez un ami afin de pouvoir être un peu seuls. Ils passaient des heures à parler et à rire, serrés l'un contre l'autre, et à faire l'amour, en essayant de rattraper tout le temps où ils étaient séparés. Mais jamais ils n'abordaient le sujet de leur avenir, ne sachant pas qu'attendre l'un de l'autre. Non qu'ils doutent de leur amour. De cela au moins, ils étaient certains.

Mais, comme ils ne se voyaient pas très souvent, ils connaissaient des hauts et des bas. Autant tout allait bien quand ils étaient ensemble, autant tout allait mal dès qu'ils se retrouvaient éloignés l'un de l'autre. Garrett, surtout, supportait mal la distance qui les séparait. Et, s'il gardait bon moral les premiers jours après l'avoir vue, ce dernier déclinait lentement jusqu'à leur rencontre suivante.

Bien sûr, il aurait voulu qu'ils se voient plus. Maintenant que l'été était terminé, c'était plus facile pour lui que pour elle de partir. Et il n'y avait pas grand-chose à faire au magasin, même avec le personnel réduit. En revanche, Theresa avait un emploi du temps surchargé, d'autant plus que Kevin avait repris ses cours et qu'il jouait au foot tous les week-ends. Il lui était impossible de se libérer, ne fût-ce que pour quelques jours. Et si Garrett était prêt à la rejoindre plus souvent, Theresa, elle, n'avait simplement pas le temps. Plus d'une fois, il avait proposé de monter à Boston, mais pour une raison ou une autre, ça ne s'était pas fait.

Évidemment, il savait que d'autres couples vivaient des situations bien plus difficiles que la leur. Son père lui avait raconté qu'il leur était arrivé de ne pas pouvoir se parler pendant des mois, sa mère et lui. Il était parti en Corée, il avait passé deux ans dans la marine, et, quand les temps se faisaient durs pour les crevettiers, il s'engageait sur des cargos en partance vers l'Amérique du Sud. Parfois le voyage durait plusieurs mois. Leur seul lien restait alors le courrier, des plus aléatoires à cette époque. Certes, ce que vivaient Garrett et Theresa était moins pénible, mais pas facile pour autant.

Et, si la distance qui les séparait constituait un gros problème, rien ne permettait d'espérer une amélioration de ce côté-là dans un avenir proche. Il ne voyait que deux solutions : soit il déménageait, soit elle déménageait. Tout revenait inexorablement à ça.

Au fond, il savait que Theresa devait tenir un raisonnement identique, ce qui expliquait qu'aucun d'entre eux n'eût envie d'en parler. C'était plus facile d'éviter ce sujet que de s'engager sur une voie que tous les deux appréhendaient.

Elle ou lui devrait changer radicalement de vie. Mais qui ?

À Wilmington, il avait son affaire, le style de vie qu'il aimait, la seule existence qu'il eût jamais connue. Boston était une ville agréable mais il ne s'y sentait pas chez lui. Il n'avait jamais envisagé de vivre ailleurs. Et il y avait son père, qui, malgré son physique jeune et robuste, vieillissait, comme tout le monde. Garrett n'avait que lui.

De son côté, Theresa était fortement ancrée à Boston. Certes, ses parents n'y demeuraient pas, mais Kevin était dans une école qu'il aimait, elle faisait une carrière brillante dans un grand journal et elle avait tout un réseau d'amis qu'elle devrait quitter. Elle avait travaillé dur pour en arriver là et, si elle quittait Boston, elle devrait certainement tout abandonner. Pourrait-elle s'y résoudre sans lui reprocher ce sacrifice ?

Garrett ne voulait pas y penser. Il préférait se concentrer sur le fait qu'il aimait Theresa et s'accrochait à l'idée que s'ils étaient destinés à vivre ensemble ils finiraient par y arriver.

Pourtant, au fond de lui, il savait que ce ne serait pas facile, et pas seulement à cause de la distance qui les séparait. Au retour de sa deuxième visite à Boston, il avait fait agrandir et encadrer une photo de Theresa. Il l'avait posée sur la table de nuit, en face de celle de Catherine, mais, malgré ses sentiments pour Theresa, sa photo semblait déplacée dans sa chambre. Quelques jours plus tard, il l'installa ailleurs, en vain. Partout où il la posait, il lui semblait que le regard de Catherine la suivait. C'est ridicule, se dit-il, en la déplaçant une fois de plus. Il finit néanmoins par la mettre dans le tiroir, s'assit sur son lit, prit la photo de Catherine et soupira en la contemplant.

— Nous n'avons pas eu tant de problèmes, murmura-t-il en caressant l'image du bout des doigts. Pour nous, tout a toujours été simple, non ?

Quand il revint sur terre, conscient que la photo ne lui répondrait pas, il s'en voulut de son attitude idiote et ressortit le portrait de Theresa.

Les regardant tour à tour, il comprit enfin ce qui le tourmentait. Il aimait Theresa plus qu'il ne l'aurait jamais cru possible..., mais il aimait toujours Catherine...

Pouvait-il les aimer toutes les deux en même temps ?

— Je n'en peux plus de t'attendre, disait Garrett.

C'était la mi-novembre, deux semaines avant Thanksgiving. Theresa devait passer les vacances chez ses parents, avec Kevin, et elle s'était organisée pour réserver le week-end précédent à Garrett. Ils ne s'étaient pas vus depuis un mois.

— Toi aussi, tu me manques, fit-elle. N'oublie pas que tu m'as promis de me présenter enfin à ton père.

— Il a décidé d'anticiper Thanksgiving et de nous inviter à déjeuner chez lui. Il n'arrête pas de me demander ce que tu aimes. Je crois qu'il veut faire bonne impression.

— Dis-lui de ne pas s'inquiéter. Tout ce qu'il fera sera parfait.

— Je ne cesse de le lui répéter. Mais je peux t'affirmer que ça le tracasse.

— Pourquoi ?

— Parce que tu vas être notre première invitée à la maison.

— Interromprais-je une tradition familiale ?

— Non, je me plais à croire que nous inaugurons une ère nouvelle. N'oublie pas que c'est lui qui s'est porté volontaire.

— Tu crois que je lui plairai ?

— J'en suis sûr.

Dès qu'il avait appris la venue de Theresa, Jeb Blake s'était lancé dans de grandes innovations. Il commença par engager quelqu'un pour nettoyer de fond en comble sa petite maison, un travail qui dura deux jours car il voulait que tout soit impeccable. Il acheta également une chemise et une cravate. Quand il sortit de sa chambre, arborant ses vêtements neufs, il remarqua tout de suite le regard surpris de Garrett.

— Comment me trouves-tu ? demanda-t-il.

— Tu es très beau, mais pourquoi portes-tu une cravate ?

— Ce n'est pas pour toi, c'est pour le dîner de ce week-end.

Garrett continua de dévisager son père, un sourire taquin sur les lèvres.

— Je ne crois pas t'avoir jamais vu en porter.

— Si, ça m'est déjà arrivé. Seulement tu ne t'en souviens plus.

— Tu n'es pas forcé d'en mettre une pour la venue de Theresa.

— Je le sais, mais j'en avais envie.

— Cette rencontre te préoccupe, n'est-ce pas ?

— Non.

— Papa, reste tel que tu es. Je suis sûr que tu plairas à Theresa, quoi que tu portes.

— Je ne dois pas avoir pour autant l'air négligé devant ton amie ?

— Non.

— Alors la question est réglée. Je ne venais pas te demander ton avis, je voulais juste savoir si ça allait.

— Tu es très bien.

— Parfait.

Jeb repartit vers sa chambre en déboutonnant son col, desserrant déjà sa cravate.

— Garrett ! cria-t-il de sa chambre.

— Quoi encore ?

Il passa la tête dans l'entrebâillement de la porte.

— Tu mettras une cravate, toi aussi, non ?

— Ce n'était pas dans mes intentions.

— Eh bien, change d'intentions. Je ne veux pas que Theresa découvre que je n'ai pas su apprendre à mon fils à se tenir en société.

La veille de l'arrivée de Theresa, Garrett aida son père à accomplir les derniers préparatifs. Il tondit la pelouse pendant que Jeb sortait la porcelaine qu'il n'utilisait que rarement, pour ne pas dire jamais, et qu'il lava à la main. Après avoir cherché des couverts assortis, ce qui n'était pas évident non plus, Jeb choisit une nappe dans l'armoire. Il la mettait dans la machine à laver au moment où son fils revint du jardin. Garrett se servit un verre d'eau.

— À quelle heure arrive-t-elle, demain ? demanda Jeb.

— Son avion atterrit à dix heures. Nous devrions être ici vers onze heures.

— À quelle heure voudra-t-elle déjeuner, à ton avis ?

— Je ne sais pas.

— Tu ne lui as pas posé la question ?

— Non.

— Alors comment saurai-je à quelle heure je dois mettre la dinde au four ?

— Tu n'as qu'à la prévoir pour le début de l'après-midi. Ce sera parfait.

— Tu ne crois pas que tu devrais l'appeler pour lui demander ?

— Vraiment, crois-tu que ce soit nécessaire ? Il n'y a pas de quoi en faire toute une histoire.

— Peut-être pas pour toi, mais c'est la première fois que je vais la voir, et si vous vous mariez un jour tous les deux je ne veux pas être la victime d'une histoire drôle qu'on ressortira dans toutes les grandes occasions.

— Qui a dit que nous nous allions nous marier ? demanda Garrett en haussant les sourcils.

— Personne.

— Alors pourquoi en parles-tu ?

— Parce que, à mon avis, il faut bien qu'un de nous deux le fasse, et je ne suis pas sûr que tu t'y décides un jour.

— Tu penses donc que je devrais l'épouser ? lança Garrett en scrutant le visage de son père.

— Peu importe ce que je pense, répondit Jeb avec un clin d'œil, c'est ce que tu penses toi qui compte.

Ce même soir, au moment où Garrett ouvrait sa porte, il entendit le téléphone sonner. Il courut décrocher.

— Garrett ? fit la voix de Theresa. Tu as l'air essoufflé.

Il sourit.

— Oh, bonsoir, Theresa. J'arrive à l'instant. J'ai passé la journée chez mon père à l'aider à tout préparer. Il meurt d'impatience de te rencontrer.

Il y eut un silence gêné.

— Justement, à propos de demain..., commença-t-elle.

Il sentit sa gorge se serrer.

— Qu'y a-t-il ?

Elle mit quelques secondes à répondre.

— Je suis vraiment désolée, Garrett... Je ne sais pas comment te le dire, mais je ne peux pas venir, finalement.

— Rien de grave ?

— Non, tout va bien. Seulement une urgence de dernière minute, une conférence très importante à laquelle je dois assister.

— Quelle sorte de conférence ?

— Elle réunira tous les gros bonnets de la presse et des médias à Dallas ce week-end. Deanna pense qu'il serait utile que je rencontre certains d'entre eux.

— Et tu l'apprends seulement maintenant ?

— Non..., euh, si... Bien sûr, je savais que cette conférence avait lieu, seulement il n'était pas prévu que j'y aille. Habituellement, les chroniqueurs ne sont pas invités, mais Deanna a réussi à me pistonner pour que je l'accompagne. Elle hésita. Je suis vraiment désolée, Garrett, mais c'est une chance unique qui m'est offerte.

— Je comprends, dit-il après quelques secondes de silence.

— Tu m'en veux ?

— Non.

— Tu es sûr ?

— Oui.

Elle sentait à son ton qu'il ne disait pas la vérité, et elle ne voyait pas comment lui remonter le moral.

— Pourras-tu dire à ton père que je suis désolée ?

— Oui, je lui dirai.

— Je peux t'appeler ce week-end ?

— Si tu veux.

Le lendemain, il déjeuna chez son père. Celui-ci fit de son mieux pour dédramatiser l'affaire.

— À l'entendre, elle avait une excellente raison. Elle ne pouvait pas rater une telle opportunité professionnelle. Elle a un fils à nourrir, et elle doit faire de son mieux pour y parvenir. En outre, il ne s'agit que d'un week-end, ce n'est rien dans une vie.

Garrett écoutait son père en hochant la tête, toujours aussi contrarié.

— Je suis sûr que vous finirez par trouver une solution, tous les deux. Tu verras, elle se fera pardonner la prochaine fois que vous vous retrouverez.

Garrett restait silencieux. Jeb avala deux bouchées avant de poursuivre :

— Il faut que tu comprennes qu'elle a des responsabilités, Garrett. Et parfois celles-ci doivent passer en priorité.

Je suis sûr que si tu avais un gros problème à régler au magasin tu agirais comme elle.

Garrett se renfonça dans son siège en repoussant son assiette à moitié pleine.

— Bien sûr, papa. Seulement, il y a plus d'un mois que je ne l'ai pas vue et j'attendais sa visite avec impatience.

— Tu ne crois pas qu'elle aussi avait hâte de te voir ?

— C'est ce qu'elle a dit.

Jeb se pencha sur la table et remit l'assiette devant Garrett.

— Mange. J'ai passé toute la matinée à faire la cuisine et tu ne vas pas gâcher ça.

Garrett regarda son assiette. Bien qu'il n'eût pas faim, il prit sa fourchette et mangea une bouchée.

— Tu sais, ça se reproduira, alors ne te laisse pas abattre par si peu.

— Que veux-tu dire ?

— Tant que vous habiterez à mille cinq cents kilomètres l'un de l'autre, il y aura des imprévus et vous ne vous verrez pas toujours aussi souvent que vous le souhaiteriez.

— Je m'en doute.

— Je me demande si l'un de vous deux aura le cran d'y remédier.

Garrett le fusilla des yeux.

— Quand j'étais jeune, continua Jeb, ignorant le regard noir de son fils, la vie était plus facile. Lorsqu'un homme aimait une femme, il lui demandait de l'épouser et ils vivaient ensemble. Ce n'était pas plus compliqué que ça. Mais, en ce qui vous concerne, j'ai l'impression que vous ne savez pas quoi faire.

— Je te l'ai déjà dit, ce n'est pas simple...

— Bien sûr que si. Tu n'as qu'à trouver une solution pour vivre avec elle, si tu l'aimes. Ainsi, quand elle devra s'absenter un week-end, tu ne te comporteras pas comme si ta vie était finie. Tu ne vois donc pas que ce n'est pas naturel, ce que vous essayez de faire ? À force, vous allez tout gâcher. Tu le sais, non ?

— Oui, acquiesça Garrett, qui n'avait qu'une idée : que son père cesse de parler de ça.

— C'est tout ce que tu trouves à dire ?

— Qu'est-ce que tu attendais que je dise ?

— Que vous réglerez ça dès que vous vous verrez, par exemple.

— Parfait, nous essaierons de régler ça.

Jeb reposa sa fourchette et fusilla à son tour son fils du regard.

— Je n'ai pas dit essayer, Garrett, j'ai dit régler.

— Pourquoi insistes-tu autant ?

— Parce que sinon, toi et moi, nous risquons de manger encore seuls dans vingt ans.

Le lendemain, Garrett partit en voilier dès le lever du jour et resta en mer bien après le coucher du soleil. Theresa lui avait laissé un message avec ses coordonnées à Dallas pourtant, il ne l'avait pas rappelée, se disant qu'il était trop tard, qu'elle devait déjà dormir. Il s'était menti à lui-même et il le savait, mais il n'avait pas envie de lui parler.

En fait, il n'avait envie de parler à personne. Il lui en voulait, et c'était encore en mer qu'il se sentait le moins mal, car, là, personne ne pouvait le déranger. Il avait passé la matinée à se demander si elle se rendait compte combien cette histoire le perturbait. Certainement pas, sinon, elle ne l'aurait pas fait.

Si elle tenait à lui...

Puis sa colère était tombée. Son père avait raison, comme d'habitude. Outre sa déception, cette contrariété mettait surtout en relief leur différence de vie. Theresa avait réellement des responsabilités qu'elle ne pouvait ignorer, et tant qu'ils mèneraient des vies séparées ils connaîtraient d'autres contretemps.

Il se demandait si tous les couples connaissaient des complications de ce genre. Sa seule expérience se limitait à sa vie avec Catherine, et il était difficile de comparer les deux relations. D'abord, Catherine et lui étaient mariés et vivaient sous le même toit. De plus, ils se connaissaient depuis toujours, et, comme ils étaient plus jeunes, ils ne supportaient pas les contraintes que Theresa et lui assumaient actuellement. Frais émoulus de l'université, ils n'avaient pas de maison et encore moins d'enfant. Non, leur relation n'avait rien à voir avec ce qu'il vivait actuellement avec Theresa et c'était injuste d'essayer d'établir des parallèles.

Pourtant, il y avait un dernier point qu'il ne pouvait ignorer, et qui l'avait tracassé tout l'après-midi. Catherine et lui formaient une équipe. Jamais il n'avait remis son avenir avec elle en question, jamais il n'avait douté que l'un comme l'autre fût prêt à tout sacrifier pour l'autre. Et, quand ils se disputaient, que ce fût sur l'endroit où ils vivraient, au sujet du magasin ou simplement sur ce qu'ils allaient faire le samedi soir, jamais cela ne remettait leur amour en question. On sentait dans leur comportement un engagement à long terme, la certitude qu'ils resteraient toujours ensemble.

Theresa et lui n'en étaient pas encore là.

Au coucher du soleil, il en arriva à la conclusion qu'il était injuste de raisonner ainsi. Ils ne se connaissaient que depuis peu, leur relation ne pouvait donc pas encore donner ce sentiment de constance. Avec le temps, et de meilleures conditions de vie, ils formeraient une équipe eux aussi.

Non ?

Il s'aperçut qu'il n'en était pas sûr.

Comme de beaucoup d'autres choses.

En fait, il n'avait qu'une certitude : jamais il n'avait disséqué ainsi sa relation avec Catherine. C'était injuste. Et toutes ces belles analyses ne changeraient rien au fait qu'ils ne se voyaient pas autant qu'ils l'auraient voulu.

Il était temps de passer à l'action.

Garrett appela Theresa dès qu'il fut arrivé chez lui.

— Allô ! dit-elle d'une voix endormie.

— C'est moi.

— Garrett ?

— Je suis désolé de te réveiller, mais comme tu avais laissé deux messages sur mon répondeur...

— Comme je suis contente de t'entendre. J'avais peur que tu ne me rappelles pas.

— J'avoue que je n'en avais pas très envie au début.

— Tu es toujours furieux contre moi ?

— Non, pas furieux, triste.

— Parce que je ne suis pas venue ce week-end ?

— Non, parce que je passe presque tous les week-ends sans toi.

La nuit suivante, il fit un nouveau rêve.

Par une journée claire et ensoleillée, il marchait avec Theresa dans l'une des artères principales de Boston, au milieu de la foule habituelle, hommes et femmes de tout âge, certains en costumes, d'autres dans ces tenues informes qu'affectionnent les jeunes aujourd'hui. Ils faisaient du lèche-vitrines comme cela leur arrivait lors de ses visites. Leur cœur était aussi pur que le ciel sans nuages, et Garrett se sentait heureux.

Theresa s'arrêta devant la vitrine d'une petite boutique d'artisanat et demanda à Garrett s'il voulait y entrer. Il secoua la tête en lui disant : « Vas-y, je t'attends ici. » Soudain, son œil fut attiré par une silhouette familière, une jeune femme blonde qui marchait sur le trottoir. Il cligna des paupières, détourna le regard et le reporta brusquement sur elle. Sa façon de marcher l'avait frappé : il l'observa fixement tandis qu'elle s'éloignait lentement. Tout d'un coup, elle s'arrêta et regarda par-dessus son épaule comme si elle se souvenait de quelque chose. Garrett en eut le souffle coupé.

Catherine.

Impossible.

Il secoua la tête. À cette distance, difficile d'évaluer si c'était bien elle.

Elle repartit au moment où il l'appelait.

— Catherine, c'est toi ?

Avec le bruit de la circulation, elle ne parut pas l'entendre. Garrett regarda par-dessus son épaule et vit que Theresa était toujours dans la boutique. Il reporta son regard vers la rue. Catherine, si c'était bien elle, tournait le coin.

Il partit d'abord d'un pas vif puis se mit à courir. Brusquement, les trottoirs grouillaient de monde, comme si un métro venait de déverser son lot de voyageurs. Il se fraya péniblement un chemin et arriva au coin de la rue.

La nuit se mit à tomber, presque menaçante. Il se remit à courir. Bien qu'il n'eût pas plu, Garrett pataugeait dans des flaques. Il s'arrêta un moment pour reprendre son souffle, le cœur battant. Une brume déferla alors sur le sol comme une vague, et bientôt la visibilité se réduisit à quelques pas.

— Catherine, tu es là ? cria-t-il. Où es-tu ?

Il entendit un rire dans le lointain sans discerner exactement sa provenance. Il avança encore, lentement. Le rire retentit à nouveau, enfantin, heureux. Garrett s'arrêta net.

— Où es-tu ?

Silence.

Il regarda autour de lui.

Rien.

Le brouillard s'épaississait toujours. Une pluie fine commença à tomber. Il fit demi-tour, sans savoir vraiment où il allait.

Quelque chose bougea dans le brouillard, et il se précipita dans cette direction.

Elle marchait à quelques mètres à peine devant lui.

La pluie tombait plus fort et soudain tout sembla se dérouler au ralenti. Il se mit à courir... lentement... lentement... il la voyait juste devant lui. Le brouillard était de plus en plus dense... il pleuvait des trombes... il entrevit ses cheveux...

Et elle disparut. Il s'arrêta à nouveau. La pluie et le brouillard noyaient tout.

— Où es-tu ? cria-t-il.

Rien.

— Où es-tu ? hurla-t-il encore plus fort.

— Je suis là, dit une voix dans le brouillard.

Il épongea la pluie sur son visage.

— Catherine ? C'est bien toi ?

— Oui, Garrett.

Mais ce n'était pas sa voix.

Theresa sortit du brouillard.

— Je suis là.

Garrett se réveilla et s'assit dans son lit, trempé de sueur. Il s'essuya le visage dans les draps et resta un long moment ainsi.

— Je crois que je veux l'épouser, papa, annonça Garrett le jour même.

Ils étaient installés au bout de la jetée au milieu d'une douzaine d'autres pêcheurs qui semblaient tous perdus dans leurs pensées. Jeb leva la tête, surpris.

— Il y a deux jours, tu ne voulais plus la voir.

— J'ai beaucoup réfléchi depuis.

— Je vois, dit tranquillement Jeb, qui remontait sa ligne et vérifia son appât avant de la remettre à l'eau.

Il n'espérait pas attraper quoi que ce soit d'intéressant, pourtant, il considérait que la pêche était l'un des grands plaisirs de la vie.

— L'aimes-tu ? demanda Jeb.

Garrett le dévisagea, étonné.

— Bien sûr que je l'aime. Je te l'ai déjà dit plusieurs fois.

Jeb Blake secoua la tête.

— Non..., tu ne me l'avais pas dit. Nous avons parlé d'elle, tu m'as dit qu'elle te rendait heureux, que tu avais l'impression de la connaître depuis toujours et que tu ne voulais pas la perdre, mais tu ne m'avais jamais dit que tu l'aimais.

— C'est pareil.

— Crois-tu ?

Après son retour chez lui, la conversation avec son père lui revint en mémoire.

— *Crois-tu ?*

— Bien sûr ! avait-il aussitôt protesté. Et si ça ne veut pas dire la même chose, eh bien, soit, je l'aime.

Jeb avait longuement dévisagé son fils.

— Tu veux l'épouser ? avait-il demandé en détournant les yeux.

— Oui.

— Pourquoi ?

— Parce que je l'aime, voyons. Ça ne suffit pas ?

— Peut-être.

Garrett avait remonté sa ligne, contrarié.

— N'est-ce pas toi qui, le premier, as dit que nous devrions nous marier ?

— Si.

— Alors pourquoi ce doute aujourd'hui ?

— Parce que je veux m'assurer que tu le fais pour les bonnes raisons. Il y a deux jours, tu ne savais pas si tu la reverrais. Maintenant, tu es prêt à l'épouser. Ce revirement m'étonne. Je veux m'assurer que c'est ton amour pour Theresa qui le motive et que cela n'a aucun rapport avec Catherine.

La mention de son nom lui avait fait mal.

— Catherine n'a rien à voir là-dedans, avait-il aussitôt protesté. Tu sais, papa, tu es parfois difficile à suivre. Tu n'as pas arrêté de me dire de laisser le passé derrière moi et de refaire ma vie. Et, aujourd'hui, j'ai l'impression que tu essaies de m'en dissuader.

Jeb avait posé la main sur l'épaule de Garrett.

— Pas du tout, Garrett. Je suis heureux que tu aies rencontré Theresa, heureux que tu l'aimes, et je souhaite de tout mon cœur que tu l'épouses. Simplement, si tu te maries, il vaudrait mieux que ce soit pour la bonne raison. Le mariage se fait entre deux personnes, pas trois. Et ce serait injuste pour elle s'il en était autrement.

Un grand silence s'était ensuivi.

— Papa, je veux l'épouser parce que je l'aime. Je veux passer ma vie avec elle.

Son père s'était levé lentement en le dévisageant.

— Donc, en d'autres termes, tu me dis que tu es complètement remis de la disparition de Catherine ?

Garrett avait détourné les yeux. Et, malgré le regard de son père qu'il sentait peser sur lui, il avait été incapable de trouver une réponse.

— Es-tu fatiguée ?

Il téléphonait à Theresa, allongé sur son lit, éclairé seulement par la lampe de la table de nuit.

— Oui, je viens de rentrer. Le week-end a été long.

— S'est-il passé aussi bien que tu l'espérais ?

— Je pense. C'est difficile d'en juger pour l'instant, mais j'ai vraiment rencontré beaucoup de gens qui pourront m'être utiles un jour pour ma chronique.

— Alors tu as bien fait d'y assister.

— Oui et non. J'ai passé mon temps à regretter de ne pas être avec toi.

Il sourit.

— Quand pars-tu chez tes parents ?

— Mercredi matin. Je resterai jusqu'à dimanche.

— Ils doivent être contents.

— Oui, bien sûr. Ils n'ont pas vu Kevin depuis presque un an et ils sont impatients de le retrouver.

— C'est bien.

Il y eut un petit silence.

— Garrett ?

— Oui.

— Je voudrais que tu saches que je suis toujours désolée pour ce week-end. Sa voix était tendre.

— Je le sais.

— Me laisseras-tu une chance de me faire pardonner ?

— À quoi pensais-tu ?

— Eh bien..., pourrais-tu venir ici le week-end après Thanksgiving ?

— Je pense.

— Parfait, parce que j'ai l'intention de nous préparer un week-end spécial, rien que pour nous deux.

Effectivement, ni l'un ni l'autre n'oublieraient ces deux jours.

Theresa l'avait appelé plus souvent qu'à l'accoutumée les deux semaines précédentes. D'habitude, c'était Garrett qui téléphonait, mais, chaque fois qu'il se préparait à le faire, elle le coiffait sur le poteau. Deux fois, le téléphone avait sonné au moment où il se dirigeait vers l'appareil pour l'appeler, d'ailleurs, la seconde fois, il avait décroché en disant directement : « Bonjour, Theresa. » Elle avait été surprise et ils avaient plaisanté un moment sur ses dons de voyance.

Quand il arriva à Boston, deux semaines plus tard, Theresa l'attendait à l'aéroport. Elle lui avait dit de porter une tenue habillée, et il descendit de l'avion en blazer. Jamais elle ne l'avait vu ainsi vêtu.

— Waouh ! s'exclama-t-elle pour tout commentaire.

Il tira sur sa veste d'un air gêné.

— Je te conviens ?

— Tu es splendide.

Ils allèrent dîner directement. Elle avait réservé une table dans le restaurant le plus élégant de Boston. Ils firent un repas délicieux en prenant tout leur temps, puis elle l'emmena voir *Les Misérables*. La salle était comble, mais, Theresa connaissant le directeur du théâtre, on les installa aux meilleures places.

Ils rentrèrent tard. Le lendemain parut à Garrett tout aussi chargé. Theresa l'emmena à son bureau, lui fit visiter le journal, le présenta à quelques personnes puis ils passèrent la fin de l'après-midi au Museum of Fine Arts. Le soir, il retrouvèrent Deanna et Brian chez Anthony, un restaurant situé au dernier étage de la tour Prudential avec une vue magnifique sur Boston et ses environs.

Garrett n'avait jamais rien vu de pareil.

Leur table se situait près de la fenêtre. Deanna et Brian se levèrent d'un même élan pour les accueillir.

— Bonjour, Garrett. Je suis ravie de vous revoir, dit Deanna en l'embrassant sur la joue. Je suis désolée de vous avoir privé de Theresa, l'autre jour. J'espère que vous ne lui en avez pas trop voulu.

— Non, ce n'est pas grave, répondit-il d'un air contraint.

— Tant mieux, parce que, rétrospectivement, je crois qu'elle a bien fait.

Garrett lui jeta un regard interrogateur.

— Que veux-tu dire, Deanna ? demanda Theresa en se penchant vers elle.

Deanna avait les yeux qui pétillaient.

— J'ai reçu de bonnes nouvelles, hier soir, après ton départ.

— De quoi s'agit-il ?

— Eh bien, commença-t-elle d'un ton désinvolte, j'ai parlé à Dan Mandel, le directeur de Media Information Inc., pendant une vingtaine de minutes, et il en ressort que tu l'as beaucoup impressionné. Il a aimé ton attitude, il t'a trouvée très pro. Et surtout...

Deanna marqua une pause théâtrale, faisant un gros effort pour ne pas sourire.

— Oui ?

— Il va publier ta rubrique dans tous ses journaux à partir de janvier.

Theresa posa une main sur sa bouche pour étouffer un cri, qui fut néanmoins assez fort pour attirer l'attention des personnes aux tables voisines. Elle se précipita vers Deanna tandis que Garrett faisait un pas en arrière.

— Tu plaisantes ? s'écria-t-elle, refusant de la croire.

— Non, je te répète ce qu'il m'a dit. Il voulait te parler. J'ai organisé un rendez-vous téléphonique à dix heures

— Tu es sûre ? Il veut publier ma rubrique ?

— Exactement. Je lui avais faxé ton dossier et quelques-uns de tes articles et c'est lui qui m'a rappelée. Il te veut, il n'y a aucun doute là-dessus. Il est déjà décidé.

— Je n'arrive pas à le croire.

— Crois-le. Et mon petit doigt m'a dit qu'il n'était pas le seul à s'intéresser à toi.

— Oh... Deanna.

Theresa se pencha pour serrer son amie dans ses bras, le visage rayonnant.

— Quelle bonne nouvelle ! dit Brian en donnant un coup de coude à Garrett.

Il mit un moment à répondre.

— Oui..., très bonne, dit-il enfin.

Deanna commanda une bouteille de champagne et porta un toast en félicitant Theresa de l'avenir brillant qui s'ouvrait devant elle. Elles parlèrent ensemble toute la soirée. Garrett restait muet, ne sachant que dire.

— On dirait deux gamines, lui dit Brian en se penchant vers lui, comme s'il avait senti son malaise. Deanna a tourné en rond toute la journée tellement elle était impatiente de lui annoncer la nouvelle.

— Je n'ai pas très bien compris de quoi il s'agissait et je le regrette. Je ne sais comment réagir.

Brian but une gorgée en secouant la tête.

— Ne vous inquiétez pas, de toute façon, vous ne pourriez pas placer un mot. C'est toujours pareil quand elles sont ensemble. Elles devaient être jumelles dans une autre vie.

Garrett jeta un coup d'œil vers Deanna et Theresa.

— Oui, certainement.

— Vous saisirez mieux la situation quand vous la vivrez au quotidien. Vous ferez comme moi. Maintenant, j'en sais autant qu'elles.

Il avait noté la réflexion. *Quand vous la vivrez au quotidien.*

Voyant que Garrett ne répondait pas, Brian changea de sujet.

— Combien de temps restez-vous ?

— Jusqu'à demain soir.

— C'est dur de se voir si peu, n'est-ce pas ?

— Parfois.

— J'imagine. Je sais que Theresa n'a pas toujours le moral.

De l'autre côté de la table, Theresa sourit à Garrett.

— De quoi parlez-vous tous les deux ? demanda-t-elle d'un ton enjoué.

— De choses et d'autres, répondit Brian. De ta chance surtout.

Garrett se contenta de hocher la tête, et Theresa le regarda s'agiter sur sa chaise. Elle voyait qu'il n'était pas à l'aise et se demanda pourquoi.

— Tu étais bien silencieux, ce soir.

Ils étaient de retour chez elle, assis sur le canapé, avec la radio en fond sonore.

— Je n'avais pas grand-chose à dire.

— J'étais contente que tu sois avec moi quand Deanna m'a annoncé la nouvelle, fit-elle en lui prenant la main.

— Je suis heureux pour toi, Theresa. Je sais tout ce que ça représente à tes yeux.

Elle sourit d'un air hésitant et préféra changer de sujet.

— Vous avez parlé de choses intéressantes avec Brian ?

— Oui… Il est charmant. Mais je ne suis pas très brillant en société, surtout quand je suis dans un milieu totalement étranger. Et…

Il s'arrêta, hésitant à continuer.

— Oui ?

— Non, rien.

— Continue, qu'allais-tu dire ?

— Simplement que tout ce week-end m'a paru étrange, répondit-il enfin, choisissant soigneusement ses mots. Le spectacle, les restaurants chics, cette soirée avec tes amis… Je ne m'y attendais pas, ajouta-t-il en haussant les épaules.

— Tu n'as pas aimé ?

Il passa une main dans ses cheveux, de nouveau mal à l'aise.

— Non, ce n'est pas ça. C'est juste que… ce n'est pas mon style. Je ne fais jamais rien de tout ça.

— Je voulais justement te faire découvrir autre chose.

— Pourquoi ?

— Pour la même raison qui t'a poussé à vouloir m'enseigner à plonger. Parce que c'est intéressant, et différent.

— Je ne suis pas venu ici pour découvrir autre chose. Je suis venu passer un week-end tranquille avec toi. Je ne t'ai pas vue depuis une éternité, et, depuis mon arrivée, j'ai l'impression de ne pas avoir cessé de courir. Nous n'avons pas eu le temps de parler tous les deux et je repars demain.

— Ce n'est pas vrai. Nous avons dîné seuls tous les deux hier soir et nous étions seuls aussi au musée. Nous avions tout le temps de parler.

— Tu sais très bien ce que je veux dire.

— Non, pas du tout. Tu aurais préféré rester ici à ne rien faire ?

Il ne répondit pas. Il se leva lentement, traversa la pièce et éteignit la radio.

— J'avais quelque chose d'important à t'annoncer depuis mon arrivée, commença-t-il sans se retourner.

— Quoi ?

Il baissa la tête. C'était maintenant ou jamais. Il inspira

profondément et se retourna, prenant son courage à deux mains.

— J'ai vraiment trouvé que c'était très dur de ne pas te voir ce mois-ci et je crois que je n'ai pas envie de continuer ainsi.

Elle le regarda, stupéfaite.

Voyant son expression, il s'avança vers elle, le cœur bizarrement serré par ce qu'il était sur le point de dire.

— Tu as mal compris. Ne crois pas que je ne veux plus te voir, bien au contraire, je voudrais que tu sois près de moi tout le temps.

Arrivé devant le canapé, il s'agenouilla devant elle. Theresa le regarda, étonnée. Il prit sa main dans la sienne.

— Je veux que tu viennes vivre à Wilmington.

Tout en sachant que la question serait soulevée tôt ou tard, elle ne s'attendait pas à ce qu'il l'aborde maintenant, et certainement pas de cette façon.

— Je sais que c'est une grande décision, continua-t-il, mais, si tu viens vivre dans le Sud, finies ces longues périodes de séparation. Nous pourrons nous voir tous les jours. Il leva la main pour lui caresser la joue. Je veux marcher sur la plage avec toi. Je veux faire du voilier avec toi. Je veux te retrouver à la maison quand je rentre du magasin. Je veux avoir le sentiment que nous nous connaissons depuis toujours...

Les paroles jaillissaient de sa bouche, et Theresa essayait de le suivre.

— Tu me manques tellement quand nous sommes séparés. Je sais que ton travail est ici, mais je suis sûr que le journal local t'emploierait...

Plus il parlait, plus la tête lui tournait. Elle avait l'impression qu'il essayait de recréer la relation qu'il avait connue avec Catherine.

— Attends une minute, l'interrompit-elle. Je ne peux pas partir comme ça. Kevin est à l'école...

— Je ne te demande pas de venir tout de suite. Tu peux attendre la fin du trimestre. Nous avons tenu jusqu'ici, nous ne sommes plus à quelques mois près.

— Mais il est heureux, ici. Il a sa vie à Boston. Ses amis, son football..

— Il retrouvera la même chose à Wilmington.

— Tu n'en sais rien. C'est facile à dire, mais rien ne le prouve.

— Tu n'as pas vu comme on s'entendait bien ?

Elle lui lâcha la main ; la colère commençait à lui monter au nez.

— Ça n'a rien à voir ! Je sais que vous vous êtes bien entendus mais tu ne lui as pas demandé de changer de vie. Je ne lui ai pas demandé de changer de vie. Elle réfléchit. D'ailleurs, le problème n'est pas là. Et moi, Garrett ? Tu étais là, ce soir, tu as vu ce qui s'est passé. J'ai appris une nouvelle merveilleuse pour mon travail et tu voudrais que je le laisse tomber ?

— Je ne veux pas que tu nous laisses tomber, nous. C'est toute la différence.

— Alors pourquoi ne viens-tu pas habiter Boston ?

— Que pourrais-je y faire ?

— Comme à Wilmington. Enseigner la plongée, faire de la voile, tout ce que tu veux. C'est bien plus facile de partir pour toi que pour moi.

— Je ne peux pas. Je te l'ai déjà dit. Ici, je ne me sens pas chez moi. Je serais perdu.

Theresa se leva et traversa la pièce, complètement retournée.

— C'est injuste, dit-elle en passant nerveusement la main dans ses cheveux.

— Quoi donc ?

Elle se tourna vers lui.

— Toute cette histoire. Que tu me demandes de déménager, de changer toute ma vie. On dirait un ultimatum. Nous pouvons vivre ensemble, mais à ta façon. Et mes sentiments, qu'en fais-tu ? Ils n'ont pas d'importance ?

— Bien sûr que si. Tu as de l'importance..., nous avons de l'importance.

— À t'entendre, on ne le dirait pas. On dirait que tu ne penses qu'à toi. Tu veux que j'abandonne tout ce que j'ai laborieusement construit, alors que toi, tu n'es prêt à faire aucune concession.

Elle le regardait droit dans les yeux. Garrett se leva et

alla vers elle. Elle recula en tendant les bras comme pour se protéger.

— Écoute, Garrett, je n'ai aucune envie que tu m'approches, pour le moment, d'accord ?

Il laissa tomber ses bras le long du corps. Ils restèrent silencieux un long moment. Theresa détourna les yeux et croisa les bras.

— Alors j'en déduis que ta réponse est non, dit-il enfin d'un ton rageur.

— Pas du tout. Ma réponse, c'est qu'il faut que nous en parlions ensemble.

— Pour me convaincre que j'ai tort ?

Son commentaire ne méritait pas de réponse. Elle se tourna vers la table de la salle à manger en secouant la tête, ramassa son sac et partit vers la porte d'entrée.

— Où vas-tu ?

— Acheter à boire. J'ai soif.

— Mais il est tard.

— Il y a un magasin au coin de la rue. Je reviens dans cinq minutes.

— Pourquoi ne pas régler cette question tout de suite ?

— Parce que j'ai besoin de quelques minutes toute seule pour réfléchir.

— Tu prends la fuite ?

On aurait dit une accusation.

— Non, Garrett, dit-elle en ouvrant la porte, je ne fuis pas. Je reviens tout de suite. Et je n'aime pas que tu me parles sur ce ton. Tu n'as pas le droit de me culpabiliser. Tu viens de me demander de changer ma vie et j'ai besoin de quelques minutes pour y réfléchir.

Elle quitta l'appartement. Garrett resta quelques secondes les yeux fixés sur la porte, espérant qu'elle reviendrait. Il se maudissait en silence. Rien ne s'était passé comme il l'avait prévu. À peine lui avait-il demandé de venir habiter Wilmington qu'elle partait en courant, prise d'un besoin subit d'être seule. Comment la situation avait-elle pu aussi mal tourner ?

Ne sachant que faire, il se mit à arpenter l'appartement. Il jeta un coup d'œil dans la cuisine, puis dans la chambre de Kevin. Quand il arriva devant celle de Theresa, il s'arrêta avant d'entrer. Puis il s'avança jusqu'au lit et s'assit, la tête entre les mains.

Avait-il le droit de lui demander de tout quitter ? D'accord, elle avait sa vie ici, une vie agréable, mais il était certain qu'elle mènerait une existence tout aussi plaisante à Wilmington. Ce serait à tout point de vue nettement préférable à ce qu'ils vivaient en ce moment. Tout bien considéré, il ne pourrait jamais habiter dans un appartement. Et, même s'ils emménageaient dans une maison, aurait-elle une belle vue ou vivraient-ils en banlieue, entourés d'une douzaine de maisons comme la leur ?

C'était compliqué. Il ne savait pas comment elle avait pu si mal interpréter ses paroles. Il n'avait jamais eu l'intention de lui lancer un ultimatum, mais en y réfléchissant il s'apercevait que c'était exactement ce qu'il avait fait.

Il soupira en se demandant comment il devait agir à présent. Il ne voyait rien qu'il puisse dire à son retour sans risquer de déclencher une nouvelle discussion. Tout mais pas ça. Les disputes débouchaient rarement sur des solutions.

S'il ne pouvait pas lui parler, que faire ? Il réfléchit et décida finalement de lui écrire pour s'expliquer. De plus, écrire lui permettait toujours de s'éclaircir les idées, surtout ces dernières années. Peut-être comprendrait-elle ce qu'il avait voulu dire.

Son regard tomba sur la table de nuit. Le téléphone était posé dessus. Elle devait bien noter des messages de temps en temps. Pourtant, il n'y avait aucun papier. Ça devait être dans le tiroir. Il l'ouvrit et finit par trouver un stylo. Puis, à la recherche d'un papier, il écarta un magazine, deux livres de poche, des boîtes à bijoux vides, lorsqu'il son regard fut attiré par quelque chose de familier.

Le dessin d'un voilier.

Au coin d'une feuille glissée entre un petit agenda et un vieux numéro du *Lady's Home Journal.* Il la sortit, pensant qu'il s'agissait d'une lettre qu'il lui avait envoyée. Il se figea brusquement.

Comment était-ce possible ?

Ce papier à lettres était un cadeau de Catherine, et il ne

s'en servait que pour lui écrire. Les lettres qu'il avait envoyées à Theresa étaient rédigées sur un autre papier qui venait du magasin.

Il retint son souffle. Il souleva le magazine et aperçut cinq feuillets. Toujours perplexe, il cligna des yeux avant de lire la première page et il vit alors, écrit de sa main :

Ma Catherine chérie...

Oh, mon Dieu ! Il regarda la deuxième page : une photocopie.

Catherine chérie...

La lettre suivante.

Ma Catherine...

— Qu'est-ce que c'est que ça ? marmonna-t-il, sans en croire ses yeux. C'est impossible.

Il parcourut les pages à nouveau pour en avoir le cœur net.

C'était bien ça. La première était un original, les deux suivantes des photocopies, mais toutes étaient écrites de sa main. C'étaient des lettres qu'il avait adressées à Catherine. Celles qu'il écrivait après ses rêves et qu'il jetait depuis *Happenstance.* Sans imaginer un seul instant les revoir.

Pris d'une impulsion subite, il les lut et avec chaque mot, chaque phrase, il sentit ses émotions remonter à la surface. Ses rêves, ses souvenirs, son deuil, son angoisse.

La bouche sèche, il serra les lèvres. Arrêtant sa lecture, il regarda fixement les feuillets, pétrifié. À peine entendit-il la porte s'ouvrir et se refermer.

— Garrett, je suis rentrée ! cria Theresa. (Il l'entendit traverser l'appartement.) Où es-tu ?

Il ne répondit pas. Il essayait de comprendre comment tout cela avait pu arriver. Comment pouvait-elle être en possession de ces lettres ? Elles lui appartenaient, à lui.

Des lettres écrites à sa femme.

Des lettres qui ne regardaient personne d'autre.

Theresa entra dans la chambre et le dévisagea. Il ne le savait pas, mais il était livide, de même que ses phalanges crispées sur les feuilles.

— Tu ne te sens pas bien ? demanda-t-elle sans voir ce qu'il tenait.

Elle eut l'impression qu'il ne l'avait pas entendue. Puis il leva lentement la tête et la regarda fixement.

Elle sursauta et ouvrit la bouche pour parler lorsque, dans un éclair, elle enregistra le tiroir ouvert, les papiers qu'il avait à la main, son expression. Elle devina instantanément ce qui s'était passé.

— Garrett..., je vais t'expliquer, dit-elle, aussitôt, sans s'affoler.

Il ne parut pas l'entendre.

— Mes lettres..., chuchota-t-il.

Il lui lança un regard à la fois perplexe et mauvais.

— Je...

— D'où viennent ces lettres ? demanda-t-il d'un ton qui la fit tressaillir.

— J'en ai trouvé une sur la plage et...

— Tu l'as trouvée ? la coupa-t-il.

— Quand j'étais à Cape Cod, commença-t-elle à expliquer, je courais sur le sable quand j'ai aperçu la bouteille...

Il regarda la première feuille, la seule lettre originale. Il l'avait écrite cette année. Mais les autres...

— Et celles-ci ? demanda-t-il en soulevant les feuillets. D'où viennent-elles ?

— Elles m'ont été envoyées, répondit-elle doucement.

— Par qui ?

Il se leva du lit, complètement désorienté.

Elle s'avança en tendant la main.

— Par ceux qui les ont trouvées. Une personne qui avait lu ma chronique...

— Tu as publié ma lettre ?

On aurait dit qu'il venait d'être frappé à l'estomac.

Elle hésita.

— Je ne savais pas...

— Tu ne savais pas quoi ? demanda-t-il d'une voix forte, visiblement blessé. Que c'était mal de le faire ? Que je n'avais aucun désir que le monde la lise ?

— Elle avait été jetée sur la plage..., tu devais bien savoir que quelqu'un risquait de la trouver. Je n'ai pas cité vos noms, ajouta-t-elle précipitamment.

— Mais tu l'as fait paraître dans le journal...

— Garrett..., je...

— Ne dis rien, la coupa-t-il durement. Son regard alla des lettres à Theresa, qu'il fixa comme s'il la voyait pour la première fois. Tu m'as menti, jeta-t-il, presque comme si c'était une révélation.

— Je ne t'ai pas menti...

Il ne l'écoutait pas.

— Tu m'as menti, répéta-t-il, comme pour lui-même. Et tu es venue me chercher. Pourquoi ? Pour avoir de quoi écrire une nouvelle rubrique ? C'est ça que tu voulais ?

— Non..., pas du tout ...

— Pourquoi, alors ?

— Après avoir lu tes lettres, j'ai..., j'ai eu envie de te connaître.

Il n'enregistrait pas ce qu'elle disait. Son regard allait et venait des lettres à Theresa. Il était bouleversé.

— Tu m'as menti, répéta-t-il pour la troisième fois. Tu t'es servie de moi.

— Non...

— Si, tu t'es servie de moi ! cria-t-il d'une voix qui résonna dans la pièce. Se souvenant de Catherine, il brandit les lettres devant lui comme si Theresa ne les avait jamais vues. Tout cela m'appartient..., ce sont mes sentiments, mes pensées, ma façon de réagir au deuil de ma femme. C'est à moi..., pas à toi.

— Je n'ai jamais voulu te faire de mal.

Il la regarda fixement sans rien dire. Il serra les dents.

— Toute cette histoire n'est qu'une imposture. Tu as voulu profiter des sentiments que j'éprouvais envers Catherine en essayant de les détourner sur toi. Tu croyais qu'ayant aimé Catherine je t'aimerais toi aussi, n'est-ce pas ?

Elle pâlit malgré elle. Elle se sentit brusquement incapable d'articuler un son.

— Tu m'as trompé depuis le début. Il passa lentement une main dans ses cheveux. Tout était calculé...

Sa voix se brisa.

Il semblait hébété. Elle s'approcha de lui.

— Garrett, oui, je reconnais que je voulais te rencontrer. Les lettres étaient si belles. Je voulais voir à quoi ressemblait celui qui écrivait ainsi. En revanche, je ne savais pas à quoi cela nous conduirait, je n'avais rien calculé. Je t'aime, Garrett, dit-elle en lui prenant la main. Il faut que tu me croies.

Quand elle se tut, il dégagea sa main et s'écarta d'elle.

— Mais quel être es-tu donc ?

— Ce n'est pas ce que tu penses..., protesta-t-elle aussitôt, vexée.

— Tu t'es laissé entraîner dans je ne sais quel délire..., continua-t-il sans lui laisser le temps de répondre.

Là, il allait trop loin.

— Arrête, Garrett ! s'écria-t-elle, furieuse, profondément blessée. Tu n'as rien écouté de ce que je disais !

Tout en criant, elle sentait les larmes lui monter aux yeux.

— Pourquoi t'écouterais-je ? Tu n'as pas cessé de me mentir depuis que je te connais.

— Je n'ai pas menti ! J'ai seulement omis de te parler des lettres !

— Parce que tu savais que tu avais mal agi !

— Non, parce que je savais que tu ne comprendrais pas, rétorqua-t-elle, en essayant de retrouver son calme.

— Je comprends parfaitement ! Je vois très bien à qui j'ai affaire !

Elle plissa les yeux.

— Ne sois pas comme ça !

— Comment ? Furieux ? Blessé ? Je découvre brusquement que tout cela n'était que de la comédie et tu voudrais que je me taise ?

— Ne dis plus rien ! hurla-t-elle, hors d'elle.

Apparemment sidéré par sa réaction, il la dévisagea sans rien dire.

— Tu crois savoir ce que j'ai connu avec Catherine, reprit-il d'une voix brisée. Tu en es loin. Tu auras beau lire toutes mes lettres, tu auras beau me connaître, jamais tu ne pourras comprendre. Ce que nous avons partagé, c'était sincère. C'était sincère, et elle était sincère...

Il marqua une pause, rassemblant ses idées, la regardant comme si elle était une étrangère. Il se raidit pour lui asséner le coup de grâce.

— Ce que nous avons connu toi et moi n'a jamais rien eu à voir, ne serait-ce que de loin, avec ce que nous avons connu Catherine et moi.

Sans attendre sa réponse, il passa devant elle, saisit sa valise, y jeta ses affaires et la referma aussitôt. Elle aurait voulu l'arrêter, mais ce qu'il venait de dire lui avait ôté ses forces.

— Elles sont à moi, fit-il en ramassant les lettres. Et je les prends.

— Pourquoi t'en vas-tu ? demanda-t-elle, comprenant brusquement qu'il partait.

Il la toisa.

— Je ne sais même pas qui tu es.

Il tourna les talons, traversa la salle de séjour à grands pas et quitta l'appartement.

12.

Ne sachant où aller, Garrett se rendit directement à l'aéroport en taxi. Malheureusement, il ne put trouver de place sur aucun vol et passa le reste de la nuit au terminal, toujours aussi furieux. Inutile d'espérer dormir. Il arpenta les couloirs pendant des heures, longeant des magasins qui avaient fermé leurs portes depuis longtemps, ne s'arrêtant que pour regarder de temps à autre de l'autre côté des barrières qui tenaient les voyageurs en transit à distance.

Le lendemain matin, il embarqua sur le premier vol où il y avait de la place, arriva chez lui un peu après onze heures et alla directement se coucher. Malheureusement, dès qu'il fut allongé, les événements de la veille revinrent le harceler. Incapable de s'endormir malgré tous ses efforts, il finit par abandonner. Il se doucha, s'habilla puis revint s'asseoir sur son lit. Après être resté un long moment le regard rivé sur le portrait de Catherine, il l'emporta dans la salle de séjour. Il trouva ses lettres là où il les avait laissées, sur la table basse. Chez Theresa, il était trop bouleversé pour en saisir toute la portée, mais, à présent, la photo de Catherine sous les yeux, il les lut lentement, presque avec déférence. La présence de la jeune femme envahit la pièce.

— Dis donc, j'ai bien cru que tu avais oublié notre rendez-vous ! s'écria-t-il en voyant Catherine arriver sur le quai, un sac de courses dans les bras.

Elle lui sourit en prenant la main qu'il lui tendait pour l'aider à monter sur le bateau.

— Je n'ai pas oublié, j'ai juste fait un petit détour.

— Par où ?

— Je suis passée voir le médecin.

— Alors ? demanda-t-il en la débarrassant de ses paquets. C'est vrai que tu ne te sentais pas en forme ces temps-ci...

— Tout va bien, le coupa-t-elle doucement. Mais je ne crois pas être en état de faire du voilier ce soir.

— Tu as un problème ?

Catherine sourit à nouveau et se pencha pour sortir un petit paquet du sac. Elle commença à l'ouvrir.

— Ferme les yeux, dit-elle, et je vais tout t'expliquer.

Toujours perplexe, Garrett obéit. Il entendit un bruit de papier de soie.

— Maintenant, tu peux regarder.

Catherine tenait de la layette devant elle.

— Qu'est-ce que c'est ? demanda-t-il, sans comprendre.

Le visage de la jeune femme rayonnait.

— J'attends un bébé.

— Un bébé ?

— Eh oui. Je suis enceinte de huit semaines.

— Huit semaines ?

Elle hocha la tête.

— Je crois que cela date de la dernière fois où nous sommes sortis en mer.

Toujours sous le choc de la nouvelle, Garrett saisit délicatement la layette du bout des doigts et la tint devant lui.

— Je n'arrive pas à y croire, dit-il en attirant Catherine contre lui.

— C'est pourtant vrai.

Un grand sourire éclaira son visage alors qu'il prenait peu à peu conscience de tout ce que cela signifiait.

— Tu attends un bébé !

— Et tu vas être papa, chuchota Catherine à son oreille en fermant les yeux.

Les pensées de Garrett furent interrompues par le grincement de la porte. Son père passa la tête dans l'entrebâillement.

— J'ai vu ton camion dans la rue. Je voulais m'assurer que tout allait bien. Je ne t'attendais pas avant ce soir.

Voyant que Garrett ne répondait pas, il entra dans la pièce et aperçut aussitôt la photo de Catherine sur la table.

— Tu vas bien ? demanda-t-il d'un ton inquiet.

Enfin, Garrett lui expliqua tout depuis le début, sans rien omettre : les rêves qu'il faisait depuis des années, les messages qu'il envoyait dans des bouteilles. Il termina par la querelle qu'il avait eue la veille avec Theresa.

Son père lui retira les lettres des mains.

— Je comprends que tu sois bouleversé, dit-il en regardant les feuillets, stupéfait que Garrett ne lui ait jamais parlé de ces lettres. Mais tu ne crois pas que tu as été un peu brutal avec Theresa ?

— Elle savait tout de moi et me l'a soigneusement caché, soupira Garrett en secouant la tête avec lassitude. Elle a tout calculé.

— Non, je ne crois pas, dit doucement son père. Elle est peut-être venue pour te rencontrer, mais ce n'est pas elle qui t'a forcé à tomber amoureux. Tu l'as fait tout seul.

Garrett détourna les yeux.

— Tu ne trouves pas qu'elle a eu tort de se taire ? demanda-t-il en ramenant son regard sur le portrait posé devant lui.

Jeb soupira, préférant ne pas répondre à cette question, sachant que cela ne pourrait que les entraîner sur des chemins mille fois rebattus. Il devait trouver un autre moyen de le convaincre.

— Il y a quelques semaines, quand nous avons parlé sur la jetée, tu m'as dit que tu voulais l'épouser parce que tu l'aimais. Tu t'en souviens ?

Garrett hocha la tête d'un air absent.

— Pourquoi as-tu changé d'avis ?

Garrett regarda son père sans comprendre.

— Je viens de t'expliquer que...

Jeb le coupa sans le laisser terminer.

— Oui, tu m'as exposé tes raisons, mais tu n'as pas été très honnête. Ni avec moi, ni avec Theresa, ni d'ailleurs avec toi-même. D'accord, elle ne t'a pas parlé des lettres et, j'en conviens, elle a peut-être eu tort. Mais ça n explique pas ta colère présente. Tu es furieux parce qu'elle t'a forcé à reconnaître un fait que tu refusais d'admettre.

Garrett dévisagea son père sans répondre. Puis il se leva et se rendit à la cuisine, éprouvant le besoin urgent d'échapper à cette conversation. Il ouvrit le réfrigérateur et se servit un verre de thé glacé. Il sortit un tiroir à glaçons du congélateur et, dans un geste soudain de colère, tira violemment sur le levier, projetant des cubes de glace à travers toute la pièce.

Pendant que Garrett pestait dans la cuisine, Jeb, le regard perdu sur le portrait de Catherine, pensait à sa femme. Il posa les lettres et avança vers les baies coulissantes. Il les ouvrit. Aussitôt la maison retentit du rugissement des vagues qui déferlaient sur la plage, poussées par les vents violents de décembre. Jeb contemplait l'océan déchaîné lorsqu'il entendit quelqu'un frapper à la porte.

Il se retourna, se demandant qui cela pouvait bien être. Bizarrement, il se dit brusquement que jamais personne, au cours de ses visites, ne s'était présenté.

Garrett, apparemment, n'avait rien entendu. Derrière Jeb, sur la terrasse, les carillons balancés par le vent tintaient bruyamment.

— Entrez, cria-t-il.

Quand la porte s'ouvrit, un courant d'air balaya la salle de séjour éparpillant les lettres sur le sol. Jeb ne remarqua rien, son attention entièrement concentrée sur la personne debout dans l'entrée qu'il dévora des yeux bien malgré lui.

C'était une jeune femme brune qu'il ne connaissait pas. Il devina aussitôt qui elle était et avança vers elle, ne sachant que dire.

— Entrez, dit-il enfin en s'écartant pour la laisser passer.

Il referma la porte derrière elle et le courant d'air cessa brusquement. Elle le regarda, visiblement embarrassée. Pendant un moment, ils se dévisagèrent en silence.

— Vous devez être Theresa, s'aventura-t-il. Il entendait derrière lui Garrett qui marmonnait en ramassant les glaçons. J'ai beaucoup entendu parler de vous.

— Je sais que ma visite n'était pas prévue..., commença-t-elle d'une voix hésitante

— Vous avez bien fait, l'encouragea-t-il.

— Il est là ?

Jeb hocha la tête en direction de la cuisine.

— Oui. Il prépare à boire.

— Comment va-t-il ?

Jeb haussa les épaules en lui souriant d'un petit air triste.

— Vous devriez lui parler...

Theresa hocha la tête en se demandant brusquement si elle avait bien fait de venir. Son regard parcourut la pièce et tomba aussitôt sur les lettres étalées par terre. Elle remarqua également le sac de voyage de Garrett jeté devant la porte de sa chambre, toujours pas défait. À part cela, il n'y avait rien de changé dans la maison depuis la dernière fois.

Sauf, bien sûr, la photo.

Elle l'avait repérée par-dessus l'épaule de Jeb. Normalement, la photo trônait dans la chambre de Garrett, maintenant qu'elle était là, à la vue de tout le monde, pour elle ne savait quelle raison, Theresa ne pouvait en détacher les yeux. Elle l'observait toujours lorsque Garrett revint dans la salle de séjour.

— Papa, que s'est-il passé ici...

Il se figea. Theresa se tourna d'un air incertain vers lui. Un profond silence enveloppa la pièce. Theresa respira un grand coup.

— Bonjour, Garrett.

Il ne répondit pas. Jeb, sentant qu'il était temps de partir, ramassa ses clés sur la table.

— Je crois que vous avez beaucoup de choses à vous dire, tous les deux, alors je vous laisse. J'ai été ravi de faire enfin votre connaissance, glissa-t-il en passant à la hauteur de Theresa.

Il accompagna sa phrase d'un froncement de sourcils et d'un petit haussement d'épaules, comme pour lui souhaiter bonne chance, et sortit.

— Que viens-tu faire ici ? demanda Garrett dès qu'ils furent seuls.

— Je devais venir. Je voulais te voir.

— Pourquoi ?

Au lieu de répondre, après un moment d'hésitation, elle s'avança vers lui, le regard rivé sur le sien. Elle posa un doigt sur ses lèvres et secoua la tête en voyant qu'il voulait parler.

— Chut, murmura-t-elle, pas de questions..., pas tout de suite. Je t'en prie...

Elle esquissa un sourire mais, à présent qu'elle était plus près, il s'aperçut qu'elle avait pleuré.

Que pouvait-elle dire ? Aucun mot ne saurait traduire ce qu'elle venait de vivre.

Elle passa les bras autour de son cou. À contrecœur, il l'enlaça tandis qu'elle posait la tête contre sa poitrine. Elle l'embrassa dans le cou et se serra contre lui. Glissant la main dans ses cheveux, elle posa les lèvres timidement sur sa joue puis sur sa bouche, l'effleurant délicatement avant de l'embrasser de plus en plus passionnément. Involontairement, il répondit à ses avances. Il descendit lentement les mains dans son dos et la plaqua contre lui.

Debout dans la salle de séjour, assourdis par le rugissement de l'océan qui envahissait la maison, ils se laissèrent gagner par un désir grandissant. Theresa s'écarta de lui et, le prenant par la main, l'entraîna vers la chambre.

Ensuite, elle s'écarta de lui. La lumière du salon inondait la pièce, jetant des ombres sur les murs. N'hésitant qu'une fraction de seconde avant de se retourner vers lui, elle commença à se déshabiller. Garrett fit un geste pour fermer la porte de la chambre mais elle secoua la tête. Elle voulait le voir, cette fois-ci, et elle voulait qu'il la voie. Elle voulait que Garrett sache qu'il était avec elle et non avec une autre.

Lentement, très lentement, elle retira ses vêtements. Son chemisier... son jean... son soutien-gorge... son slip. Elle ne le quittait pas des yeux, les lèvres légèrement entrouvertes. Quand elle fut entièrement nue, elle resta debout devant lui, offrant son corps à son regard.

Puis elle s'approcha de lui et posa les mains sur sa poitrine, ses épaules, ses bras, le caressant doucement comme si elle voulait graver à jamais dans sa mémoire le souvenir de sa peau. Elle s'écarta légèrement de lui pour lui permettre de se déshabiller, et l'observa, ses yeux enregistrant le moindre détail tandis que ses vêtements tombaient sur le sol. Elle lui embrassa les épaules, les bras, et lentement, glissant sa bouche entrouverte sur sa peau, laissant une touche humide partout où son corps touchait le sien, elle tourna autour de lui. Puis elle le conduisit vers le lit et s'allongea en l'entraînant avec elle.

Ils firent l'amour fiévreusement, accrochés désespérément l'un à l'autre, avec une passion comme ils n'en avaient jamais connue, tous les deux douloureusement attentifs au plaisir de l'autre, chacune de leur caresse plus électrique que la précédente. Comme s'ils avaient eu peur de ce que l'avenir leur réservait, ils se vouèrent à l'adoration de leurs corps avec une intensité qui marquerait à jamais leur mémoire. Quand ils jouirent ensemble, Theresa renversa la tête en arrière et cria sans la moindre retenue.

Plus tard, assise dans le lit, la tête de Garrett sur ses genoux, elle lui caressa les cheveux, doucement, régulièrement, en écoutant sa respiration se faire de plus en plus profonde.

Quand Garrett se réveilla dans l'après-midi, il était seul. Voyant que les vêtements de Theresa n'étaient plus là, il enfila son jean et sa chemise et tout en la boutonnant partit à sa recherche.

La maison était froide.

Il la trouva dans la cuisine. Elle était assise devant la table, elle avait mis sa veste. Il vit une tasse de café presque vide devant elle : elle devait être là depuis un certain temps. La cafetière était déjà dans l'évier. En jetant un coup d'œil à la pendule, il s'aperçut qu'il avait dormi presque deux heures.

— Salut, dit-il d'une voix hésitante.

Theresa tourna la tête vers lui.

— Oh..., bonjour..., je ne t'ai pas entendu te lever.

— Ça va ?

— Viens t'asseoir près de moi, l'invita-t-elle en guise de réponse. J'ai beaucoup de choses à te dire.

Garrett s'installa à côté d'elle en souriant timidement. Theresa joua quelques secondes avec sa tasse, les yeux baissés. Il tendit la main pour écarter une mèche qui lui tombait dans les yeux. Comme elle ne disait rien, il se recula.

Enfin, sans le regarder, elle sortit les lettres et les étala sur la table. Elle avait dû les ramasser pendant qu'il dormait.

— J'ai trouvé la bouteille l'été dernier, en faisant mon jogging, commença-t-elle d'une voix décidée et distante, comme si elle évoquait des souvenirs douloureux. Je n'avais pas la moindre idée du message qu'elle contenait, mais, après l'avoir lu, j'ai pleuré. C'était si beau, je savais que cela venait droit du cœur, et cette façon d'écrire... Je pense que je me suis sentie touchée par tes mots parce que j'étais très seule, moi aussi.

Je l'ai aussitôt montrée à Deanna, continua-t-elle en le regardant. C'est elle qui a eu l'idée de la publier. Je m'y suis opposée au début..., je la trouvais trop intime, mais Deanna n'y voyait aucun mal. Elle pensait que les gens seraient heureux de la lire. Alors j'ai fini par accepter, et j'étais persuadée que l'affaire s'arrêterait là.

Elle soupira.

— Après mon retour à Boston, j'ai reçu un appel d'une femme qui avait lu ma chronique. C'est elle qui m'a envoyé la deuxième lettre, elle l'avait trouvée trois ans auparavant. Après l'avoir lue, j'étais intriguée, cependant, une fois de plus, j'ai pensé que ça n'irait pas plus loin.

Elle réfléchit.

— As-tu déjà entendu parler du magazine *Yankee* ?

— Non.

— C'est une revue régionale, peu connue en dehors de la Nouvelle-Angleterre. On y trouve de bons articles. C'est là que j'ai découvert la troisième lettre.

Garrett la dévisagea, étonné.

— Elle a été publiée là-bas ?

— Oui. J'ai cherché l'auteur de l'article et il m'a envoyé la troisième lettre et..., eh bien, je me suis laissé emporter par ma curiosité. J'avais trois lettres, Garrett, tu te rends compte, pas une, trois, et elles me touchaient toutes autant que la première. Alors, avec l'aide de Deanna, j'ai cherché qui tu étais et je suis partie faire ta connaissance.

Je sais qu'à m'entendre on dirait du délire, comme tu

l'as dit. En fait, pas du tout. Je ne suis pas venue pour tomber amoureuse de toi. Ni pour écrire une chronique. Je voulais seulement voir à quoi tu ressemblais. Je voulais rencontrer celui qui écrivait ces lettres magnifiques. Je suis allée à la marina et tu étais là. Nous avons parlé, et alors, si tu te souviens, tu m'as invitée sur ton bateau. Si tu ne l'avais pas fait, je serais sans doute repartie chez moi le jour même.

Il ne savait que dire. Theresa se pencha et posa une main timide sur son bras.

— Et tu sais quoi ? Nous avons passé une merveilleuse soirée, et je me suis aperçue que j'avais envie de te revoir. Pas à cause des lettres, mais à cause de ta façon d'être avec moi. Tout s'est passé naturellement entre nous à partir de cet instant. Après cette première rencontre, rien de ce que nous avons partagé n'était prévu. C'est simplement arrivé.

— Pourquoi ne m'en as-tu pas parlé ? demanda-t-il, le regard fixé sur les lettres.

Elle réfléchit avant de répondre.

— J'ai failli le faire à plusieurs reprises, mais... je ne sais pas... Je crois que j'ai fini par me convaincre que peu importait la façon dont nous nous étions rencontrés. Seulement comptait ce que nous partagions. (Elle s'arrêta, sachant que ce n'était pas tout.) Et j'avoue que je craignais ta réaction. J'avais peur de te perdre.

— Si tu me l'avais dit plus tôt, j'aurais compris.

Elle l'avait dévisagé attentivement pendant qu'il répondait.

— Crois-tu, Garrett ? Vraiment ?

Garrett savait que c'était la minute de vérité. Voyant qu'il ne répondait pas, elle détourna les yeux en secouant la tête.

— Hier soir, quand tu m'as demandé de déménager, si je n'ai pas dit oui tout de suite, c'est parce que j'avais peur de tes motivations. Je voulais être sûre que c'était moi que tu voulais, Garrett. Je voulais être sûre que tu le souhaitais pour nous et non parce que tu fuyais autre chose. Et, quand je suis revenue, je crois que je n'attendais que d'être convaincue. Mais tu venais de trouver les lettres... Au fond de moi, je pense que j'ai toujours su que ça finirait ainsi mais je préférais croire que tout s'arrangerait, dit-elle en haussant les épaules.

— De quoi parles-tu ?

— Garrett, ce n'est pas que je doute de ton amour, je sais que tu m'aimes. C'est d'ailleurs ce qui rend cette situation si difficile. Je sais que tu m'aimes, et je t'aime, moi aussi. Dans d'autres circonstances, nous pourrions peut-être vaincre les difficultés, malheureusement, pour le moment, je pense que c'est impossible. Tu n'es pas encore prêt.

Il eut l'impression de recevoir un direct à l'estomac. Elle chercha son regard.

— Je ne suis pas aveugle, Garrett. Je sais pourquoi tu étais parfois si taciturne quand nous étions séparés. Je sais que tu avais envie que je vienne vivre près de toi...

— Parce que tu me manquais ! la coupa-t-il.

— Certainement..., mais ce n'était pas la seule raison, dit Theresa, faisant un effort pour retenir ses larmes. C'était aussi à cause de Catherine, ajouta-t-elle, la voix brisée.

Elle se tamponna le coin des yeux, bien décidée à lutter contre ses larmes.

— Quand tu m'as parlé d'elle la première fois, j'ai vu ton expression... C'était évident que tu l'aimais encore. Et hier soir, malgré ta colère, j'ai revu cette même expression. Malgré tout le temps que nous avons passé ensemble, tu es encore amoureux d'elle. Et... les paroles que tu m'as dites... Elle respira profondément, le souffle oppressé. Non seulement tu étais furieux parce que j'avais trouvé les lettres, mais tu m'en voulais parce que j'étais une menace pour ce que Catherine et toi avez partagé, et je le suis toujours.

Garrett se détourna. Il entendait l'écho des accusations de son père. Elle lui reprit la main.

— Tu ne changeras pas, Garrett. Tu es un homme qui aime profondément et surtout qui aime à jamais. Tu auras beau m'aimer, je ne pense pas que tu sois capable de l'oublier un jour, et je ne peux pas passer ma vie à me demander si je parviendrai un jour à l'égaler.

— Nous pouvons essayer..., commença-t-il d'une voix rauque. Je veux dire..., je peux essayer. Je sais que tout pourrait être différent.

Theresa l'arrêta en lui étreignant brièvement la main.

— Je sais que tu le penses sincèrement, et j'aimerais bien le croire, moi aussi. Si tu me prenais maintenant dans tes bras en me suppliant de rester, je suis sûre que je le ferais, parce que tu as donné à ma vie un sens qu'elle avait perdu depuis longtemps. Et nous continuerions comme avant, en croyant tous les deux que tout va bien... mais ce serait faux, tu t'en rends bien compte ? Parce que, à la prochaine dispute... Elle s'interrompit. Je ne peux pas lutter contre elle. J'aimerais pourtant continuer, mais je ne peux pas me le permettre, parce que, toi, tu ne le permettras pas.

— Mais je t'aime.

Elle lui sourit tendrement. Elle lui lâcha la main afin de lui caresser doucement la joue.

— Je t'aime aussi, Garrett. Hélas, parfois, l'amour ne suffit pas.

Elle avait terminé. Garrett était calme, le visage blême. Dans le silence qui tomba entre eux, Theresa fondit en larmes. Il se pencha vers elle, passa un bras autour de ses épaules et la serra contre lui, sans force. Il posa la joue contre ses cheveux pendant qu'elle enfouissait son visage au creux de son épaule, le corps secoué par les sanglots. Au bout d'un long moment, Theresa essuya ses larmes et s'écarta. Ils se dévisagèrent, et Garrett lui lança un regard suppliant. Elle secoua la tête.

— Je ne peux pas rester, Garrett. Malgré toute l'envie que nous en avons, je ne peux pas.

Ces paroles l'accablèrent. Garrett sentit que la tête lui tournait.

— Non..., protesta-t-il d'une voix éteinte.

Theresa se leva, elle devait partir immédiatement, tant qu'elle en avait encore la force. Dehors, le tonnerre grondait sourdement. Quelques secondes plus tard, une pluie vaporeuse commença à tomber.

— Je dois m'en aller.

Elle mit son sac sur son épaule et se dirigea vers la porte d'entrée. Pendant un instant, Garrett fut trop assommé pour bouger.

Enfin, dans un brouillard, il se leva et la suivit. La pluie augmentait. La voiture de location était garée dans l'allée. Garrett la regarda ouvrir la portière, incapable de prononcer un mot.

Elle tâtonna un moment avant d'arriver à mettre la clé dans le contact et lui lança un petit sourire triste avant de fermer la portière. Malgré les trombes d'eau, elle baissa la vitre pour le voir plus nettement. Elle tourna la clé et le moteur démarra. Ils ne se quittèrent pas des yeux pendant qu'elle avançait au ralenti dans l'allée.

L'expression de Garrett lui fendit le cœur. L'espace d'une seconde, elle voulut revenir en arrière. Le convaincre qu'elle ne pensait pas ce qu'elle avait dit, qu'elle l'aimait toujours, que cela ne devait pas finir ainsi. Cela aurait été si facile, si simple...

Hélas, elle avait beau le souhaiter ardemment, elle ne put se forcer à prononcer les mots qu'il fallait.

Il fit un pas vers la voiture. Theresa secoua la tête pour l'arrêter. C'était déjà assez pénible.

— Tu me manqueras, Garrett, dit-elle dans un souffle, sans être sûre qu'il l'entendait.

Elle passa la marche arrière.

La pluie tombait de plus en plus fort en grosses gouttes froides de tempête d'hiver.

Garrett restait pétrifié.

— Je t'en prie, articula-t-il faiblement, ne pars pas.

Il parlait d'une voix si basse que la pluie la couvrait presque.

Elle ne répondit pas.

Sentant qu'elle recommencerait à pleurer si elle restait plus longtemps, elle remonta sa vitre. Regardant par-dessus son épaule, elle sortit en marche arrière de l'allée. Garrett posa la main sur le capot au moment où la voiture s'ébranlait, ses doigts glissèrent sur la surface mouillée tandis qu'elle reculait lentement. Elle arriva dans la rue, prête à partir, les essuie-glaces en marche.

Brusquement, Garrett prit conscience que sa dernière chance lui échappait.

— Theresa, s'écria-t-il, attends !

Le martèlement de la pluie l'empêcha d'entendre. La voiture dépassait déjà la maison. Garrett courut jusqu'au bout de l'allée en agitant les bras pour attirer son attention. Elle ne parut rien remarquer.

— Theresa ! hurla-t-il à nouveau.

Il courait après elle au milieu de la rue, s'éclaboussant les pieds dans les flaques qui commençaient à se former. Les feux des freins clignotèrent une seconde puis s'allumèrent tandis que la voiture s'arrêtait. La pluie et la brume qui tourbillonnaient autour d'elle lui donnaient des allures de mirage. Garrett savait que Theresa le regardait dans le rétroviseur, la distance se réduisait. *Il avait encore une chance...*

Les lumières des freins s'éteignirent brusquement, et la voiture repartit en prenant plus rapidement de la vitesse cette fois-ci. Garrett continua à la poursuivre, mais elle le distança instantanément, devenant de plus en plus petite. Ses poumons le brûlaient, mais il continuait à la poursuivre, dans un effort désespéré. La pluie s'était transformée en véritables trombes d'eau, transperçant sa chemise et réduisant sa vision.

Il finit par s'arrêter. L'air était saturé d'eau, il respirait péniblement. La chemise plaquée sur la peau, les cheveux dans les yeux, debout au milieu de la chaussée, il regarda la voiture tourner au coin de la rue et disparaître de sa vue.

Il ne bougea pas et resta ainsi un long moment à essayer de retrouver son souffle, à espérer qu'elle allait réapparaître et revenir vers lui. Il regrettait de l'avoir laissée partir. Il aurait tant voulu qu'elle lui donne une nouvelle chance.

Elle était partie.

Quelques secondes plus tard, un coup de klaxon retentit derrière lui et son cœur fit un bond. Il se retourna précipitamment et chassa la pluie de ses yeux, s'attendant presque à voir son visage derrière le pare-brise pour constater aussitôt son erreur. Il se rangea sur le côté de la route pour laisser passer la voiture et, sous le regard du conducteur qui s'attardait sur lui, il se rendit soudain compte qu'il ne s'était jamais senti aussi seul.

Theresa était assise, son sac sur les genoux. Elle avait été l'une des dernières à embarquer, n'étant arrivée que quelques minutes avant le décollage.

Elle regardait par le hublot les rideaux de pluie tomber. En bas, sur le tarmac, les bagagistes chargeaient précipitamment les derniers bagages en essayant de les protéger. Ils terminèrent à l'instant précis où l'on fermait la porte de la cabine. Puis la passerelle recula vers le terminal.

La nuit tombait, il ne restait plus que quelques minutes de lumière grisâtre. Les hôtesses procédèrent à une dernière inspection de la cabine, s'assurant que tout était bien en ordre, et gagnèrent leurs sièges. Les lumières des plafonniers clignotèrent, l'appareil commença à reculer et se tourna vers la piste.

L'avion s'arrêta, dans l'attente de son autorisation de vol, parallèle au terminal.

Elle regarda distraitement le bâtiment. Du coin de l'œil, elle aperçut une silhouette solitaire debout derrière une fenêtre, les mains plaquées sur la vitre.

Elle regarda plus attentivement. Ce n'était pas possible !

Était-ce lui ? Difficile à dire. Les verres teintés du terminal ajoutés à la pluie gênaient sa vue. S'il ne s'était pas tenu si près de la fenêtre, elle ne l'aurait même pas vu.

Theresa continuait à fixer la silhouette, la gorge nouée.

Il ne bougeait pas.

Les moteurs rugirent puis baissèrent de régime alors que doucement l'appareil commençait à rouler. Elle savait qu'il ne restait que quelques secondes. Le terminal s'éloigna tandis que l'avion prenait de la vitesse.

En avant... vers la piste de décollage... loin de Wilmington...

Elle se retourna, plissant les yeux pour l'apercevoir une dernière fois, mais il était impossible de savoir s'il était encore là.

Tandis que l'avion continuait sa route, regardant toujours par le hublot, elle se demanda si elle avait bien vu ou si tout cela n'était que le fruit de son imagination. L'avion tourna brusquement pour s'aligner au décollage, puis Theresa sentit la poussée des moteurs tandis que l'appareil filait sur la piste dans un grondement de roues jusqu'au moment où elles quittèrent le sol. À travers ses larmes, elle vit apparaître Wilmington tandis que l'avion prenait de l'altitude. Il survola les plages désertes... les jetées... la marina...

L'appareil engagea un virage, légèrement incliné, pour se diriger vers le nord. De son hublot, elle ne voyait plus que l'océan, ce même océan qui les avait réunis.

Derrière les énormes nuages, le soleil descendait vers l'horizon.

Juste avant d'entrer dans les nuages qui leur masquaient le sol, elle passa doucement la main sur la vitre, imaginant qu'elle lui caressait la main une fois encore

— Au revoir, chuchota-t-elle.

Et, silencieusement, elle se mit à pleurer.

13.

L'hiver avait commencé tôt cette année. Assise sur la plage, près de l'endroit où elle avait trouvé la bouteille, Theresa remarqua que la brise froide de l'océan avait forci depuis son arrivée le matin. Des nuages gris et menaçants roulaient au-dessus de sa tête, et les vagues se soulevaient et se brisaient à un rythme croissant. La tempête se rapprochait.

Elle avait passé la journée sur la plage, à revivre leur amour jusqu'à ce jour où ils s'étaient dit au revoir, fouillant ses souvenirs à la recherche d'un fragment d'explication qui aurait pu lui échapper. Toute cette année, elle avait été hantée par son expression quand elle l'avait vu dans le rétroviseur en train de la poursuivre. Le quitter à ce moment-là avait été le plus gros effort de sa vie. Souvent elle rêvait de remonter le temps et de pouvoir recommencer cette journée depuis le début.

Elle finit par se lever. Elle marcha au bord de l'eau en regrettant qu'il ne soit pas là. Il aurait aimé ce temps brumeux et humide, et elle se tourna vers l'horizon en l'imaginant près d'elle. Elle s'arrêta, fascinée par le tumulte et le grondement des flots. Quand elle détourna la tête, elle s'aperçut qu'elle avait perdu son image. Elle resta un long moment à essayer de la faire réapparaître, en vain. Il était temps d'y aller. Elle repartit d'un pas plus lent en se demandant s'il aurait compris la raison de sa venue ici.

Malgré elle, ses pensées la ramenèrent aux jours qui avaient suivi leur dernier adieu. Nous passons tant de temps à rattraper ce que nous n'avons su dire. Si seulement..., commença-t-elle pour la millième fois, les images de cette époque défilant devant ses yeux comme une projection de diapositives qu'elle ne pouvait arrêter.

Si seulement...

Dès son arrivée à Boston, en revenant de l'aéroport, Theresa avait récupéré Kevin. Son fils, qui avait passé la journée chez un copain, lui avait raconté le film qu'il venait de voir sans même remarquer qu'elle ne l'écoutait pas. Une fois rentrés chez eux, elle avait commandé une pizza, et ils avaient mangé au salon devant la télévision. Ensuite, au grand étonnement de Kevin, elle lui avait demandé de rester un moment avec elle au lieu de l'envoyer faire ses devoirs. Assis contre elle sur le canapé, il lui lançait de temps en temps un regard inquiet, mais elle s'était contentée de lui caresser les cheveux et de lui sourire distraitement, comme si elle était à des lieues de là.

Plus tard, une fois Kevin couché et endormi, elle avait enfilé un pyjama douillet et s'était servi un verre de vin. Puis elle était allée se coucher en débranchant le répondeur.

Le lundi, elle avait eu un long déjeuner avec Deanna et lui avait raconté tout ce qui s'était passé. Elle avait voulu paraître forte. Deanna lui avait cependant tenu la main tout le temps et l'avait écoutée attentivement sans l'interrompre.

— C'est mieux ainsi, avait conclu Theresa d'un ton résolu. Il le fallait.

Deanna l'avait dévisagée, les yeux remplis de compassion. Mais elle n'avait rien dit, se contentant de hocher la tête devant les assertions courageuses de son amie.

Les jours suivants, Theresa avait fait de son mieux pour ne pas penser à lui. Travailler sur sa chronique la réconfortait. La recherche et la rédaction de ses articles monopolisaient toute son énergie intellectuelle. L'atmosphère agitée de la salle de rédaction l'aidait également, et, la conférence téléphonique avec Dan Mandel ayant donné le résultat promis par Deanna, Theresa s'attaqua à son travail avec une ardeur redoublée. Elle rédigeait deux ou trois rubriques par jour, écrivant plus vite qu'elle ne l'avait jamais fait.

Le soir, en revanche, quand Kevin était couché et qu'elle se retrouvait seule, elle avait du mal à ne pas penser à Garrett. Comme au bureau, elle essaya alors de se concentrer sur de nouvelles tâches. Elle nettoya la maison de fond en comble, récura les sols, lessiva le réfrigérateur, passa l'aspirateur et le chiffon à poussière dans tout l'appartement et rangea les placards. Rien ne fut négligé. Elle tria même les vêtements qu'elle ne portait plus pour les donner. Elle les mit dans un carton, les descendit à sa voiture et les chargea dans le coffre. La nuit suivante, elle arpenta l'appartement à la recherche d'une quelconque occupation. S'apercevant finalement qu'elle en avait terminé, mais toujours incapable de dormir, elle se tourna vers la télévision. Zappant d'une chaîne à l'autre, elle s'arrêta en voyant Linda Ronstadt qui était interviewée dans le *Tonight Show*. Elle avait toujours aimé ses chansons, et quand Linda interpréta une ballade romantique Theresa fondit en larmes. Elle pleura plus d'une heure.

Le week-end suivant, elle accompagna Kevin au match entre les New England Patriots et les Chicago Bears. Il l'avait suppliée de l'emmener, et elle avait fini par accepter bien que les règles du jeu lui échappent plus ou moins. Assis sur les gradins, leur haleine dessinant de petits nuages, ils avaient encouragé l'équipe locale tout en buvant du chocolat chaud sirupeux.

Ensuite, elle l'avait emmené au restaurant et lui avait laborieusement expliqué que Garrett et elle ne se reverraient plus.

— Maman, que s'est-il passé la dernière fois que tu es allée le voir ? Il t'a fâchée ?

— Non, ce n'est pas sa faute, répondit-elle doucement. Elle hésita. C'est juste que nous ne sommes pas faits l'un pour l'autre, ajouta-t-elle en détournant les yeux.

Bien que Kevin ait paru déconcerté par sa réponse, elle n'avait pas trouvé de meilleure explication à lui donner.

La semaine suivante, elle travaillait sur son ordinateur lorsque le téléphone avait sonné.

— Theresa, c'est vous ?

— Oui, dit-elle sans reconnaître la voix.

— Ici Jeb Blake..., le père de Garrett. Je sais que cela peut vous paraître étrange mais j'aimerais vous parler.

— Oh, bonjour, bégaya-t-elle. Euh..., j'ai quelques minutes, je vous écoute.

Il marqua une pause.

— J'aimerais vous parler de vive voix, si c'est possible. Ce que j'ai à vous dire n'est pas facile au téléphone.

— Puis-je vous demander de quoi il s'agit ?

— Ça concerne Garrett. Je sais que c'est beaucoup vous demander, mais pourriez-vous venir ? C'est très important.

Elle avait fini par accepter. Elle avait aussitôt quitté le journal pour prendre Kevin à son école et le déposer chez une personne de confiance, expliquant qu'elle devait s'absenter quelques jours. Kevin avait essayé de savoir pourquoi elle partait précipitamment là-bas, mais, voyant le comportement étrange et distrait de sa mère, il avait senti qu'il devrait patienter.

— Dis-lui bonjour de ma part, avait-il dit en l'embrassant.

Theresa avait seulement hoché la tête. Elle s'était ensuite précipitée à l'aéroport où elle avait sauté dans le premier avion. Dès son arrivée à Wilmington, elle avait accouru chez Garrett, où Jeb l'attendait.

— Je suis content que vous soyez venue, dit Jeb dès son arrivée.

— Que se passe-t-il ? demanda-t-elle en examinant la maison à la recherche d'un signe de la présence de Garrett.

Jeb lui parut vieilli. Il l'entraîna vers la table de la cuisine et tira une chaise pour qu'elle s'asseye à côté de lui.

— D'après les informations que j'ai pu glaner à droite et à gauche, Garrett est sorti sur *Happenstance* plus tard que d'habitude...

C'était plus fort que lui. Garrett savait que ces gros nuages sombres à l'horizon annonçaient la tempête. Ils étaient encore éloignés, cependant, il avait encore le temps.

Surtout qu'il n'allait pas loin, seulement à quelques milles. Et, si la tempête arrivait, il pourrait toujours revenir au port. Il enfila ses gants et dirigea *Happenstance* droit vers la pleine mer qui se creusait, les voiles déjà réglées.

Depuis trois ans, à chaque fois qu'il sortait, il suivait la même route, autant par instinct que poussé par ses souvenirs. C'était Catherine qui avait eu l'idée de mettre le cap à l'est le premier soir où ils avaient sorti *Happenstance*. Dans son imagination, ils mettaient le cap sur l'Europe. Elle avait toujours rêvé d'y aller. Elle rapportait souvent des revues de voyage au magasin et s'asseyait à côté de lui pour regarder les photos. Elle voulait tout visiter : les fameux châteaux de la Loire, le Parthénon, les Highlands écossais, la basilique Saint-Pierre..., tous ces endroits dont on parlait dans les magazines. Et le voyage de ses rêves, tantôt classique, tantôt exotique, se modelait au fil de chaque nouvelle revue.

Bien sûr, ils n'étaient jamais allés en Europe.

C'était l'un de ses grands regrets. Quand il repensait à leur vie, il savait qu'ils auraient dû le faire. Il aurait pu au moins lui offrir ça et, en y réfléchissant, il savait que cela aurait été possible. En deux ans, ils avaient économisé suffisamment pour se le permettre, mais finalement cet argent leur avait servi à acheter le magasin. Quand elle s'était aperçue que leurs nouvelles responsabilités leur interdisaient désormais de s'absenter longtemps, son rêve avait fini par s'évanouir. Elle avait ramené de moins en moins de magazines. Et cessé toute allusion à l'Europe.

Le soir où ils sortirent pour la première fois sur *Happenstance,* il découvrit néanmoins que son rêve était toujours aussi vivace. Elle se tenait à la proue et serrait la main de Garrett, le regard perdu au loin.

— Irons-nous un jour là-bas ? lui avait-elle gentiment demandé.

Il n'oublierait jamais son expression à ce moment-là : ses cheveux flottant au vent, son visage radieux et plein d'espoir, celui d'un ange.

— Oui, lui avait-il promis, dès que nous aurons le temps.

Moins d'un an après, Catherine, enceinte de leur enfant, mourait à l'hôpital, Garrett à son chevet.

Quand ses rêves avaient commencé, il n'avait su comment réagir. Il avait essayé de repousser les sentiments qui le tourmentaient. Un matin, dans un moment de désespoir, il avait cherché le soulagement en confiant à la plume ce qu'il ressentait. Il avait écrit d'un seul jet, sans s'arrêter, une lettre de presque cinq pages. Il l'avait emportée sur le bateau l'après-midi, et c'est alors que l'idée lui était venue brusquement, en la relisant. Portée par le Gulf Stream qui remontait vers le nord, le long des côtes américaines, pour tourner à l'est au contact des eaux plus froides de l'Atlantique, une bouteille, avec un peu de chance, pouvait dériver jusqu'en Europe et échouer sur ce sol que Catherine aurait tant voulu fouler. Sa décision prise, il scella la lettre dans une bouteille et la lança par-dessus bord avec l'espoir de pouvoir tenir ainsi, d'une certaine façon, la promesse qu'il lui avait faite. C'était devenu un rituel qu'il n'avait jamais brisé.

Depuis, il avait envoyé seize autres lettres, dix-sept en comptant celle qu'il emportait aujourd'hui. Debout à la barre, le bateau cap à l'est, il effleura distraitement la bouteille nichée dans la poche de sa veste. Il avait écrit à Catherine le matin même, au saut du lit.

Malgré le ciel qui prenait des tons de plomb, Garrett cinglait toujours vers le large. Près de lui, la radio lançait en crachotant des avertissements contre la tempête qui approchait. Après un instant d'hésitation, il scruta le ciel et la coupa. Il avait encore le temps, décida-t-il. Le vent était fort et établi et ne changerait pas de sitôt.

Après avoir écrit à Catherine, il avait rédigé une autre lettre. Celle-là, il l'avait déjà envoyée. Et c'était à cause d'elle qu'il devait lancer aujourd'hui celle de Catherine à la mer. Une série de tempêtes remontait le long de l'Atlantique, avançant lentement vers l'ouest en direction de la côte est. D'après les prévisions de la météo à la télévision, il ne pourrait plus sortir avant une bonne semaine et il ne pouvait attendre aussi longtemps. Il serait parti avant.

La mer agitée se creusait encore, les vagues étaient de

plus en plus hautes, les creux de plus en plus profonds. Les voiles commençaient à peiner dans le vent stable et fort. Garrett estima sa position. L'eau était profonde, ici, mais pas encore suffisamment. Il ne pouvait compter sur le Gulf Stream en cette saison, et s'il voulait que la bouteille ait une chance de traverser l'océan il devait la larguer très loin en mer, sinon, la tempête risquait de la rabattre sur les côtes d'ici à quelques jours. Et, de toutes les lettres qu'il lui avait écrites, il tenait particulièrement à ce que celle-ci arrive en Europe. Il avait décidé que ce serait la dernière qu'il enverrait.

À l'horizon, les nuages se faisaient de plus en plus menaçants.

Il enfila son ciré et le ferma complètement. Il espérait qu'il le protégerait un moment quand la pluie arriverait.

Happenstance dansait sur l'eau à présent. Garrett tenait la roue à deux mains, maintenant son cap comme il pouvait. Soudain, le vent tourna et forcit, signalant le front de la dépression. Garrett devait commencer à tirer des bords et affronter la houle transversalement malgré le danger. Une manœuvre difficile dans de telles conditions, et qui le ralentissait, mais il préférait avancer contre le vent tout de suite plutôt que de risquer de devoir tirer des bords au retour, si la tempête le rattrapait.

L'effort était épuisant. Chaque fois qu'il virait de bord, il allait aux limites de ses forces. Malgré ses gants, ses mains le brûlaient quand les écoutes filaient entre ses doigts. À deux reprises, lors de rafales de vent imprévues, il faillit perdre l'équilibre et ne dut son salut qu'au vent qui retomba aussi brusquement qu'il s'était levé.

Pendant une heure, il continua à avancer ainsi, tout en surveillant la tempête devant lui. Elle semblait s'être arrêtée, mais il savait que c'était une illusion. Elle atteindrait la côte d'ici à quelques heures. Dès qu'elle gagnerait des eaux moins profondes, elle accélérerait et l'océan ne serait plus navigable. En ce moment, la dépression couvait comme un fusible qui brûle doucement avant de sauter.

Garrett avait déjà été surpris par de grosses tempêtes et il savait qu'il valait mieux ne pas sous-estimer leur puissance.

Une simple inattention de sa part, et l'océan l'emporterait, et il était bien déterminé à empêcher cela. Il était têtu mais pas fou. Au moment où il sentirait le danger, il ferait demi-tour et cinglerait vers le port.

Au-dessus de sa tête, les nuages continuaient à s'épaissir, prenant à chaque instant de nouvelles formes. Une petite pluie commença à tomber. Garrett leva la tête vers le ciel, il savait que ce n'était que le début.

— Encore quelques minutes, marmonna-t-il dans sa barbe. Juste quelques minutes.

Un éclair déchira le ciel. Garrett compta les secondes en attendant le tonnerre. Deux minutes et demie plus tard, il résonna enfin, explosant au large. Le centre de la tempête était encore à vingt-cinq milles environ. À la vitesse actuelle du vent, il estima qu'il avait encore une heure devant lui avant que la tempête ne l'atteigne. Il avait bien l'intention d'être rentré depuis longtemps à ce moment-là.

La pluie tombait toujours.

L'obscurité descendait peu à peu. Le soleil baissait, et des nuages impénétrables masquèrent ses derniers rayons, faisant brusquement chuter la température. Dix minutes plus tard, la pluie forcissait, nettement plus fraîche.

Bon sang ! Son temps s'amenuisait dangereusement et il n'était pas encore assez loin.

La houle se creusait de plus belle, l'océan se déchaînait, et *Happenstance* filait toujours vers le large. Garrett était campé les jambes écartées pour garder l'équilibre. La barre était stable, mais la houle arrivait à présent transversalement, balançant le bateau comme une coquille de noix. Il continuait résolument à avancer.

Quelques minutes plus tard, un nouvel éclair zébra le ciel..., quelques secondes..., le tonnerre. Plus que vingt milles. Il regarda sa montre. Si la tempête continuait à progresser à cette vitesse, il n'y échapperait que de justesse. Il pourrait encore revenir au port à temps si le vent soufflait toujours dans la même direction.

Mais si le vent tournait...

Il révisa son scénario. Il était parti depuis deux heures et demie contre le vent ; en revenant vent arrière, il ne lui faudrait qu'une heure et demie tout au plus, si tout se passait comme prévu. La tempête atteindrait la côte à peu près en même temps que lui.

Il devait lancer la bouteille maintenant. Il ne pouvait pas risquer d'aller plus loin.

Il agrippa la roue, qui tremblait à présent, d'une seule main, tandis qu'il sortait la bouteille de la poche de sa veste. Il vérifia que le bouchon était bien enfoncé puis regarda la bouteille dans la lumière faiblissante. Il vit la lettre à l'intérieur, roulée serrée.

En la contemplant, il éprouva un sentiment d'accomplissement, comme s'il arrivait au bout d'un long voyage.

— Merci, murmura-t-il, sa voix à peine audible au-dessus du rugissement des vagues.

Il lança la bouteille aussi loin qu'il put et la regarda voler, ne la perdant de vue qu'au moment où elle tomba dans l'eau. C'était fait.

À présent, demi-tour.

Au même instant, deux éclairs fendirent le ciel simultanément. Plus que quinze milles. Il hésita, soudain inquiet.

La tempête ne pouvait pas arriver si vite. Pourtant elle semblait avoir gagné de la force et de l'allure et, gonflée comme un ballon, elle fonçait droit sur lui.

Il utilisa l'écoute pour bloquer la roue pendant qu'il se rendait à l'arrière. Il se battit furieusement pour garder le contrôle de la bôme, perdant de précieuses minutes. Les cordes déchiraient ses gants et lui brûlaient les paumes. Il réussit enfin à déplacer les voiles, et le bateau gîta fortement en prenant le vent. Pendant qu'il revenait vers la barre, une rafale glacée arriva d'une autre direction.

L'air chaud se précipite vers le froid.

Il mit la radio en marche au moment où un avis d'alerte était diffusé. Il augmenta précipitamment le volume, écoutant attentivement le présentateur décrire les changements de vent. « Je répète... avis à tous les bateaux de plaisance... formation de vents violents... fortes précipitations attendues. »

La tempête se développait.

Avec la température qui descendait rapidement, le vent

avait forci, rendant la situation périlleuse. En trois minutes, il était passé à vingt-cinq nœuds.

Garrett tourna la roue avec une impatience grandissante.

Rien ne se passa.

Il comprit brusquement que les lames soulevaient l'arrière du bateau hors de l'eau, rendant le gouvernail inefficace. Le voilier paraissait figé dans la mauvaise direction et oscillait dangereusement. Une nouvelle vague le souleva, la coque frappa violemment l'eau, et l'avant enfourna.

— Allez..., prends le vent, murmura-t-il, une sueur froide lui parcourant le dos.

Il perdait du temps. Le ciel noircissait de minute en minute, et la pluie cinglait horizontalement le bateau par rafales denses et impénétrables.

Une minute plus tard, le gouvernail plongea enfin dans l'eau et le bateau commença à virer.

Lentement... lentement... toujours trop penché sur le côté...

Avec horreur, il vit l'océan se soulever en une lame gigantesque et rugissante qui fonça droit sur lui.

Il ne s'en sortirait pas.

Il s'arc-bouta tandis que la vague s'écrasait sur la coque offerte dans un jaillissement d'écume. *Happenstance* se coucha sur l'eau, Garrett sentit ses jambes fléchir mais il se cramponnait toujours fermement à la barre. Il retrouva son équilibre juste au moment où une nouvelle lame déferlait sur le bateau.

Le voilier lutta pour rester droit sous l'assaut de l'eau qui balaya le pont telle une rivière en crue. D'un coup, le vent s'abattit. Miraculeusement, *Happenstance* commença à se redresser, son mât remonta légèrement dans le ciel d'ébène. Le gouvernail mordit à nouveau dans l'eau, et Garrett tourna la barre de toutes ses forces : il devait faire pivoter son bateau sans perdre une seconde.

Nouvel éclair. La tempête n'était plus qu'à sept milles. La radio crachota. « Je répète... alerte aux bateaux de plaisance... vent de quarante nœuds... je répète... vent de quarante nœuds, avec rafales à cinquante... »

Garrett comprit qu'il était en danger. Il ne pourrait jamais tenir *Happenstance* avec un vent aussi fort.

Le bateau continuait à virer, luttant à la fois sous le poids de l'eau embarquée et contre la férocité des vagues. Garrett avait les pieds dans vingt centimètres d'eau. Il allait y arriver...

Une rafale violente surgit de la direction opposée, arrêtant net la progression du voilier, le balançant comme un jouet. Au moment où *Happenstance* était le plus vulnérable, une énorme lame s'écrasa contre sa coque. Le haut du mât plongea vers l'océan.

Et cette rafale qui ne s'arrêtait pas.

Il était aveuglé par la pluie glaciale qui tombait latéralement. *Happenstance*, loin de se redresser, se coucha davantage, ses voiles alourdies de pluie. Garrett perdit à nouveau l'équilibre, l'inclinaison du bateau l'empêchant de se redresser. Si une autre vague frappait...

Garrett ne la vit pas arriver.

Telle la hache du bourreau, elle s'abattit sur le bateau avec une détermination féroce, couchant *Happenstance* sur le flanc. Son mât et ses voiles s'affaissèrent dans les flots. Le bateau était perdu. Garrett s'accrocha à la roue, sachant que s'il la lâchait il serait emporté par l'océan.

Happenstance prenait l'eau rapidement en expirant de l'air comme une grosse bête qui se noie.

Il fallait qu'il attrape le radeau de sauvetage. C'était sa seule chance. Garrett avança centimètre par centimètre vers la porte de la cabine en s'accrochant à tout ce qu'il trouvait, se battant pas à pas contre la pluie, contre la mort. De nouveau un éclair et le tonnerre, presque simultanément.

Il atteignit enfin la porte et agrippa la poignée. Elle refusa de bouger. Dans un effort désespéré, il cala son pied pour s'arc-bouter et tira à nouveau. Elle céda d'un coup, l'eau s'engouffra à l'intérieur, et il réalisa qu'il venait de commettre une erreur fatale.

L'océan se ruait dans la cabine, assombrissant rapidement l'intérieur. Garrett vit aussitôt que le radeau, à sa place contre le mur, était déjà sous l'eau. Il sentit que plus rien désormais ne pourrait empêcher le bateau de couler.

Submergé de panique, il se débattit pour refermer la porte de la cabine, mais la force de l'eau et le manque de prise rendaient sa tâche impossible. *Happenstance* coulait rapidement. En quelques secondes, la coque était déjà à moitié submergée. Il eut un éclair de lucidité.

Les gilets de sauvetage...

Ils étaient situés sous les sièges, à l'arrière.

Il se retourna. Ils étaient encore accessibles.

Dans un effort surhumain, il réussit à agripper la filière, seule prise au-dessus de l'eau, qui lui arrivait à présent à la poitrine. Il se maudit de ne pas avoir mis son gilet de sauvetage plus tôt.

Les trois quarts du voilier disparaissaient dans les flots, et il continuait à s'enfoncer.

Luttant contre le poids des vagues et le plomb qui lui paralysait les muscles, il commença sa lente progression vers les sièges, avançant une main après l'autre. À mi-chemin de son but, l'eau lui arrivait aux épaules et il prit brusquement conscience de la stérilité de ses efforts.

Il ne s'en sortirait pas.

L'eau lui atteignait le menton lorsqu'il cessa de lutter. La tête levée vers le ciel, épuisé, il refusait encore de croire que tout allait finir ainsi.

Il lâcha la filière et nagea pour s'éloigner du bateau. Sa veste et ses chaussures l'entravaient lourdement. Ballotté par les vagues, il regarda *Happenstance* disparaître dans l'océan. Puis, l'esprit engourdi par le froid et la fatigue, il se retourna et entreprit le long et impossible retour vers la côte.

Theresa était assise à côté de Jeb. Il parlait par petites phrases saccadées et il lui avait fallu longtemps pour raconter ce qu'il savait.

Plus tard, Theresa se souvint qu'elle l'avait écouté non pas avec terreur mais avec curiosité. Elle savait que Garrett avait survécu. Il était excellent marin et encore meilleur nageur. Il était trop prudent, trop battant pour se laisser avoir ainsi. Si quelqu'un avait une chance de s'en sortir, c'était bien lui.

Elle posa la main sur le bras de Jeb, perplexe.

— Je ne comprends pas... Pourquoi est-il sorti s'il savait que la tempête arrivait ?

— Je l'ignore, répondit-il, incapable de croiser son regard.

Theresa fronça les sourcils. Dans sa confusion, la pièce prenait des allures surréalistes.

— Il ne vous a rien dit avant de partir ?

Jeb secoua la tête. Il était livide et gardait les yeux baissés comme s'il avait quelque chose à cacher. Theresa regarda distraitement autour d'elle. Tout était rangé comme si le ménage avait été fait juste avant son arrivée. Par la porte de la chambre entrouverte, elle aperçut le lit fait. Chose curieuse, deux grandes gerbes de fleurs étaient posées sur le dessus-de-lit.

— Je ne comprends pas. Il va bien, n'est-ce pas ?

— Theresa, articula enfin Jeb, au bord des larmes, ils l'ont retrouvé hier matin.

— Il est à l'hôpital ?

— Non.

— Alors où est-il ? demanda-t-elle, refusant encore d'admettre ce qu'elle devinait confusément.

Jeb ne répondit pas.

Brusquement, sa respiration devint difficile. Un tremblement parcourut ses mains d'abord, puis tout son corps. Garrett ! Que s'était-il passé ? Pourquoi n'était-il pas là ? Jeb baissa la tête pour qu'elle ne le voie pas pleurer, mais elle entendait ses sanglots.

— Theresa, murmura-t-il d'une voix affaiblie.

— Où est-il ? s'écria-t-elle en se levant d'un bond, propulsée par une brusque montée d'adrénaline.

Elle entendit, dans un brouillard, sa chaise tomber bruyamment sur le sol derrière elle.

Jeb leva la tête. Il essuya ses larmes du revers de la main, sans se cacher.

— Ils ont retrouvé son corps hier matin.

Elle sentit un poids lui écraser la poitrine.

— Il est mort, Theresa.

Sur la plage où tout avait commencé, Theresa finissait de revivre ces événements qui remontaient à un an.

Il était enterré à côté de Catherine, dans un petit cimetière non loin de chez lui. Jeb et Theresa avaient assisté côte à côte à l'office, entourés de tous ceux qui avaient connu Garrett : des amis du lycée, d'anciens élèves de son cours de plongée, des employés du magasin. La cérémonie avait été simple, et, malgré la pluie qui s'était mise à tomber dès que le pasteur avait fini de parler, les gens s'étaient longuement attardés.

La veillée mortuaire avait eu lieu chez Garrett. Un par un, les gens étaient venus présenter leurs condoléances et partager leurs souvenirs. Quand Jeb et Theresa s'étaient retrouvés seuls, il avait sorti une boîte d'un placard et lui avait demandé de s'asseoir à côté de lui pour regarder ensemble ce qu'elle contenait.

Il y avait des centaines de photographies. Au fil des heures, la jeunesse et l'adolescence de Garrett défilaient sous les yeux de Theresa, toutes ces bribes de sa vie qu'elle n'avait pu qu'imaginer. Ils avaient ensuite trouvé des photos plus récentes. Les remises de diplômes au lycée, à l'université ; *Happenstance* restauré ; Garrett devant son magasin refait à neuf, avant son ouverture. Sur toutes les photos, elle remarqua que son sourire était toujours le même. Et souriant avec lui, elle constata que sa tenue, elle non plus, n'avait pas changé. Sauf dans les grandes occasions, les clichés le montraient depuis sa plus tendre enfance en jean ou en short avec une chemisette et des chaussures de pont toujours portées sans chaussettes.

Il y avait aussi des douzaines de photos de Catherine. Au début, Jeb avait paru gêné quand elle les avait regardées, mais, bizarrement, elle ne s'était pas sentie affectée. Elles ne provoquaient en elle ni tristesse ni colère. Elles appartenaient simplement à une autre période de sa vie.

Plus tard, dans la soirée, alors qu'ils regardaient les derniers clichés, elle vit le Garrett dont elle était tombée amoureuse. Une photo attira plus particulièrement son regard, et elle la tint devant elle un long moment. Remarquant son expression, Jeb lui expliqua qu'elle avait été prise le jour des morts, quelques semaines avant que la bouteille n'échoue à Cape Cod. Garrett était debout sur sa terrasse, avec exactement l'allure qu'il avait la première fois qu'elle était venue chez lui.

Quand elle eut enfin le courage de la reposer, Jeb la lui enleva des mains délicatement.

Le lendemain matin, il lui remit une enveloppe. En l'ouvrant, elle vit qu'il y avait glissé cette photo et quelques autres. Ainsi que les lettres qui avaient permis à Garrett et à Theresa de se rencontrer.

— Je crois qu'il aurait voulu que vous les gardiez.

Trop bouleversée pour répondre, elle avait hoché la tête en signe de remerciement.

Theresa se souvenait peu des jours qui avaient suivi son retour à Boston, et, rétrospectivement, elle n'en avait guère envie. Elle se rappelait que Deanna l'attendait à l'arrivée de son avion, à l'aéroport Logan. Dès qu'elle l'avait vue, elle avait appelé son mari en lui demandant de lui apporter des vêtements chez Theresa car elle avait l'intention de rester quelques jours auprès d'elle. Theresa avait passé plusieurs jours au lit, sans même se lever quand Kevin rentrait de l'école.

— Est-ce qu'elle guérira ? demandait-il.

— Elle a juste besoin d'un peu de temps, Kevin, répondait Deanna. Je sais que c'est dur pour toi, mais tout va s'arranger.

Elle avait fait des rêves, et ceux dont elle se souvenait étaient aussi décousus que déroutants. Bizarrement, Garrett n'y apparaissait jamais. Elle ne savait pas si c'était un signe ni même si cela avait une quelconque signification. Dans son hébétement, elle était incapable de réfléchir clairement. Elle se couchait tôt afin de rester blottie dans l'obscurité rassurante le plus longtemps possible.

Parfois, à son réveil, pendant une fraction de seconde, elle avait l'impression que rien de tout cela n'était arrivé ; c'était tellement absurde, il ne pouvait s'agir que d'une terrible erreur. Dans cette fraction de seconde, la vie redevenait ce qu'elle n'aurait jamais dû cesser d'être. Elle tendait l'oreille pour entendre Garrett bouger dans l'appartement, sûre que la place vide dans son lit signifiait simplement qu'il était déjà debout et qu'il lisait le journal en buvant son café dans la cuisine. Elle le rejoindrait en lui disant : je viens de faire un rêve atroce...

Elle n'avait qu'un seul autre souvenir de cette semaine : son besoin acharné de comprendre comment tout cela avait pu arriver. Avant de quitter Wilmington, elle avait fait promettre à Jeb de l'appeler s'il apprenait quoi que ce soit sur ce jour où Garrett était sorti avec *Happenstance*. Elle pensait bizarrement que la connaissance de certains détails pourrait atténuer sa douleur. Elle refusait de croire que Garrett ait pu se lancer dans la tempête sans intention de revenir. À chaque fois que le téléphone sonnait, elle espérait entendre la voix de Jeb. « Je vois, s'imaginait-elle dire. Oui, je comprends. Tout s'explique... »

Bien sûr, tout au fond, elle savait que ça n'arriverait jamais. Jeb ne l'avait pas appelée pour lui donner une explication cette semaine-là, pas plus qu'elle n'en avait trouvé à force de réfléchir. Non, la réponse lui vint d'une source tout à fait inattendue.

Sur la plage de Cape Cod, un an plus tard, elle réfléchissait sans amertume à l'enchaînement des événements qui l'avaient conduite ici. Elle était prête. Elle plongea la main dans son sac. Après en avoir sorti l'objet qu'elle avait apporté, elle le regarda en revivant le moment où la réponse lui était enfin parvenue. À l'inverse de ses souvenirs des jours suivant son retour à Boston, celui-ci était parfaitement clair.

Après le départ de Deanna, Theresa avait essayé de se raccrocher à une certaine routine. Dans son chagrin, la semaine précédente, elle avait ignoré tout ce qui composait les tâches de la vie quotidienne. Deanna s'était occupée de Kevin et de la maison et elle avait empilé le courrier dans un coin du salon. Un soir, après dîner, alors que Kevin était au cinéma, Theresa se mit distraitement à trier sa correspondance.

Il y avait une douzaine de lettres, trois magazines et deux colis. Elle identifia immédiatement le premier. Il s'agissait d'une commande qu'elle avait passée en prévision de l'anniversaire de Kevin. Elle ignorait en revanche d'où venait le second, enveloppé dans du papier kraft, et qui ne comportait pas d'adresse d'expéditeur.

Il était long et rectangulaire, fermé au ruban adhésif. Il portait deux étiquettes « Fragile », l'une près de l'adresse et l'autre au dos de la boîte, ainsi qu'une troisième mentionnant « À manipuler avec soin ». Curieuse, elle décida de l'ouvrir en premier.

C'est alors qu'elle aperçut le cachet de Wilmington, Caroline du Nord, datant de deux semaines auparavant. Vite, son regard revint sur l'adresse. C'était l'écriture de Garrett.

Elle posa le paquet, l'estomac soudain noué.

Elle sortit une paire de ciseaux du tiroir et coupa le ruban adhésif d'une main tremblante, en tirant délicatement sur le papier en même temps. Elle savait déjà ce qu'elle trouverait à l'intérieur.

Après avoir sorti l'objet et vérifié qu'il n'y avait rien d'autre dans le paquet, elle défit avec précaution l'emballage à bulles. Il était scotché fermement en haut et en bas, et elle eut encore besoin des ciseaux. Enfin, elle posa l'objet devant elle et le contempla un long moment, incapable de bouger. Quand elle le souleva pour mieux le regarder, son visage s'y refléta.

La bouteille était bouchée, la lettre posée droit dedans. Après avoir retiré le bouchon, qu'il avait à peine enfoncé, elle la retourna ; la lettre glissa facilement. Comme celle qu'elle avait trouvée quelques mois plus tôt, elle était serrée par un petit bout de fil. Elle la déroula soigneusement en faisant attention de ne pas la déchirer.

Elle était écrite au stylo à encre. Dans le coin en haut à droite, il y avait le dessin d'un vieux bateau, toutes voiles dehors.

Chère Theresa,
Peux-tu me pardonner ?

Elle déplia la lettre sur le bureau. La gorge nouée, elle avait du mal à respirer. La lumière au-dessus de sa tête projetait un prisme bizarre à travers ses larmes. Elle attrapa un mouchoir en papier et s'essuya les yeux. Retrouvant son calme, elle reprit sa lecture.

Peux-tu me pardonner ?

Dans ce monde que j'ai tant de mal à saisir, les vents de la destinée soufflent quand on les attend le moins. Par moments, ils ont la furie d'un ouragan, à d'autres, à peine sent-on leur caresse sur la joue. Mais on ne peut nier leur existence quand ils vous poussent, comme cela arrive souvent, vers un avenir impossible à ignorer. Toi, ma chérie, tu as été ce vent que je n'avais pas prévu, ce vent qui a soufflé plus fort que tout ce que je pouvais imaginer. Tu es ma destinée.

J'ai eu tort, tellement tort de vouloir ignorer ce qui était évident, et j'implore ton pardon. Comme un voyageur prudent, j'ai cherché à me protéger du vent et c'est mon âme que j'ai perdue. J'étais fou de vouloir tourner le dos à mon destin, mais les fous ont aussi un cœur et je me suis aperçu que tu es ce qui compte le plus au monde pour moi.

Je sais que je ne suis pas parfait. J'ai commis plus d'erreurs ces derniers mois que d'autres n'en commettent dans toute une vie. J'ai eu tort de réagir ainsi en découvrant les lettres, comme j'avais tort de cacher ce que j'éprouvais vis-à-vis de mon passé. Quand je t'ai poursuivie dans la rue, et quand je t'ai regardée quitter l'aéroport, j'ai su que j'aurais dû tout faire pour te retenir. Mais surtout, j'avais tort de me cacher ce qui était si évident pour mon cœur : je ne peux plus vivre sans toi.

Tu avais raison en tout. Quand nous étions assis dans la cuisine, j'essayais de nier ce que tu disais, alors que je savais que c'était la vérité. Comme un homme qui traverse un pays en regardant seulement en arrière, j'ai ignoré ce qui s'offrait devant moi. J'ai manqué la beauté du soleil qui se lève, l'émerveillement qui rend la vie digne d'être vécue. J'ai eu tort de le faire, ma vision était faussée, et je regrette de ne pas l'avoir découvert plus tôt.

À présent, le regard tourné vers l'avenir, je vois ton visage et j'entends ta voix, certain qu'ils indiquent le chemin que je dois suivre. Je souhaite de tout mon cœur que tu me donnes une seconde chance. Comme tu l'as peut-être deviné, j'espère que cette bouteille aura un effet magique, comme cela s'est déjà produit, et qu'elle finira par nous réunir.

Dans les jours qui ont suivi ton départ, j'ai voulu me persuader que je pourrais reprendre ma vie comme avant. Mais c'était impossible. Chaque fois que je voyais le soleil se coucher, je pensais à toi. Chaque fois que je passais devant le téléphone, je mourais d'envie de t'appeler. Et quand je suis sorti en voilier je n'ai pu penser qu'à toi et aux merveilleux moments que nous avions partagés. Je voulais que tu reviennes, plus que je ne l'aurais cru possible, et pourtant, chaque fois que je t'évoquais, j'entendais tes paroles lors de notre dernière conversation. J'avais beau t'aimer, je savais que rien ne serait possible entre nous tant que nous n'aurions pas l'assurance, l'un comme l'autre, que je ne me tournerais pas résolument vers l'avenir. J'ai continué à être troublé par ces pensées jusqu'à la nuit dernière où la réponse m'est enfin parvenue. J'espère qu'une fois que je t'aurai raconté tu seras aussi convaincue que moi.

Dans mon rêve, je me voyais sur la plage avec Catherine, à l'endroit où je t'ai emmenée après notre déjeuner chez Hank. C'était une journée magnifique, le sable scintillait sous les rayons du soleil. Nous marchions l'un à côté de l'autre et elle m'écoutait lui parler de toi, de nous et des moments merveilleux que nous avions partagés. Et finalement, avec une certaine hésitation, je lui avouais que je t'aimais mais que j'en avais des remords. Elle continua à marcher quelques instants puis se tourna vers moi et demanda : « Pourquoi ? – À cause de toi. »

Ma réponse la fit sourire du petit air amusé qu'elle prenait souvent. « Oh, Garrett, dit-elle en me caressant doucement le visage, qui lui a porté cette bouteille, à ton avis ? »

Theresa arrêta sa lecture. Le ronronnement du réfrigérateur semblait faire écho aux paroles de la lettre.

Qui lui a porté cette bouteille, à ton avis ?

Elle se renversa dans son fauteuil et ferma les yeux, essayant de retenir ses larmes.

— Garrett, murmura-t-elle, Garrett.

Dehors, elle entendait les bruits de la circulation. Lentement, elle reprit sa lecture.

À mon réveil, je me suis senti vide et seul. Le rêve ne me consolait pas. Au contraire, je souffrais à l'idée du mal que je nous avais fait et je me suis mis à pleurer. Quand j'ai enfin retrouvé mon calme, je savais ce qu'il me restait à faire. D'une main tremblante, j'ai écrit deux lettres. Celle que tu lis en ce moment et une autre adressée à Catherine, dans laquelle je lui dis adieu. Aujourd'hui, je vais sortir Happenstance *pour la lui envoyer, comme je l'ai fait avec les autres. Ce sera la dernière. Catherine, à sa façon, m'a dit d'aller de l'avant et j'ai décidé d'écouter non seulement ses paroles mais aussi l'élan de mon cœur qui me ramène vers toi.*

Oh, Theresa, je suis désolé, tellement désolé de t'avoir blessée. Je viendrai à Boston la semaine prochaine en espérant que tu pourras me pardonner. Peut-être est-ce trop tard ? Je ne sais pas.

Theresa, je t'aime et je t'aimerai toujours. Je suis las d'être seul. Je vois des enfants crier et rire en jouant sur la plage, et je m'aperçois que je veux en avoir avec toi. Je veux voir Kevin grandir et devenir un homme. Je veux tenir ta main et te voir pleurer quand il se mariera, je veux t'embrasser quand il réalisera ses rêves. Je viendrai habiter à Boston si tu me le demandes parce que je ne peux plus vivre ainsi. Je suis malade et triste sans toi. Et, assis au milieu de ma cuisine, je prie le ciel que tu me laisses revenir, cette fois pour toujours.

Garrett

Il ferait bientôt nuit, le ciel gris s'assombrissait rapidement. Bien qu'elle ait lu la lettre des centaines de fois, elle éveillait toujours en elle les sentiments qu'elle avait éprouvés à sa première lecture. Depuis un an, ces émotions avaient marqué chaque instant de sa vie.

Assise sur la plage, elle essaya une fois de plus de l'imaginer pendant qu'il écrivait cette lettre. Elle passa le doigt sur les mots et caressa doucement la page en pensant qu'il y avait posé la main avant elle. Luttant contre les larmes, elle contempla la lettre comme après chacune de ses lectures. Elle voyait les bavures, comme si le stylo avait fui pendant qu'il écrivait. Cela donnait à la missive un petit côté hâtif. Six mots avaient été barrés, et elle les avait étudiés de près en se demandant ce qu'il avait voulu dire. En vain. Comme beaucoup de détails concernant cette journée, il avait emporté ce secret avec lui. En bas de la page, elle avait remarqué que son écriture était difficile à déchiffrer, comme si ses doigts s'étaient crispés sur le stylo.

Quand elle en eut terminé, elle roula la lettre à nouveau exactement comme elle était et renoua soigneusement le fil. Elle la glissa dans la bouteille qu'elle mit de côté, près de son sac. De retour chez elle, elle la poserait sur son bureau, à sa place habituelle. La nuit, quand la lueur des réverbères éclairait la pièce, la bouteille luisait dans l'obscurité et c'était souvent sa dernière vision avant de s'endormir.

Elle sortit ensuite les photos que Jeb lui avait données. Elle se souvint qu'à son retour à Boston elle les avait regardées une à une. Quand ses mains s'étaient mises à trembler, elle les avait rangées dans un tiroir et n'avait plus jamais osé les sortir.

Pourtant, à présent, elle les regardait une à une pour trouver celle qui avait été prise sur la terrasse. Elle la contempla en se souvenant de lui, de sa façon de se tenir et de bouger, de son sourire naturel, de ses rides au coin des yeux. Peut-être demain pourrait-elle faire faire un grand tirage. Elle poserait la photo sur sa table de nuit, comme Garrett l'avait fait avec celle de Catherine. Elle sourit tristement en prenant conscience qu'elle en était incapable. Les photos retourneraient dans le tiroir, sous ses chaussettes, à côté des boucles d'oreilles en perles de sa grand-mère. Ce serait trop douloureux de voir son visage tous les jours, c'était encore au-dessus de ses forces.

Depuis l'enterrement, elle était restée en contact avec Jeb en l'appelant de temps en temps pour prendre de ses nouvelles. La première fois, ce fut pour lui dire qu'elle savait pourquoi Garrett avait sorti *Happenstance* ce jour-là, et ils avaient fini tous les deux en larmes au téléphone. Les mois passant, ils arrivaient à mentionner son nom sans pleurer, et, parfois, Jeb lui racontait ses souvenirs de Garrett enfant ou lui répétait tout ce que Garrett lui disait d'elle pendant leurs longues périodes de séparation.

En juillet, Theresa et Kevin étaient partis une huitaine de jours faire de la plongée sous-marine en Floride. L'eau était aussi chaude qu'en Caroline du Nord et plus claire. Ils plongeaient tous les matins et passaient tranquillement l'après-midi sur la plage. Pendant le voyage de retour pour Boston, ils décidèrent d'un commun accord de recommencer l'année suivante. Pour son anniversaire, Kevin demanda un abonnement à un magazine de plongée. Ironiquement, le premier numéro présentait un article sur les épaves des côtes de Caroline du Nord, dont celle qu'ils avaient visitée avec Garrett.

Malgré de nombreuses invitations, Theresa ne sortait plus depuis la mort de Garrett. Ses collègues de travail, Deanna mise à part, essayaient tous de lui présenter des partis plus beaux les uns que les autres, mais elle déclinait poliment toutes les propositions. Il lui arrivait d'entendre ses collègues murmurer : « Je ne la comprends pas, elle n'a plus envie de rien », ou : « Pourtant, elle est encore jeune et séduisante. » D'autres, plus compatissants, observaient simplement qu'elle finirait par se remettre le moment venu.

C'est un coup de fil de Jeb, trois jours plus tôt, qui l'avait ramenée à Cape Cod. Quand il avait suggéré de sa voix douce qu'il était temps qu'elle se remette à vivre, les défenses dont elle s'entourait s'étaient brusquement effondrées. Elle avait pleuré presque toute la nuit mais le lendemain matin sa décision était prise. Elle avait fait les réservations nécessaires pour revenir ici, sans aucune difficulté puisque c'était la basse saison. Et, dès ce moment précis, sa guérison avait commencé.

Elle se demanda brusquement si quelqu'un pouvait la voir. Elle regarda autour d'elle. La plage était déserte. La seule vie venait de l'océan et elle se sentait attirée par sa fureur. L'eau semblait mauvaise et dangereuse, sans rien du romantisme qu'elle lui avait connu. Elle la regarda longuement en pensant à Garrett.

Soudain, un roulement de tonnerre retentit dans le ciel hivernal. Le vent forcit et elle sentit son esprit s'envoler avec lui. Pourquoi leur histoire s'était-elle terminée ainsi ? se demanda-t-elle. Elle l'ignorait. Bousculée par une nouvelle rafale, elle crut sentir Garrett près d'elle qui écartait de la main les cheveux qui lui tombaient sur le visage. Comme il l'avait fait quand ils s'étaient quittés. Nouvelle caresse.

Elle aurait tellement voulu changer le cours des événements ce jour-là, elle avait tant de regrets...

Là, seule avec ses pensées, elle l'aimait. Elle l'aimerait toujours. Elle l'avait su dès le moment où elle l'avait vu sur le port et elle le sentait à présent. Ni le passage du temps ni sa mort ne pourraient rien y faire.

— Tu me manques, Garrett Blake, chuchota-t-elle en fermant les yeux.

Un instant, elle imagina qu'il l'avait entendue car, brusquement, le vent tomba et le calme régna autour d'elle.

Elle reçut les premières gouttes de pluie au moment où elle débouchait la seconde bouteille qu'elle tenait soigneusement sous son bras pour en sortir la lettre qu'elle lui avait écrite la veille, la lettre qu'elle était venue lui envoyer. Elle la déroula et la tint devant elle, de la même façon qu'elle avait tenu la première lettre qu'elle avait trouvée. Le peu de lumière qui restait lui permettait à peine de lire mais elle en connaissait chaque mot par cœur. Ses mains tremblaient légèrement tandis qu'elle commençait sa lecture.

Mon chéri,

Une année s'est écoulée depuis ce jour où j'étais assise en compagnie de ton père dans ta cuisine. Il est tard, les mots me viennent difficilement, et je ne peux chasser l'impression que le moment est venu de répondre à ta question.

Bien sûr que je te pardonne. Je te pardonne à présent, comme je t'ai pardonné dès que j'ai lu ta lettre. Dans mon cœur, je n'avais pas d'autre choix. T'abandonner une fois m'a suffi et je n'aurais pas pu recommencer. Je t'aime trop pour te laisser partir à nouveau. Même si je pleure encore sur ce qui aurait pu être, je remercie le ciel de t'avoir eu dans ma vie, ne serait-ce que si peu de temps. Au début, je pensais que notre rencontre était en quelque sorte destinée à t'aider à franchir une mauvaise passe. Aujourd'hui, un an plus tard, je pense que c'était exactement le contraire.

L'ironie du sort veut que je me retrouve dans la situation où tu étais quand je t'ai connu. Pendant que j'écris, je me bats avec le fantôme de celui que j'ai aimé et perdu. Je saisis mieux désormais tes difficultés et le mal que tu as eu à retrouver le goût de vivre. Parfois, ma peine est insupportable, et, bien que je sache que nous ne nous reverrons plus, une part de moi veut rester accrochée à toi à jamais. Cela me serait facile car si j'aimais quelqu'un d'autre cet amour risquerait d'atténuer mes souvenirs de toi. C'est pourtant là le paradoxe. Bien que tu me manques beaucoup, c'est grâce à toi si je n'ai plus peur de l'avenir. Parce que tu as pu tomber amoureux de moi, tu m'as rendu l'espoir, mon amour Tu m'as enseigné qu'il était possible de retrouver la joie de vivre, malgré toute la douleur que l'on a pu connaître. Et, à ta façon, tu m'as fait comprendre que l'amour sincère ne peut être repoussé.

Pour le moment, je ne pense pas être prête, mais ça ne tient qu'à moi. Ne te fais pas de reproches. Grâce à toi, j'ai l'espoir qu'un jour viendra où ma tristesse cédera la place à quelque chose de beau. Grâce à toi, j'ai retrouvé l'envie de vivre.

Je ne sais pas si les morts reviennent sur cette Terre et se promènent, invisibles, parmi ceux qui les aiment, mais si c'est le cas je suis sûre que tu seras toujours auprès de moi. Quand j'écouterai l'océan, je t'entendrai chuchoter, quand une douce brise caressera ma joue, ce sera ton esprit qui passera près de moi. Tu ne me quitteras jamais, même s'il y a quelqu'un dans ma vie. Tu te tiens auprès de Dieu, dans mon âme, tu guides mes pas vers un futur que je ne peux pas prédire.

Ceci n'est pas un adieu, mon chéri, c'est un remerciement. Merci d'être entré dans ma vie et de m'avoir apporté la joie, merci de m'avoir aimée et d'avoir accepté mon amour en retour. Merci de ces souvenirs que je chérirai à jamais. Et, surtout, merci de m'avoir montré qu'un jour viendra où je finirai par te laisser partir.

Je t'aime,

T

Après avoir relu la lettre une dernière fois, Theresa la roula et la scella dans la bouteille. Elle la tourna plusieurs fois entre ses mains, consciente qu'elle était arrivée au terme de son voyage. Enfin, sentant qu'il était inutile d'attendre plus longtemps, elle la lança de toutes ses forces, le plus loin possible.

Au même moment, un vent puissant se leva et le brouillard se dissipa. Theresa regarda la bouteille s'éloigner, emportée par la mer. Et, bien qu'elle sût que c'était impossible, elle imagina qu'elle ferait éternellement le tour du monde, passant au large de pays lointains qu'elle-même ne verrait jamais.

Lorsqu'elle eut disparu de sa vue quelques minutes plus tard, Theresa repartit vers sa voiture. Elle marchait sous la pluie en souriant doucement. Elle ne savait pas quand ni où la bouteille finirait par s'échouer, mais quelle importance ? Elle savait que, d'une façon ou d'une autre, Garrett recevrait son message.

Remerciements

Ce livre n'aurait jamais vu le jour sans l'aide précieuse qui m'a été apportée. Je voudrais tout spécialement remercier mon épouse, Catherine, qui m'a soutenu avec un mélange subtil de patience et d'amour.

Je voudrais aussi exprimer ma reconnaissance envers mon agent, Theresa Park, de Sanford Greenburger Associates, et mon éditeur, Jamie Raab, chez Warner Books. Ils ont été pour moi des professeurs, des collègues et des amis.

Je ne voudrais pas oublier ceux qui, également, méritent ma gratitude : Larry Kirshbaum, Maureen Egen, Dan Mandel, John Aherne, Scott Schwimer, Howie Sanders, Richard Green et Denise DiNovi. Vous connaissez tous le rôle que vous avez joué et je vous en remercie.

Composition réalisée
par S.C.C.M. (groupe Berger-Levrault)
*Paris XIVe*
et achevé d'imprimer en juillet 1999
par ***Bussière Camedan Imprimeries***
à Saint-Amand-Montrond (Cher)

Édition exclusivement réservée aux adhérents du Club
Le Grand Livre du Mois
15 rue des Sablons
75116 Paris
réalisée avec l'aimable autorisation des éditions Laffont
ISBN : 2-7028-2520-6

N° d'impression : 992991/4.
Dépôt légal : janvier 1999

Imprimé en France